ALAN BARD NEWCOMER (Hg.)

síRenEn klänge

BASTEI
LÜBBE

BASTEI-LÜBBE-TASCHENBUCH
Fantasy

Band 20145

Erste Auflage: August 1990

© Copyright 1988 by Hypatia Press
All rights reserved
Deutsche Lizenzausgabe 1990
Bastei-Verlag Gustav H. Lübbe GmbH & Co., Bergisch Gladbach
Originaltitel: Spell Singers (Bardic Voices one)
Übersetzernachweis am Ende jeder Geschichte
Lektorat: Reinhard Rohn
Titelillustration: Bildagentur Utoprop
Umschlaggestaltung: Quadro Grafik, Bensberg
Satz: Fotosatz Schell, Bad Iburg
Druck und Verarbeitung:
Brodard & Taupin, La Flèche, Frankreich
Printed in France
ISBN 3-404-20145-0

Inhalt

Alan Bard
Newcomer

Einführung

Die Welt ist voll von schreibenden Menschen. Sie produzieren schier unzählige ›Wie man's macht‹-Artikel, Zeitungsberichte, Werbeanzeigen und Vorworte für Bücher.

Und dann gibt es natürlich die Leute, die Geschichten schreiben, viele Schriftsteller, viele Geschichten, und von beiden gibt es viele gute und ebensoviele schlechte. Schreiben ist ein echtes Handwerk; viele Geschichten werden von kundigen Handwerksleuten geschrieben, und wir haben unsere Freude an ihnen. Jedoch, dort draußen in der Welt gibt es auch eine ganz besondere Rasse von schreibenden Menschen.

Diese besondere Rasse sind die *Geschichtenerzähler.* Ihnen gelingt es, ihren geschriebenen Worten den besonderen Zauber zu verleihen, der uns von der großen Tradition des Geschichtenerzählens am Feuer erhalten geblieben ist. Sie sind die Magier unseres modernen Zeitalters, die direkten Nachkommen der Harfenspieler, Minnesänger, Troubadoure und Barden.

Der ›Wie man's macht‹-Schriftsteller ist im Grunde genommen ein Lehrer, und der Reporter ist das Gegenstück des Stadtschreibers aus alten Zeiten. Die Geschichtenerzähler mußten ihre Zuhörer mit ihren Worten gefangenhalten, und wenn es ihnen nicht gelang, so hatten sie wohl einen knurrenden Magen.

Sie bedienten sich der alten Vorstellungen von Gut und Böse und kleideten überlieferte Geschichten in ein neues Gewand.

Und wenn der Minnesänger ein Lied sang, dann konnte es geschehen, daß er innehielt und nach einer (natürlich dramatischen!) Pause sagte: ›Laßt mich Euch eine Geschichte erzählen. Etwas Seltsames ist letzte Woche in den Bergen geschehen. Ich selbst habe es von der alten Maggie gehört, und sie sagt, daß sie es mit eigenen Augen gesehen hat.‹

Und seine Zuhörer warfen noch einen Holzscheit aufs Feuer, füllten ihr Glas und machten es sich auf ihren Plätzen bequem; und dann lehnten sie sich vor, damit ihnen nur ja kein Wort entginge.

Wir haben es heute leichter — wir kaufen ein Buch, stellen die Heizung auf fünfundzwanzig Grad, kochen uns eine schöne Tasse Kaffee, setzen uns hin, schlagen das Buch auf und beginnen zu lesen.

Und *Sie* können dieses Buch aus der Hand legen, wann immer Sie möchten; Sie müssen nicht aufmerksam lauschen, damit Ihnen kein Wort entgeht. Aber lassen Sie mich Ihnen sagen, daß diese Geschichten etwas Besonderes sind.

Sie wurden von besonderen Menschen geschrieben, deren Erzählkunst Sie in jeder Minute fesseln wird. Denn die schreibenden Menschen in diesem Buch sind Geschichtenerzähler, Zauberer im Umgang mit dem geschriebenen Wort. Sie ziehen Sie in ihren Bann, um dann innezuhalten und nach einer (natürlich grammatischen!) Pause zu sagen: ›Lassen Sie mich Ihnen eine Geschichte erzählen …‹

Darum laßt uns noch einen Holzscheit aufs Feuer legen und beginnen. Erzählt hat mir diese Geschichte ... Es geht da um diese seltsamen Vorfälle, so geschehen letzte Woche in ... Also, machen Sie es sich recht gemütlich, stecken Sie die Nase ins Buch, und hören Sie zu ...

Mercedes
Lackey

Der Weg des
Gleichgewichts

»Du willst mein Leibwächter sein?«

Der Schwertkämpfer, der in der Tür zu Martis' Quartier
stand, zwinkerte verblüfft mit den Augen. Man hatte ihm
zwar gesagt, daß mit dieser Magierin nicht leicht auszu-
kommen sei, aber daß sie so unhöflich sein würde, hatte er
nicht erwartet.

Er versuchte, die zerzauste Gestalt, die mit den Händen
in den Hüften inmitten eines riesigen Durcheinanders
stand, nicht anzustarren. In den eckigen Zügen ihres
Gesichtes, die durch ihre nervöse Anspannung noch an
Härte gewannen, spiegelte sich die Ungeduld der Frau
wider, während der Junge noch nach einer richtigen Antwort suchte.

Ihr schlechtes Benehmen brachte Martis selbst ein wenig
in Verlegenheit, aber trotzdem, dieses – *Kind* mußte sich
doch der Tatsache bewußt sein, daß seine äußere Erscheinung wohl kaum Vertrauen in seine kämpferischen Fähigkeiten erweckte!

11

Zum einen war er mager und ziemlich klein; er reichte noch nicht einmal an Martis' Größe heran. Und zum anderen war die Art, wie er sich kleidete, einfach lächerlich: fast so, als sei er ein Tänzer, der sich für eine Theateraufführung als Schwertkämpfer verkleidet hatte. Er war einfach zu sauber, zu gepflegt. Seine Kleidung sah nicht im mindesten abgetragen aus und war zudem noch — aus Seide! Blau-grüne Seide, bei Kevreth! Er trug zwei Schwerter bei sich. Wo, außer in einer Legende, hatte man schon jemals davon gehört, daß jemand dazu in der Lage war, zwei Schwerter gleichzeitig zu benutzen? Sein hellbraunes Haar trug er länger als jeder andere Kämpfer, den Martis jemals gekannt hatte. Sogar seine Bewegungen glichen eher denen eines Tänzers als denen eines Kämpfers.

Dieser Bursche also sollte sie beschützen? Es sah eher danach aus, als ob sie ihn beschützen müßte. Es fiel ihr schwer, sich irgend jemanden vorzustellen, der einem Kämpfer noch weniger ähnelte.

»Der Oberste Wächter hat Ihn zu diesem Zwecke hergeschickt, Lady Magierin, aber da Er Euch nicht gefällt, wird Er ausrichten, daß ein anderer geschickt werden soll.«

Und bevor Martis ihn zurückhalten konnte, wirbelte er herum und verschwand. Martis stieß einen gequälten Seufzer aus und fuhr fort, ihre Sachen zu packen. Was sie sich in diesem Moment ganz sicher nicht leisten konnte, war, sich über die Empfindlichkeiten eines bezahlten Schwertkämpfers Gedanken zu machen!

Doch da wurde sie erneut unterbrochen — dieses Mal durch ein wildes Brüllen, das vom Fuße der Treppe zu ihr heraufscholl.

»MARTIS!«

Die Wände zitterten bei jedem Schritt, als Trebenth, Oberster Wächter der Magiergilde, die Stufen zu Martis' Domizil erklomm. Die meisten Fußböden und Treppen im Lager der Gilde zitterten, wenn Trebenth in der Nähe war. Er war alles andere als dick, aber verglichen mit den schlanken Magiern, für die er arbeitete, wirkte er überaus unförmig. Abgesehen von den Quartieren für die Wächter gab es im Lager der Gilde wenig, das seinem massigen Körper standgehalten hätte. Martis konnte hören, wie er mit unterdrückter Stimme fluchte, während er die Stufen hinaufstieg. Sie zuckte zusammen und wappnete sich innerlich für die heranrollende Naturkatastrophe.

Seine riesige Gestalt füllte den Türrahmen ganz aus; während er sie wütend anfunkelte, erwartete sie fast, daß jeden Moment Dampf aus seinen Nüstern fahren würde. Es war nicht sehr hilfreich, daß er zudem noch aussah wie ein wandelnder Vulkan, ganz in das Rot eines bezahlten Wächters der Magiergilde gekleidet. Seine Uniform hatte die gleiche Schattierung wie das Rot seiner Haare und seines Bartes — und wie die Zornesröte, die sein Gesicht überzog.

»Martis, was im Namen der Sieben ist dein Problem?«

»Mein Problem, wie du es nennst, ist die Tatsache, daß ich einen Leibwächter brauche und keinen Tempeltänzer!« Sie hielt jedem seiner wild geschleuderten Blicke stand, und ihre flachen grauen Augen spiegelten seine Ungeduld wider. »Was versuchst du mir da bloß unterzujubeln? Bei Zailas Zehnägeln, wenn das Gesetz der Gilde es einer Magierin nicht verbieten würde, Waffen zu tragen, dann würde ich mir lieber selbst ein Schwert greifen, statt meine Sicherheit diesem — diesem — Bürschchen anzuvertrauen!«

»Verdammt, Martis, du hast dich bisher noch über jeden Wächter beschwert, den ich dir zugeteilt habe! Der eine war zu wortkarg, der andere zu geschwätzig, und ein dritter hat nachts geschnarcht!« Er schnaubte verächtlich. »Bei allen Göttern, Martis, *geschnarcht*!«

»Du solltest mittlerweile wissen, daß ein Magier seinen ungestörten Schlaf mehr braucht als Nahrung — und außerdem hätte ein jeder, der hier auf der Suche nach uns herumgeschlichen wäre, nur den Geräuschen nachgehen müssen, um unseren Lagerplatz zu finden!« antwortete sie und wischte sich eine Locke blonden Haares aus den Augen. Die Geste verriet sowohl ihren Ärger als auch ihre Ungeduld.

Trebenth beruhigte sich ein wenig, schließlich waren Martis und er alte Freunde, und irgendwie hatte sie ja recht. »Schau mal, habe ich dir denn jemals einen Wächter geschickt, der seine Arbeit nicht gut gemacht hat? Ich glaube, diesmal habe ich wirklich genau den Richtigen für dich gefunden — er ist ruhig, so ruhig, daß du die meiste Zeit noch nicht einmal merkst, daß er da ist, und, Mart — der Junge ist gut.«

»Ben, hast du denn selbst das bißchen Verstand verloren, das du jemals besessen hast? Wer hat dir gesagt, daß er gut ist?«

»Niemand«, erwiderte er gekränkt. »Wenn ich einen Wächter aussuche, verlasse ich mich nicht auf das, was andere sagen. Der Junge bewegt sich so schnell, daß er keine Waffen braucht, und was seine beiden Spielzeugschwerter betrifft — nun, er kann damit umgehen. Fast hätte er's geschafft, mich damit zu besiegen.«

Martis zog überrascht eine Augenbraue hoch. Sie wußte mit absoluter Sicherheit, daß es Jahre her war, seit jemand sich der Tatsache hatte rühmen können, Trebenth besiegt zu haben. »Und warum zieht er sich dann an wie ein verdammter Schwuler?«

»Das weiß ich doch nicht, Mart. Frag' ihn doch selbst. Mir ist es egal, ob meine Wächter ein Schlachtschild tragen oder sich grün bemalen, solange sie ihre Arbeit gut machen. Was ist bloß mit dir los, Mart? Du bist doch sonst nicht so verdammt wählerisch. Im allgemeinen hebst du dir deine Beschwerden für später auf, wenn der Job erledigt ist.«

Martis schob eine Kiste mit gebündelten Kräutern und einen Stoß zerknitterter Kleider zur Seite und ließ sich müde auf einen Stuhl sinken. Mit plötzlicher Besorgnis sah Trebenth die Sorgenlinien auf ihrer Stirn, und ihre aufgedunsenen, bläulichen Augenlider. »Es hat mit der Gilde zu tun — interne Probleme.«

»Muß jemand zur Räson gebracht werden?«

»Schlimmer. Ein Abtrünniger — er beschwört die Mächte mit Blutzauber. Er war schon sehr gut, bevor er damit anfing, und ich hege keine Zweifel daran, daß er jetzt noch besser ist. Wenn wir jetzt nichts gegen ihn unternehmen können, werden wir es bald mit einem neuen König der Schwarzen Magie zu tun haben.«

14

Trebenth pfiff durch die Zähne. »Kein Wunder, daß sie dich schicken.«

Martis seufzte. »Und das in dem Moment, da ich dachte, die Gilde würde mich nie wieder für etwas anderes als den Unterricht einsetzen. Aber das ist es nicht, was mir Sorgen macht, alter Freund. Ich habe ihn gekannt – zwischen uns hat einmal eine lange und enge Verbundenheit bestanden. Er war einer meiner besten Schüler.«

O mein Gott, dachte Trebenth. Es war grausam, Martis auf einen ihrer früheren Schüler anzusetzen. Die Mächte, die den Magiern gehorchten, ermöglichten ihnen viele Dinge, um die gewöhnliche Sterbliche sie beneiden mochten, aber diese Mächte gaben nicht nur, sie nahmen auch. Die Anwendung von Zauberkräften, egal, über welchen Zeitraum, machte denjenigen, der sie anwendete, unfruchtbar. Und Martis' Schüler waren in vielerlei Hinsicht ein Ersatz für die Kinder, die sie niemals haben würde.

Oft nahmen sie auch die Stelle von Freunden und Liebhabern ein. Sie hatte der Gilde gedient, seitdem sie den Meistertitel erlangt hatte, und hatte gerade erst die Jahre überschritten, die Nicht-Berufene das Heiratsalter nannten. Unter ihren Zeitgenossen, den männlichen wie den weiblichen, gab es nur wenige Zauberer, die die Meister nicht insgeheim beneideten und fürchteten, und die Magier ihres eigenen Standes waren an einer Geliebten, die über die gleichen Kräfte verfügte wie sie selbst, nicht interessiert. Ihnen war es lieber, wenn ihre Frauen hübsch, fügsam und nicht zu intelligent waren. Martis' Beziehungen zu ihrer eigenen Art waren herzlich, aber auf das Notwendigste beschränkt.

Trebenth war einer der wenigen Liebhaber gewesen, die sie gehabt hatte – und sie hatte sich keinen neuen mehr genommen, seit er seiner kleinen Margwynwy wie ein morscher Baum zu Füßen gefallen war.

Martis fing seinen Blick auf und lächelte schwach. »Der Rat hat wirklich sein Bestes getan, um mir die Sache zu ersparen, das muß ich ihnen lassen. Tatsache ist, daß wir noch nicht sicher wissen, wie tief er sich schon in die Sache verstrickt hat. Wir wissen, daß er Tieropfer dargebracht hat, aber ob die Gerüchte über Menschenopfer wahr sind, konnten wir noch nicht feststellen. Sie wollen ihm jede nur erdenkliche Möglichkeit geben, sich aus seinem selbstgeschaufelten Grab zu befreien. Ehrlich gesagt, es wäre schade um ihn, weil er einfach zuviel Talent hat. Einer der Gründe, warum man sich entschieden hat, mich zu beauftragen, ist, daß sie hoffen, er wird sich von mir zur Vernunft bringen lassen. Und wenn vernünftige Worte nichts nützen, nun, dann bin ich wohl eine der wenigen unserer Zunft, die gewisse Aussichten hat, ihn zu besiegen. Schließlich habe ich ihm alles beigebracht. Ich kenne all seine Stärken und Schwächen.«

»Du *kanntest* sie«, erinnerte Trebenth sie. »Kann ich dir Lyran nun, da ich mich für seine Fähigkeiten verbürgt habe, als Wächter zuteilen, oder möchtest du immer noch jemand anderen?«

»Wen? Oh, den Jungen. In Ordnung, Ben, du weißt schon, was du tust. Du wählst schon genau so lange Wächter aus, wie ich Zauberschüler unterrichte. Sag' ihm, er soll die Pferde bereit machen, ich möchte noch vor Mittag aufbrechen.«

Als Martis damit fertig war, ihr Zimmer nach den Dingen zu durchwühlen, die sie benötigte, warf sie sich ihre gepackten Satteltaschen über die Schulter, ging hinaus und knallte die Tür hinter sich ins Schloß, ohne noch einen Blick auf das von ihr verursachte Durcheinander zu werfen. Bei ihrer Rückkehr — falls sie zurückkehrte — würden die Diener der Gilde alles wieder in Ordnung gebracht haben. Dies war eines der wenigen Privilegien, die einem Meister der Magiergilde zustanden. Die Gilde sorgte für bequeme, sichere Unterkünfte und stellte verläßliche Diener, die sich nie beklagten — zumindest nicht bei ihr. Diese Privilegien hatten jedoch ihren Preis: ein Meister lebte und starb im Dienste der Gilde. Niemandem mit diesen Fähigkeiten wurde jemals erlaubt, sich aus eigenem Willen in fremde Dienste zu begeben.

Martis hatte eine Vorliebe für Höhen und eine große Abneigung dagegen, jemanden über sich wohnen zu haben. Darum befand sich ihre Unterkunft am oberen Ende der Treppe, die alle vier Etagen des Quartiers der Meister miteinander verband. Während sie die Stufen hinunterstieg, spürte sie, wie in ihr eine gewisse widerwillige Neugier über diesen merkwürdigen Schwertkämpfer, Lyran, aufstieg. Der Befehl, den sie Trebenth gegeben hatte, der Junge solle die Pferde bereit machen, war an sich schon eine Prüfung. Martis Pferd war ein reizbarer brauner Wallach, der über eine ganze Reihe von schlechten Eigenschaften verfügte. Er hatte bis jetzt schon mehrere Male dafür gesorgt, daß Stallburschen sich in die Hände des Heilkundigen begeben mußten. Martis behielt ihn aus zwei Gründen — zum einen war seine Gangart ebenso sanft wie sein Charakter schlecht, und zum anderen konnte man sich darauf verlassen, daß er selbst ein Baby sicher durch die Hölle trug, wenn es sich erst einmal in seinem Sattel befand. Für Martis, wie auch für jeden anderen Magier, fielen diese Eigenschaften ungleich mehr ins Gewicht als alle anderen Überlegungen. Wenn dieser Lyran mit dem guten alten Tosspot fertig wurde, gab es ganz sicher Hoffnung für ihn.

Als Martis auf den staubigen, sonnenüberfluteten Hof hinaustrat, zwinkerte sie vor Überraschung mit den Augen. Mit den Zügeln seines eigenen Pferdes in der einen und denen von Tosspot in der anderen Hand, stand dort der Schwertkämpfer und erwartete sie. Tosspot versuchte weder zu beißen noch zu treten, oder den jungen Mann und sein Pferd in irgendeiner anderen Weise zu verletzen. Sein Sattel saß am richtigen Platz, und an seinem mißmutigen Ausdruck konnte Martis erkennen, daß er auch mit seinem üblichen Trick nicht durchgekommen war, indem er seine Muskeln anspannte, was bewirkte, daß sein Sattelgurt lose um seinen Bauch schlingerte, wenn er sich nach dem Festzurren wieder entspannte. Und was noch erstaunlicher war, der Junge schien alles unbeschadet überstanden zu haben, er war noch nicht einmal außer Atem.

»Hat er dir irgendwelche Schwierigkeiten gemacht?«

fragte sie, während sie ihre Satteltaschen an Tosspots' Geschirr festmachte und dabei geschickt seinem Versuch auswich, ihr auf den Fuß zu treten.

»Er ist schon schwierig, Lady Magierin, aber Er hat Erfahrung im Umgang mit schwierigen Tieren«, erwiderte Lyran ernsthaft. Im gleichen Moment schlug die staubbraune Stute des Schwertkämpfers urplötzlich mit den Hinterhufen aus, und der junge Mann sprang mit reflexartiger Behendigkeit zur Seite.

Er griff sich eines der Ohren der Stute und verdrehte es mit einem kräftigen Ruck. Sofort zeigte sich das Tier wieder von seiner besten Seite. »Manchmal will es scheinen, als seien die besten Tiere auch die mit dem unberechenbarsten Gemüt«, fuhr er fort, als sei gar nichts geschehen. »In diesem Falle ist es bedauerlicherweise vonnöten, ihnen zu zeigen, daß sie zwar stärker sein mögen, Ihm jedoch an Wissen unterlegen sind.«

Martis bestieg Tosspot und nickte zufrieden, als sie feststellte, daß sein Sattelgurt genau so fest saß, wie es den Anschein gehabt hatte. »Ich glaube nicht, daß dieser alte Junge dir noch irgendwelchen Ärger machen wird. Wenn ich mir seinen sauren Gesichtsausdruck ansehe, würde ich sagen, daß er seine Lektion ziemlich gründlich gelernt hat.«

Der Schwertkämpfer schien in seinen Sattel zu gleiten. Dann neigte er anmutig den Kopf zum Dank für das Kompliment. »Ganz sicher ist er intelligenter als Jesalis«, antwortete er, während er seine Stute zügelte, um die Magierin voranreiten zu lassen, »denn ihr muß Er die Wahrheit dieser Lektion mindestens einmal am Tag unter Beweis stellen.«

»Jesalis?« fragte Martis ungläubig. Denn die Jesalis war eine zerbrechliche Blüte mit einem seltsamen Duft, und die häßliche kleine Stute hatte nun wirklich gar nichts an sich, das an eine Blume erinnerte.

»Aus Gründen des Gleichgewichts, Lady Magierin«, antwortete Lyran, so ernsthaft, daß Martis ein Lächeln unterdrücken mußte. »Sie hat einen so schlechten Charakter, daß man ihr einen süßen Namen geben muß, um ihre Natur ein wenig lieblicher zu machen.«

Hintereinander ritten sie aus dem Lager der Gilde, mit Martis an der Spitze, da das Protokoll es erforderte, daß der ›Mietling‹ innerhalb der Stadtmauern hinter der ›Herrin‹ ritt. Nachdem sie die Stadttore passiert hatten, tauschten sie ihre Plätze. Lyran würde den Weg bestimmen und auch für ihren Schutz sorgen, denn Martis mußte sich ganz auf die Vorbereitung für die Begegnung mit ihrem abtrünnigen ehemaligen Schüler konzentrieren. Tosspot würde Jesalis Reiter überallhin folgen, so wie man es ihn gelehrt hatte.

Das war auch der Grund, warum Tosspots leichte Gangart und seine Verläßlichkeit mehr wert waren als ein Sack voller Goldstücke. Während sie ritt, würde sich Martis die meiste Zeit in einem tranceartigen Zustand befinden, der ihr dabei half, nach und nach magische Kräfte zu sammeln. Diese Fähigkeit war es, die sie zu einer Magierin der Meisterklasse machte, denn war letztendlich nicht der raffinierteste Zauberspruch nutzlos, wenn man nicht über die Kraft verfügte, ihn in die Tat umzusetzen?

Magiern standen viele Möglichkeiten zur Verfügung, um Kräfte zu sammeln. Martis' Methode bestand darin, die kleinen, umherschwirrenden Energiewellen aufzufangen, die lebende Kreaturen in ihrem täglichen Dasein aussandten. Für gewöhnlich ging diese Energie verloren, sie zerfloß ganz allmählich wie Farbe, die in einen Fluß gegossen wird. Martis besaß die Fähigkeit, diese Energiefetzen einzufangen, sie zusammenzuspinnen und zu einem Gewebe zu formen, das ganz andere Merkmale aufwies als der Stoff, aus dem es geschaffen worden war. Diese Aufgabe erforderte völlige Konzentration, die ihren Gedanken keinen Raum für andere Überlegungen ließ.

Martis war dankbar dafür, daß Lyran weder zu mißmutigem Schweigen noch zu schnatternder Geschwätzigkeit neigte. So war es ihr möglich, sich in ihre kräftesammelnde Trance zu vertiefen. Vielleicht hatte Ben doch recht gehabt. Der Junge war so unauffällig, daß sie fast glaubte, sie ritte allein. Sie erlaubte sich einen kurzen Moment flüchtigen

Bedauerns darüber, daß es ihr nicht vergönnt war, die Schönheit der sommerlichen Wiesen und Wälder zu genießen, durch die sie ritten. Es geschah so selten, daß sie in diese Gegend kam ...

Die Stimmung war so friedlich, daß sie erst wieder zu sich kam, als sie die Hand des Wächters auf ihrem Bein mehr erahnte als fühlte. Die Sonne neigte sich dem Westen zu, und vor ihr lag eine kleine Lichtung, auf der Lyrans Pferd schon zufrieden graste, und sie sah, daß bereits ein kleines, ordentliches Lager auf sie wartete. Martis' Zelt stand vor einer Anhäufung von Felsbrocken, und vor dem aufgeschlagenen Zelteingang flackerte in sicherer Entfernung ein lustiges Feuer. Lyrans Lagerstatt befand sich auf der gegenüberliegenden Seite. Jesalis war abgesattelt, und ihr Zaumzeug lag neben seiner Decke. Soweit Martis erkennen konnte, hatte er ihre eigenen Sachen alle ungeöffnet in den Zelteingang gestellt. Und all dies hatte er erledigt, ohne daß Martis es auch nur im entferntesten bemerkt hätte.

»Verzeiht, Lady Magierin«, sagte Lyran höflich, »aber Euer Pferd muß abgesattelt werden.«

»Und das kannst du nicht tun, solange ich noch darauf sitze«, beendete Martis den Satz für ihn, aufs höchste amüsiert. »Warum hast du mich nicht eher geweckt? Ich bin durchaus dazu in der Lage, bei der Errichtung des Lagers zu helfen.«

»Der Oberste Wächter hat Ihm sehr deutlich klar gemacht, daß Er dafür zu sorgen hat, daß Ihr bei der Ausübung Eurer magischen Kunst nicht abgelenkt werdet. Wenn Ihr nun bitte absteigen wollt, Lady Magierin.«

»Einen Moment noch ...« Martis spürte, daß irgend etwas nicht stimmte, aber sie konnte nicht feststellen, was es war. Noch ehe sie jedoch etwas sagen konnte, hatte Lyran ihr Handgelenk ergriffen und sie aus dem Sattel gezogen, genau einen Moment bevor ein Pfeil an der Stelle vorüberzischte, an der sie gerade gewesen war. Lyran stieß einen schrillen Pfiff aus, und Jesalis warf den Kopf hoch, schnupperte kurz im Wind und raste dann auf die Bäume zu ihrer Linken zu. Martis suchte schnell Schutz hinter einem in der Nähe stehenden Gebüsch, Lyran warf sich auf den Boden und nahm eine wachsame, kauernde Haltung ein.

Ein Schrei aus der Richtung, in die die Stute verschwunden war, sagte ihnen, daß Jesalis sich des Bogenschützen angenommen hatte. Aber er war nicht allein gewesen: aus dem Schutze der Bäume traten ihnen drei Schwertkämpfer entgegen.

Mit einer geschmeidigen Bewegung sprang Lyran wieder auf die Füße, zog die Schwerter, die er auf seinen Rücken gebunden hatte, und stellte sich ihnen in einer Haltung entgegen, die nicht der Art von Kampfstil entsprach, die Martis gebilligt hätte. Er stellte sich so hin, daß sie an ihm vorbei mußten, wollten sie seine Herrin erreichen.

Der erste der gedungenen Mörder lachte und schlug mit einem nachlässigen Rückhandschwung der flachen Klinge seines Schwertes nach Lyran, wobei er wie unbeabsichtigt auf seinen Kopf zielte.

»Dieser kleine Schmetterling gehört mir − wollen doch mal sehen, ob er genau so weibisch ist, wie er aussieht ...«, setzte er an.

Lyrans Bewegung war so geschmeidig wie die eines Wiesels. Der Angreifer starrte ungläubig auf die Schwertklinge, die seine Brust durchbohrte. Lyran war in Deckung gegangen und direkt vor ihm wieder aufgetaucht; dann hatte er ihn angegriffen, bevor er überhaupt die Möglichkeit gehabt hatte, sich der Absichten des Leibwächters bewußt zu werden.

Lyran zog sein Schwert heraus, während der Mörder noch stand. Dann wirbelte er herum und stellte sich den beiden anderen entgegen.

Mit sehr viel mehr Vorsicht als ihr Kumpan gingen sie auf ihn zu und kreisten ihn ein, um ihn von zwei Seiten angreifen zu können. Mühelos wehrte er ihre Angriffe ab − seine zwei Schwerter sausten so schnell durch die Luft, daß das Auge sie kaum erkennen konnte. Aber trotz seiner Gewandtheit schien sich ihm keine Gelegenheit zu einem

21

Gegenangriff zu bieten. Martis kochte innerlich vor Wut über ihre Hilflosigkeit; die von ihr vorbereiteten Kampfzauber waren alle für die Verteidigung gegen einen anderen Magier gedacht. Um einen der Zauber anwenden zu können, die gegen Schwertkämpfer wirkten, müßte sie zu den Vorräten in ihren Satteltaschen gelangen, die im Moment hoffnungslos außer Reichweite waren.

Plötzlich führte Lyran eine Scheinattacke auf den dritten der Mörder aus und provozierte damit den zweiten zu einem Angriff. Er verschränkte sein Schwert mit der Klinge seines Gegners und entwaffnete ihn mit geübter Hand. Dann stürzte sich der andere auf ihn, und er sprang zur Seite, so daß die Klinge haarscharf an seiner Brust vorbeisauste. Mit dem Rückschlag des Streichs, der den anderen entwaffnet hatte, stieß Lyrans linkes Schwert vor und schnitt ihm die Kehle durch. Bevor Martis einen Lidschlag tun konnte, hatte Lyran den Fluß seiner Bewegungen so gekonnt fortgeführt, daß das Schwert in seiner rechten Hand den letzten Gegner fast in zwei Teile geteilt hatte, noch bevor er zu Boden gefallen war.

Und hinter ihm erhob sich der erste tote Angreifer mit dem Schwert in der Hand und griff den nichtsahnenden Lyran an. Lyran schaffte es rechtzeitig, den Hieb mit einem Schwert abzuwehren, aber die Wucht des Schlages zwang ihn auf die Knie. Mit einer magischen Kraft, die seine Fähigkeiten im Leben bei weitem überstieg, ließ der Untote eine Reihe von Schlägen auf den Leibwächter niederprasseln. Lyran wurde zusehends zurückgedrängt, bis es dem Untoten gelang, seine Verteidigung zu durchbrechen und ihm mit einem doppelt ausgeführten Hieb am linken Arm zu treffen. Der Schlag trennte Lyrans Arm fast bis auf den Knochen durch. Das Schwert entglitt seinen Fingern, und er versuchte, die Leiche mit dem verbleibenden Schwert abzuwehren, aber die Hiebe des Untoten kamen nun mit verstärkter Wucht und noch schneller als zuvor. Als er ihn mit der flachen Klinge an der Schläfe traf, fiel Lyran zu Boden und war ihm hilflos preisgegeben.

Als hätte sich die Zeit verlangsamt, erkannte Martis, daß

er dem nächsten Schlag des Untoten nicht würde standhalten können.

Sie, Lyran und der Untote bewegten sich gleichzeitig.

Martis zerstörte den Zauber, der den Toten wieder zum Leben erweckt hatte, aber zuvor gelang es ihm, noch zweimal auf den Leibwächter einzuschlagen.

Lyran war es jedoch erneut gelungen, sich dem Hieb mit einer Bewegung zu entziehen, die Martis nicht für möglich gehalten hätte, dann hatte er sich zusammengerollt und war so dem tödlichen Schwertstoß entgangen. Doch als der ihn am Leben erhaltende Zauber sich verflüchtigte, brach der Untote zusammen.

Erlöst davon, sich verteidigen zu müssen, ließ Lyran das Schwert fallen, tastete nach der Wunde und sank schmerzgepeinigt in die Knie.

Martis sprang aus ihrem Versteck hervor und war mit fünf großen Schritten an der Seite des Schwertkämpfers. Angesichts der schweren Wunde an seinem Arm war es ein ausgesprochenes Glück für Lyran, daß seine Herrin eine Magierin der Meisterklasse war! Ihr Geist sammelte die Kraftstränge, die sie im Laufe des Tages an sich gebunden hatte, und verwob sie zu einem Heilzauber, einem Zauber, den sie so gut kannte, daß es allein ihrer Erinnerung bedurfte, ihn entstehen zu lassen.

Obwohl Martis Vorbereitung nur wenig Zeit in Anspruch genommen hatte, hatte sich Lyran geistesgegenwärtig das Stirnband vom Kopf gerissen und es sich fest um seinen Oberarm gebunden, um die Blutung zu stillen. Als Martis nach dem verwundeten Arm griff, versuchte Lyran sie mit einer schwachen Geste abzuwehren.

»Es ist — schon gut — Lady Magierin«, keuchte er, während aus seinen Augen Tränen des Schmerzes rannen.

Martis aktivierte den Zauber. »In meinen Diensten bleibt kein Wächter verwundet«, grollte sie. »Es ist mir egal, wie das bei deinen früheren Dienstherren war. Ich kümmere mich um meine Leute so, wie ich es für richtig halte.«

Und nachdem sie ihre Meinung gesagt und ihre magischen Kräfte angewandt hatte, ließ sie den Zauber erst einmal wirken und ging hinüber, um die Leichen ihrer besiegten Gegner in Augenschein zu nehmen.

Was sie sah, war sehr interessant, so interessant, daß sie zunächst nicht bemerkte, daß Lyran zu ihr getreten war, während sie noch neben dem Toten kniete. Als es ihr auffiel, stellte sie mit einigem Erstaunen fest, daß das Gesicht des Jungen eine leicht grünliche Färbung angenommen hatte, und ihr wurde bewußt, daß Lyran mit allen Kräften dagegen ankämpfte, sich übergeben zu müssen. Die Überraschung mußte ganz deutlich von ihrem Gesicht abzulesen gewesen sein, denn er sagte fast verteidigend: »Er verdient zwar seinen Lebensunterhalt mit dem Schwert, Lady Magierin, aber das heißt nicht, daß Er die Folgen seines Tuns gern sieht.«

Martis gab einen unverbindlichen Laut von sich und stand auf. »Nun, junger Mann, jedenfalls brauchst du nicht zu befürchten, daß mit deinen Künsten etwas nicht stimmt. Diese Männer wurden wenige Minuten, bevor sie uns angriffen, durch Zauberkraft hierher gebracht. Ich wünschte, du hättest einen lebendig gefangennehmen können. Er hätte uns sicher eine Menge erzählen können.«

»Seine unbedeutende Meinung ist es, daß man nach dem Urheber dieses Angriffs nicht lange zu suchen braucht«, sagte Lyran und sah Martis fragend an.

»Oh, natürlich, das ist zweifellos Kelvens Werk. Er kennt meine Aura gut genug, um meine Spur ohne größere Schwierigkeiten aus einiger Entfernung verfolgen zu können, und ich bin mir sicher, daß er gewußt hat, daß die Gilde mich schicken würde. Außerdem kennt er den am nächsten gelegenen Tordurchgang und wußte, daß ich dorthin reiten würde. Nein, es geht darum, daß ich gerne wüßte, welchen Befehl er diesen Männern gegeben hat. Sollten sie uns töten — oder uns nur überwältigen und gefangennehmen?« Während sie den Staub von ihren Händen wischte, bemerkte sie, daß die Sonne fast untergegangen war und die Luft sich abgekühlt hatte. »Wie auch immer, sie haben ihr Wissen mit ins Jenseits genommen, und ich bin kein Geisterbeschwörer.«

»Soll Er sie begraben?« Lyran sah noch immer ein wenig so aus, als sei ihm übel.

»Nein, der Heilzauber für deinen Arm hat noch nicht ganz gewirkt, und ich will nicht, daß deine Wunde wieder aufreißt. Kümmere du dich um Tosspot, und suche deine Stute, wohin auch immer es sie verschlagen hat. Das hier erledige ich.«

Martis legte die Leichen aufeinander und verbrannte sie mit magischem Feuer zu Asche. Ein wenig tat es ihr leid um die verschwendete Energie, aber die Kräfte, die durch den Tod der Mörder freigesetzt worden waren, würden diesen Verlust mehr als wettmachen — obgleich sie sich bei dem Gedanken, sie zu verwenden, schuldig fühlte. Durch den gewaltsamen Tod eines Menschen wurde immer eine beträchtliche Energie freigesetzt; es war in der Tat der einfachste und schnellste Weg, um sie in riesigen Mengen zu erhalten —, aber dies war auch der Grund, warum die Gilde den Blutzauber für tabu erklärt hatte. Die Energie zu benutzen, die freigesetzt wurde, wenn man jemanden in Notwehr tötete, war eine Sache — kaltblütig zu morden, um Kräfte daraus zu ziehen, eine andere.

Als Martis zum Lagerplatz zurückkehrte, stellte sie fest, daß Lyran nicht nur seine Stute gefunden und Tosspot abgesattelt und festgebunden hatte, sondern daß auch ihr Abendessen schon bereit stand. Über dem kleinen Feuer brutzelten zwei Kaninchen.

»Zwei?« fragte sie. »Ich kann höchstens ein halbes essen. Wo hast du sie überhaupt gefangen?«

»Er kann einigermaßen mit einer Schlinge umgehen, und auf unserem Ritt gab es viele Gelegenheiten«, antwortete Lyran. »Das zweite essen wir morgen zum Frühstück.«

Lyran hatte Tosspots Sattel auf die andere Seite des Feuers direkt vor das offene Zelt gelegt, so daß sie sich gegenüber saßen. Martis machte es sich auf ihrem Sattel bequem, um ihr Abendessen zu genießen. Die Nachtluft war angenehm kühl, und die Geräusche der Kreaturen der Nacht um sie herum beruhigten sie, denn sie bedeuteten, daß niemand sie störte. Die Insekten, die sich im Tageslicht getummelt hatten, waren verschwunden, das Nachtgetier ließ noch auf sich warten. Und die Widersprüchlichkeiten in der Erscheinung ihres Wächters bereiteten ihr Kopfzerbrechen.

»Ich geb's auf«, sagte sie schließlich und brach damit das Schweigen zwischen ihnen. »Du bist der seltsamste Wächter, den ich jemals gehabt habe.«

Lyran sah auf, und das Feuer enthüllte seinen rätselhaften Gesichtsausdruck. Er hatte einen Teil seines Kaninchens gegessen, aber es hatte so ausgesehen, als täte er es aus Pflichtgefühl und nicht, weil es ihm schmeckte. Er sah immer noch ein wenig krank aus.

»Warum erscheint Er Euch seltsam, Lady Magierin?«

»Du ziehst dich an wie ein Tänzer, der Krieger spielt, du kämpfst allein mit der Kraft eines ganzen Wächtertrupps — und dann wird dir hinterher schlecht, weil du jemanden getötet hast. Du trägst seidene Tücher, die einer Dirne zur Ehre gereichen würden, aber die Stute, die du reitest, ist zum Töten abgerichtet. Wer *bist* du, Junge? Welches Land hat so etwas wie dich hervorgebracht?«

»Er kommt von weit her — aus dem tiefen Westen und Süden. Es ist nicht wahrscheinlich, daß Ihr jemals von diesem Volk gehört habt, Lady Magierin. Der Oberste Wächter kannte es auch nicht. Und wenn Ihr fragt, warum Er so ist, wie Er ist: Er folgt einem Weg.«

»Dem *einzig richtigen* Weg?«

»Nein, Lady Magierin. *Einem* Weg. Das Volk glaubt, daß es viele dieser Wege gibt, und der unsere ist nicht besser oder schlechter als irgendein anderer. Unser Weg ist der Weg des Gleichgewichts.«

»Du hast schon einmal von ›Gleichgewicht‹ gesprochen ...« Martis' Neugier war nun vollends geweckt. »Was genau beinhaltet denn dieser Weg?«

»Es ist ganz einfach. Man muß danach streben, in allen Bereichen seines Lebens ein Gleichgewicht der Kräfte zu erreichen. Und Er befindet sich auf einer Art Odyssee, um dieses Gleichgewicht zu finden, um einen Platz zu finden, der für Ihn der richtige ist. Denn da Ihm die Kunst beschieden ist, sein Leben mit dem Schwert zu bestreiten, muß Er danach streben, dieses Schwert in den Dienst des Friedens zu stellen und auch in andere Bereiche seines Lebens Frieden einkehren zu lassen. Und es ist schon etwas daran, daß Er eine hilflose äußere Erscheinung sein eigen nennt.« Lyrans Mund verzog sich zu einem ironischen Lächeln. »Die Lady Magierin wird Ihm sicher Recht darin geben, daß ein unscheinbares Äußeres sehr dazu beiträgt, den Gegner seine Wachsamkeit vergessen zu lassen. Dies ist also, was Er ist. Und was das *warum* betrifft — ›je vollkommener das Gleichgewicht, desto vollkommener auch der Zustand, in dem wir wiedergeboren werden‹, so will es der Glaube unseres Volkes.«

»Ich hoffe sehr, daß du Gut und Böse nicht in dein Gleichgewicht einschließt — falls doch, so werde ich in Zukunft das Kochen übernehmen.«

Lyran lachte. »Nein, Lady Magierin, denn wie könnte man Gut und Böse bewerten? Es war ganz sicher gut, daß Er Eure Widersacher erschlug, aber war es nicht böse für sie? Manchmal sind Dinge ganz klar entweder das eine oder das andere, aber nur allzuoft hängt es davon ab, auf welcher Seite man selbst steht. Eine der Hauptlehren unseres Wegs ist es, immer den kleinstmöglichen Schaden zuzufügen — zu verwunden statt zu töten, zu überwältigen, statt zu verwunden, zu argumentieren statt zu überwältigen und sich dabei immer vor Augen zu halten, daß der andere vielleicht im Recht sein könnte.«

»Das sagt sich recht einfach, aber ...«

»... es ist schwierig, danach zu leben. Oft will es scheinen, als seien die meisten erstrebenswerten Dinge nur mit Mühe zu erlangen. Habt Ihr nicht Euer ganzes Leben der Zauberkraft gewidmet und lernt doch immer noch? Und entfernt Euch dies nicht von Eueren Mitmenschen, da Ihr die menschlichen Bindungen Eurem Wissen opfern müßt?«

Martis sah ihren Begleiter über die Flammen hinweg prüfend an. Er war also doch nicht so jung, nicht annähernd so jung, wie sie gedacht hatte, und auch nicht von so schlichtem Gemüt. Die zarte Statur, die arglosen Augen und die

Unschuld seines herzförmigen Gesichtes waren es, die ihn wie ein Kind erscheinen ließen. Ihr wurde plötzlich bewußt, wie attraktiv er war. Verdammt attraktiv ...

Sei kein Narr, schalt sie sich. *Du kannst es dir nicht leisten, Zeit und Energie an solche Gedanken zu verschwenden. Außerdem ist er jung genug, um dein Sohn zu sein – nun vielleicht nicht gerade dein Sohn, aber er ist auf jeden Fall zu jung für deinesgleichen. Bei allen Höllenfeuern! Konzentriere dich besser wieder auf das Wesentliche.*

»Bevor wir schlafen gehen, möchte ich noch Kräfte sammeln, so wie ich es auf dem Weg hierher getan habe«, sagte sie und streckte sich dabei ein wenig. »Ich möchte, daß du mich aus meiner Trance weckst, wenn der Mond aufgeht.«

»Würdet Ihr Euch durch stillen Betgesang gestört fühlen, Lady Magierin?« fragte Lyran besorgt. »Er möchte gerne einige Worte für die Erschlagenen darbringen.«

»Wozu? Sie hätten sicher nicht um dich getrauert!« Wieder einmal war es Lyran gelungen, sie zu überraschen.

»Das ist ihr Weg, nicht der Seine. Wenn man nicht die betrauert, die man erschlagen hat, so stirbt das Herz bald. Hätten sie unter anderen Umständen nicht Freunde sein können?«

»Ich denke, du hast recht«, erwiderte Martis nachdenklich. »Nein, dein Betgesang wird mich sicher nicht stören. Nur vergiß dabei nicht, wachsam zu bleiben und die Augen nach weiteren Überraschungen aufzuhalten.«

»Ihr könnt dessen sicher sein, Lady Magierin.« Lyran schien noch nicht einmal verärgert über diese unnötige Erinnerung an seine Pflichten, eine Tatsache, die Martis noch nachdenklicher stimmte. Die bezahlten Leibwächter, die sie gekannt hatte, hatten immer ein wenig empfindlich reagiert, wenn ein Magier ihnen Befehle gab, so wie sie es gerade getan hatte. Nichts schien das ruhige, gelassene Äußere dieses Jungen erschüttern zu können. Wie lange, so fragte sie sich, mochte es gedauert haben, bis es ihm gelang, diese Art von Geisteshaltung anzunehmen? Und welche Art von Selbstdisziplin hatte sie hervorgebracht? Wirklich, er war ihr ein Rätsel.

Am nächsten Tag gelangten sie zu einem Ring aus hochaufgerichteten Steinen. Ihr Ziel, das Tor, war erreicht. Der diesem Ort innewohnende Zauber machte es möglich, ihn als eine Art Brücke zu fast jedem anderen Ort auf der Erde zu benutzen. Martis war schon einmal an Kelvens Turm gewesen und hatte sich die Beschaffenheit der umliegenden Landschaft nach Magierart eingeprägt. Wenn sie den entsprechenden Zauber erst einmal aktiviert hatte, würden sie geradewegs von *hier* nach *dort* reiten können. Abgesehen davon, daß ihnen auf diese Weise eine lange und ermüdende Reise erspart blieb, hatte diese Tatsache noch einen weiteren Vorteil: falls Kelven ihre Spur bis hierher verfolgt hatte, so würde er sie nun verlieren, und da er nicht wußte, wo genau er nach ihnen zu suchen hatte, würde er nicht wissen, ob einer von ihnen seinen Angriff überlebt hatte. An diesem Abend blieben sie ungestört, und Martis konnte von dem magischen Ort schnell die Energie aufnehmen, die sie zu ihrem Schutz verbrauchte, solange sie sich hier aufhielten.

Die Arbeit an dem Zauber für ihre Reise durch das Tor nahm den größten Teil des nächsten Vormittags in Anspruch.

Martis hatte nicht die Absicht, sie zu nah an ihren Bestimmungsort heranzubringen. Nach einem leichten Mittagsmahl aktivierte sie das Tor.

Die hochaufragenden Steine begannen zu glühen, nicht von innen, sondern als brenne ein unlöschbares Feuer auf ihrer Oberfläche. Das Feuer eines jeden Steines strahlte aus und vereinigte sich mit dem Feuer des Steins zu seiner Rechten und dem zu seiner Linken. Noch bevor eine Stunde vergangen war, hatte sich der Ring aus Steinen in eine nahezu feste Materie aus pulsierendem, orangefarbenem Licht verwandelt.

Martis wartete, bis sich der Kräftefluß in ihrem Inneren zu einem fast unerträglichen Ziehen gesteigert hatte — dann ritten sie durch zwei der Steine hindurch, aber sie ritten nicht auf der anderen Seite wieder heraus.

Sie materialisierten sich in der Nähe von Kelvens Turm.

Die Konfrontation, die Martis so sehr gefürchtet hatte, stand unmittelbar bevor.

Sie war sich nicht schlüssig, ob die Tatsache, daß sie am Tor nicht aufgehalten worden waren, für sie gut oder schlecht war. Möglicherweise hatte Kelven sein Tun noch einmal überdacht und war nun bereit, sich überreden zu lassen, sein Vorhaben nicht durchzuführen. Genausogut war es möglich, daß er sich seine Pläne nicht noch einmal von den Schwertkünsten eines Bediensteten durchkreuzen lassen wollte und darum von einer weiteren Auseinandersetzung auf Distanz absah, um sie in einem Magier-Zweikampf eigenhändig zu vernichten.

Sie ritten durch die tiefen Wälder einer wilden Landschaft. Kelvens Turm lag am Rande einer grasbewachsenen Ebene, dort, wo die Wälder endeten. Martis beschrieb Lyran das Bild. Er lauschte ihrer Beschreibung aufmerksam, sagte aber nichts. Martis war nicht geneigt, das Schweigen zu brechen, und verlor sich in ihren eigenen Betrachtungen.

»Lady Magierin ...« Lyran brach in Martis' Gedanken ein, bevor sie Kelvens Festung erreichten. »Ist es möglich, daß der Lord Magier von Seinem Überleben des Angriffs nichts weiß?«

»Es ist sogar wahrscheinlich«, antwortete Martis ihm. »Seit dem Angriff habe ich unsere Schritte vor ihm abgeschirmt.«

»Hättet Ihr Eueren Auftrag denn allein durchgeführt, wenn Er gefallen wäre? Wäre es nicht naheliegender gewesen, wenn Ihr zum Lager der Gilde zurückgekehrt wäret, um neue Leibwächter zu holen?«

Sie standen nun auf dem Kamm einer Hügelkette. Vor ihnen und zu beiden Seiten erstreckte sich eine grasbewachsene Steppe. Kelvens Turm war von hier aus gut zu erkennen, er lag ungefähr eine Wegestunde von ihnen entfernt. Die Sonne brannte auf ihre Köpfe nieder, brummende Insekten taumelten schwerfällig durch die Luft. Es schien ein geradezu lächerlich unpassender Schauplatz für einen unmittelbar bevorstehenden Kampf zu sein.

Martis lachte gezwungen. »Jeder andere außer mir würde genau das tun. Aber ich bin starrköpfig, und ich kann verdammt unangenehm werden. Kelven weiß, daß ich einmal mich selbst und zwei meiner Schüler − er war einer von ihnen − ohne die Hilfe von Führern oder Leibwächtern aus einem stinkenden, mit Gewürm verseuchten Sumpf gezogen habe. Die Führer waren getötet worden, und die Leibwächter waren nicht in der Verfassung, um mit uns zu gehen; wir waren nämlich von einer Nachtmähre angegriffen worden. Und, bei Zaila, ich war nicht bereit, sie ungeschoren in ihre Höhle zurückkehren zu lassen! Als wir sie schließlich fanden, war ich so wütend, daß ich die ganze Horde gleich an Ort und Stelle eigenhändig zu einem Häufchen Asche verbrannte. Wenn du bei dem Angriff getötet worden wärest, dann würde ich jetzt Blut sehen wollen − oder ihnen eine *verdammt* gute Vorstellung davon geben, was ich unter Rache verstehe!«

»Dann laßt Ihn einen Plan vorschlagen, Lady Magierin. Das Land, das vor uns liegt, ist Seinem Heimatland sehr ähnlich. Es wäre Ihm möglich, sich von Euch wegzuschleichen und sich unbemerkt einen Weg durch das hohe Gras zu suchen − und Er verfügt noch über eine andere Waffe als nur die Schlinge.« Aus seiner Satteltasche zog Lyran einen kleinen, aber offensichtlich starken Bogen ohne Sehne und einen mit kurzen Pfeilen gefüllten Köcher. »Die Waffe ist zu stark, um sie zum Jagen zu verwenden, Lady Magierin, außer für größere Tiere als Kaninchen oder Vögel. Er könnte in der Entfernung eines Pfeilschusses in Eurer Nähe bleiben − wenn Ihr es wünscht, ohne daß der Lord Magier es bemerkt.«

»Ich bin froh, daß du dir diesen Plan ausgedacht hast, und ich halte ihn für mehr als nur eine gute Idee«, sagte Martis und besah sich den Turm. Einige dunkle Gedanken waren ihr gekommen. Vielleicht hatte Kelven sie in eine Falle gelockt. »Den Befehl, den ich dir jetzt gebe, mußt du unbedingt ausführen. Wenn Kelven mich gefangennimmt − schieße auf mich. Schieße so, daß dein Pfeil mich tötet. Versuche, auch ihn zu erwischen, wenn du kannst, aber

31

unter allen Umständen mußt du mich töten. Es gibt zu viele Möglichkeiten für ihn, mich zu benutzen, und jeder zerbricht irgendwann, wenn ein Magier genug Zeit hat. Meine eigene Todesenergie werde ich an mich binden können, bevor er sie benutzen kann – zumindest hoffe ich das.«

Lyran nickte und glitt von Jesalis' Rücken. Er band das Sattelzeug und die Satteltaschen fest, damit es so aussah, als benutze Martis die unberechenbare Stute als Lasttier. In der Zeit, die Martis benötigte, um die Zügel des Pferdes aufzunehmen, war Lyran im hohen Gras der Steppe verschwunden, ohne eine Spur zu hinterlassen.

So langsam sie konnte, ritt Martis auf den Turm zu, um Lyran ausreichend Zeit zu geben, mit den Pferden Schritt zu halten, ohne seine Deckung aufzugeben.

Als sie sich dem Turm näherte, sah sie, daß zumindest eine Ungewißheit aus dem Weg geräumt war. Sie würde nicht den Fehdehandschuh werfen müssen, um Kelven aus seinem Turm zu locken – er stand bereits da und wartete auf sie. Vielleicht, dachte sie mit einem plötzlichen Anflug von Hoffnung, bedeutete dies, daß er doch zu einem vernünftigen Gespräch bereit war.

Als Lyran, der hinter einem Gebüsch Deckung genommen hatte, sah, daß der Magier Kelven aus seinem Turm getreten war und auf Martis wartete, bezog er so schnell wie möglich Posten. Er war sogar noch einige Augenblicke früher am Ort des Geschehens als die Magierin selbst. Die Stelle, die er sich ausgesucht hatte – hinter einem Gebüsch am Rande des Ringes aus kurzgeschnittenem Gras, der den Turm umgab –, war in jeder Hinsicht ideal, bis auf die Tatsache, daß er hier nicht hören konnte, was gesprochen wurde, da der Wind die Worte von ihm forttrug. So konnte er nur hoffen, daß es ihm gelang, die Absichten des Magiers von seinen Bewegungen abzulesen.

Es gab einige kleine Dinge, die einem wachsamen Beobachter die Absicht eines Magiers, zum Angriff überzugehen, ankündigten – vorausgesetzt, der Beobachter wußte genau, worauf er zu achten hatte. Vor ihrem Aufbruch hatte Trebenth ihn eingehend über die Anzeichen in Kenntnis gesetzt, die ohne eine erkennbare Aufforderung zum Kampf auf einen bevorstehenden Angriff mittels Zauberkraft schließen ließen. Lyran hoffte nur, daß er schnell genug reagieren würde.

»Sei mir gegrüßt, Martis«, sagte Kelven mit einer ruhigen Stimme, die keinerlei Rückschlüsse auf seine Gedanken zuließ.

Martis sah mit Unbehagen, daß er dazu übergegangen war, sich in ein tristes, eintöniges Schwarz zu kleiden. Der Kelven, an den sie sich erinnerte, hatte ein unschuldiges Vergnügen darin gefunden, sich wie ein Pfau zu kleiden. Ansonsten sah er nicht viel anders aus als zu der Zeit, in der er ihr Schüler gewesen war — er hatte sich einen Vollbart wachsen lassen, dessen schwarze Färbung nicht ganz mit dem Dunkelbraun seines Haupthaares übereinstimmte. Sein schmales Gesicht mit den scharfen Augen, denen nichts entging, erinnerte sie immer noch an des eines Falken. Sie betrachtete ihn eingehender und sah mit Erschrecken, daß seine Pupillen so vergrößert waren, daß von der braunen Iris fast nichts mehr zu sehen war. Drogen hatten manchmal diese Wirkung — insbesondere Drogen, die mit dem Blutzauber einhergingen.

»Auch ich grüße dich, Kelven. Die Dinge, die wir in letzter Zeit über dich hören, gefallen uns nicht sehr«, sagte sie vorsichtig, während sie abstieg und auf ihn zuging und dabei versuchte, ein möglichst ernstes und ärgerliches Gesicht zu machen.

»Alles Märchen. Diese alten Weiber des Rats haben eben eine Vorliebe für gute Geschichten. Ich nehme an, daß man dich entsendet hat, um das verirrte Schaf zur Herde zurückzuführen?« sagte er. Sie wußte nicht, ob er sich über sie lustig machte.

»Kelven, der Weg, den du eingeschlagen hast, kann dir und uns doch nur schaden«, sagte sie ein wenig versöhnlicher, da ihr plötzlich das Bild des zufrieden zu ihren Füßen sitzenden Schülers Kelven vor Augen stand. Er war fast wie ein Sohn für sie gewesen. »Bitte — du warst ein so guter Schüler. Es muß noch viel Gutes in dir geben, und du hast die Fähigkeit, ein Meister zu werden, wenn du es wirklich versuchst.« Sie war sich unangenehm der Tatsache bewußt, daß sie sich zur Bittstellerin machte. »Ich hab' dich immer sehr gern gehabt, das weißt du, und ich werde für dich sprechen, wenn du es möchtest. Du kannst ›zur Herde zurückkehren‹, wie du es nennst, und niemand wird dir deine Vergangenheit vorwerfen. Aber du sollst auch wissen, daß es nur ein Schicksal für einen Magier gibt, der sich dem Blutzauber verschrieben hat. Und ich muß dir sagen, daß ich deinem Tun Einhalt gebieten muß, wenn ich dich nicht zur Vernunft bringen kann.«

Es ging eine Kälte von ihm aus, die sie ein wenig vor ihm zurückweichen ließ — es war die Eiseskälte von jemandem, der sich von den Menschen losgesagt hatte. Sie sehnte sich danach, wenigstens ein kleines Stückchen des Kelven von damals zu sehen, einen einzigen vertrauten Blick mit ihm zu tauschen, der ihr bewies, daß er doch noch nicht so weit gegangen war, wie sie es befürchtete. Aber ein solches Überbleibsel schien es nicht zu geben.

»Wirklich?« lächelte er. »Darauf wäre ich nie gekommen.«

Auf jede nur mögliche Zauberwaffe wäre sie vorbereitet gewesen. Das letzte, was sie jemals erwartet hätte, war der Dolch in seiner Hand. Sie starrte auf das blitzende Lichtbündel des reflektierenden Stahls, als er ihn hob, und ihre Verblüffung war so groß, daß sie nicht mehr tun konnte, als ihre Hände in einem hilflosen Verteidigungsversuch zu erheben.

Er hatte seinen Angriff ausgeführt, noch bevor sie einen weiteren Gedanken fassen konnte.

»Aber zuerst, meine *Lehrerin*, mußt du mich schlagen«, sagte er haßerfüllt, als er den letzten Schritt machte, der sie voneinander trennte, und ihr den Dolch in die Brust stieß.

Sie taumelte zurück in Schmerz und Erschrecken, atemlos, und ihr Bewußtsein begann von ihr zu weichen.

»Noch bin ich kein Gegner für dich in einem Magier-Zweikampf«, sagte er, und ein grausames Lächeln verzerrte seine Lippen, während seine Hände den magischen Bann um sie legten, der ihr ihre Todesenergie rauben sollte, »noch nicht – aber mit dem, was ich aus deinem Tode gewinne, werde ich *jedem* von euch überlegen sein!«

Er hatte seinen Stoß mit der unglaublichen Schnelligkeit einer Schlange ausgeführt. Mit einem qualvollen Keuchen sank sie zu Boden, während sich ihre Hände hilflos um den Griff des Dolches klammerten. Der Schmerz und das Erschrecken erstickten ihre Fähigkeit zu denken, und sie war noch nicht einmal dazu in der Lage, den von ihr vorbereiteten Zauber zu aktivieren, der ihre Todesenergie seinem Zugriff entziehen sollte. Blut sickerte zwischen ihren Fingern hindurch, während ihre Kehle sich um die Worte krampfte, die sie vor ihm bewahren sollten. Sie konnte nichts weiter tun, als diese brennende Qual zu ertragen und das Wissen, daß sie versagt hatte ...

... und dann sah sie, wie ihn drei Pfeile fast gleichzeitig trafen, zwei in die Brust, der dritte in die Kehle. Ihre Hände krampften sich noch immer um den Griff, als er mit einem erstickten Röcheln über ihr zusammenbrach, dann verschlang sie endgültig die Dunkelheit der Todespein.

Ihre letzte Empfindung war ein Gefühl der Dankbarkeit für Lyran.

Frösche quakten, und die Luft war erfüllt vom Summen der Insekten. Wie seltsam, dachte Martis. In keiner der Versionen vom Leben nach dem Tode, die ihr zu Ohren gekommen waren, war jemals von Fröschen oder Insekten die Rede gewesen. Nun konnte sie in der Ferne auch schon Nachtvögel vernehmen und ganz in ihrer Nähe die scharrenden Hufe von Pferden und ein knisterndes Feuer. Das konnte nun ganz sicher nichts mit dem Leben nach dem Tod zu tun haben. Langsam öffneten sich ihre Lider. Es fühlte sich an, als seien sie aus Sandpapier, und durch die Schleier vor ihren wunden Augen konnte sie zunächst kaum etwas erkennen.

Lyran saß neben ihr, mit einer Sorgenfalte zwischen den Brauen und grauer Erschöpfung im Gesicht.

»Entweder ich lebe«, hustete Martis, »oder du bist tot – und daran, daß du gestorben bist, kann ich mich nicht erinnern.«

»Ihr seid am Leben, Lady Magierin – aber fast wäre es anders gekommen. Ich konnte noch rechtzeitig bei Euch sein. Ihr habt Glück, daß Magier sich nicht auf den Umgang mit Waffen verstehen – ein Schwertkämpfer hätte Euer Herz sicher nicht verfehlt.«

»Martis, mein Name ist Martis – du hast dir das Recht verdient, ihn zu benutzen«, hustete Martis wieder und war erstaunt darüber, daß es ihr so wenig Schmerzen bereitete – alles, was sie fühlte, war ein vages Stechen in der Lunge, eine verträumte Mattigkeit und eine tiefe Schwäche. »Warum bin ich noch am Leben? Selbst wenn er mein Herz verfehlt hat, war dieser Stoß doch tödlich. Und du bist kein Heilkundiger …« Sie brach ab. All das, was Lyran ihr über seinen ›Weg‹ erzählt hatte, schoß ihr durch den Kopf. »Oder etwa doch?«

»Da meine Hände den Tod bringen, müssen sie auch das Leben bewahren«, entgegnete Lyran. »Ja, diejenigen meines Volkes, die ihren Lebensunterhalt mit der Waffe bestreiten, werden auch mit der Heilkunde vertraut gemacht, genauso wie die Heilkundigen den Umgang mit Waffen erlernen müssen, und sei es nur, um sich selbst und die Verwundeten auf dem Schlachtfeld verteidigen zu können.«

Er rieb sich seine Augen, die genau so rot und wund aussahen wie sich ihre anfühlten. »Da ich kein geborener Heilkundiger bin, war es schwer, sehr schwer. Infolgedessen bin ich fast genau so schwach wie Ihr. Es wird viele Tage dauern, bis die Energie, die Stärke und die Geschicklichkeit, die ich vorher besessen habe, zu mir zurückgekehrt sind. Es ist gut, daß Ihr nicht noch mehr Feinde habt, mit denen ich es aufnehmen muß, denn ich fürchte, ich würde ihnen auf Händen und Knien entgegentreten!«

Martis runzelte die Stirn. »Du sprichst anders als früher.«

Lyran unterdrückte ein Lächeln. »Man sagt, daß ein Magier sogar im Angesicht des Todes noch beobachtet, registriert und Fragen stellt. Ja, meine Lady Magierin, ich spreche zu Euch wie zu meinesgleichen. Ich, der ich nicht mit Eurer besonderen Gabe geboren wurde, heile auf andere Art und Weise – ich habe meine Seele in Euren Körper entsandt, und eine Zeitlang waren wir eins. Das ist der Grund, warum ich so erschöpft bin. Nun seid Ihr ein Teil meiner Selbst – und ich spreche zu Euch wie zu einem Angehörigen meines Volkes.«

»Den Göttern sei Dank dafür. Ich war es schon langsam satt, dein ewiges ›Er‹ zu hören.«

Sie lachten schwach miteinander, bis Martis einen neuen Hustenanfall bekam.

»Was geschieht mit dir, wenn wir ins Lager der Gilde zurückgekehrt sind?« fragte Martis.

»Ob ich weiterhin im Dienst der Gilde bleiben kann, hängt davon ab, ob Ihr mit meiner Leistung zufrieden seid«, antwortete Lyran. »Da ich annehme, daß Ihr zufrieden seid …«

»Ich lebe doch, oder? Unsere Mission war erfolgreich, und mit diesem Ergebnis bin ich ein ganzes Stück mehr als nur ›zufrieden‹.«

»Dann denke ich, daß ich von nun an ein fester Bestandteil der Wächtertruppe bin und jedem Magier zugeteilt werden kann, der gerade einen Leibwächter braucht. Und – ich denke, daß ich hier gefunden habe, was ich suchte – den Ort, an dem mein Schwert dem Frieden dienen kann, den Ort, den der Weg für mich vorgesehen hat.« Trotz seiner zufriedenen Worte hatten seine Augen einen wehmütigen Ausdruck.

Martis spürte bei sich eine ungewöhnliche Empfindsamkeit für die Nuancen in seiner Ausdrucksweise. Hinter diesen Worten steckte etwas, das sie nicht erwartet hatte. Hoffnung? Verlangen? Und – war etwa sie damit gemeint?

Und, unter all der Erschöpfung, war da nicht tatsächlich so etwas wie Sehnsucht?

»Wollt Ihr mich nicht in Euren Diensten behalten, Lady

– Martis? Ich könnte mir vorstellen, daß wir gut zusammen passen.«

»Hhmm«, begann Martis zögernd, nicht sicher, ob sie ihn richtig verstanden hatte, nicht wagend zu glauben, was sie sah. »Als Meister habe ich das Recht auf einen ständigen Leibwächter – nur habe ich dieses Privileg bisher nicht in Anspruch genommen. Wärest du daran interessiert?«

»An dem Posten als Leibwächter – und sonst nichts? Oder kann ich hoffen, daß Ihr mehr von mir wünscht als nur meine bezahlten Dienste?«

Bei allen Göttern, war sie vollends von Sinnen, oder stellte er ihr tatsächlich *die* Frage?!

»Lyran, du willst mir doch nicht allen Ernstes einen Antrag machen?« platzte sie unvermittelt heraus.

»Wir sind eins gewesen«, seufzte er und berührte leicht ihre Wange. »So wie du dich an mich gebunden gefühlt hast, so habe ich mich zu dir hingezogen gefühlt. Ich glaube, es ist so, daß ein jeder von uns im anderen eine Sehnsucht erfüllt. Ich … liebe dich. Ich wäre gern ein Freund für dich … wenn du willst, auch mehr.«

»Aber ich bin alt genug, um deine Mutter zu sein!«

»Ah, Lady«, lächelte er, und seine Augen waren viel älter als sein junges Gesicht. »Was sind schon Jahre? Eine Illusion. Und kennen wir nicht beide das Labyrinth der Illusionen?« Und mit einer Hand hob er sanft ihr Kinn, um ihre Lippen mit den seinen zu berühren.

Als ihr Mund sich unter seinem Kuß öffnete, spürte sie die sich regende Leidenschaft in ihr.

»Ich …« Sie brach ab und lächelte verlegen.

»Hm?« Er legte den Kopf zur Seite und wartete auf Erleuchtung.

»Nun – meine Freunde werden mich für verrückt halten, aber es paßt ganz sicher zu deinem Weg des Gleichgewichts – meine grauen Haare und deine Jugend.«

Er lächelte, und das Lächeln erwärmte seine Augen auf eine Art, die Martis faszinierte und mit Glück erfüllte. »Nun, dann werden wir eben deine Freunde, denen deine klare Erkenntnis fehlt, ein wenig durcheinanderbringen.

Laß uns den Weg des Gleichgewichts zusammen gehen. Ja?«

Sie streckte eine Hand ein wenig aus, um seine zu berühren, und fühlte bereits, wie ein Teil ihrer Jahre vor seinem Lächeln dahinschwand.

»O ja.«

Originaltitel: Balance
Copyright © 1988 by Mercedes Lackey
Deutsch von Marion Albrecht

Mercedes
Lackey

Drachenzähne

Breite Schultern, rotes Haar und ein roter Bart — das waren
die hervorstechenden Merkmale von Trebenth, seines Zei-
chens Oberster Wächter der Magiergilde. Und falls dies
noch nicht beeindruckend genug ist, so sei hinzugefügt,
daß er der Oberste Wächter von High Ridings war, der
Hauptfestung der Magiergilde, in der sich auch die Akademie der Geheimen Wissenschaften befand, die Institution
für die Hohe Magische Kunst schlechthin. Ihm oblag es, in
seiner Eigenschaft als Schwertkämpfer, für die Sicherheit
und das Wohlergehen der Magier Sorge zu tragen, denen er
diente.

Unwissende mochten diese Aufgabe fälschlicherweise
für leicht halten. Magier hatten viele Feinde und waren
äußerst verletzlich, wenn sie körperlich angegriffen wurden — ein Messer in der Dunkelheit, und schon war es um
einen Magier geschehen. Trebenths Aufgabe war es, diese
Verletzlichkeit auszugleichen, indem er in High Ridings
über die Sicherheit der Magiergemeinschaft und über jeden

einzelnen wachte, indem er jedem Magier einen Leibwächter zur Seite stellte, den er auswählte und auf seine Aufgabe vorbereitete.

Zuweilen geschah es auch, daß seine Sorge um ihr Wohlergehen in Sphären hinüberglitt, die nichts mit Waffen und Kampf zu tun hatten.

Sein besorgtes Herz sagte ihm, daß genau dies jetzt angeraten schien.

Er stand auf der kalten Granitplatte eines Treppenabsatzes am oberen Ende einer langen Wendeltreppe, die sich durch den ganzen Turm zog, direkt vor der Tür zu einer gewissen Zimmerflucht in der Gildenhalle, der höchsten Turmetage, die den Meistern der Magiergilde vorbehalten war. Durch ein Oberlicht über seinem Kopf strömte Sonnenlicht herein, das von der hellen Holzverkleidung der Wand vor ihm reflektiert wurde. Keine Tür befand sich am Ende der gewundenen Stufen; es hatte einmal eine gegeben, aber die Bewohnerin des Gemachs hatte sie mit einem Zauber unsichtbar gemacht, vermutlich, damit ihre Privatsphäre nicht gestört wurde. Aber obwohl Trebenth die Wohnung nicht betreten konnte, so konnte er doch etwas von dem vernehmen, was hinter der unscheinbaren Wandvertäfelung vor sich ging.

Martis Orleva Kiriste, Magierin der Meisterklasse in High Ridings und führende Lehrmeisterin der Akademie, eine Frau, die wie Trebenth die Mitte des Lebens schon hinter sich gelassen hatte — Martis kicherte. Kicherte wie ein alberner Backfisch.

Mart ist nicht mehr dieselbe, seit sie Kelven bezwungen hat, dachte Ben düster und verlagerte sein Gewicht unruhig vom linken auf den rechten Fuß. *Zuerst dachte ich ja, es läge daran, daß sie sich immer noch nicht von der Stichwunde erholt hat. Der Blutverlust hätte wohl jeden anderen auch fürs erste ein wenig schwachsinnig gemacht. Dann dachte ich, sie sei vielleicht aus dem seelischen Gleichgewicht geraten, weil sie gezwungen gewesen war, jemanden zu töten, den sie fast wie ein eigenes Kind geliebt hatte. Aber dann benahm sie sich immer verrückter, statt wieder normal zu werden. Zuerst hat sie diesen Fremden als ihren persönlichen Leibwächter beschlagnahmt, dann hat sie ihn bei sich*

einquartieren lassen — und nun macht sie kein Geheimnis daraus,
daß er auch das Bett mit ihr teilt. Es ist, als hätte sie jedes Gefühl
dafür verloren, was sich für eine Frau in ihrem Alter ziemt.

Hinter der honigfarbenen Wandvertäfelung konnte Trebenth jetzt wieder ein unterdrücktes Kichern hören. *Und ich dachte, ich hätte mit diesem Ausländer Lyran endlich den richtigen Leibwächter für sie gefunden, einen, der ihr nicht auf die Nerven geht. Er hat einen so ruhigen, einen so unterwürfigen Eindruck gemacht. War es von ihm nur ein Trick gewesen, um sich in ihr Vertrauen einzuschleichen? Wen, zum Teufel, habe ich ihr da wirklich ins Haus gebracht? Wie konnte ich zulassen, daß sich dieser undurchsichtige Bursche in ihr Herz stiehlt?*

Schwitzend vor Unschlüssigkeit, stand er da und verlagerte wieder sein Gewicht auf den anderen Fuß. Schließlich konnte er es nicht länger aushalten und klopfte mit einer ihm sonst nicht zueigenen Schüchternheit zaghaft an die Stelle, wo die Tür gewesen war.

»Laßt mich in Ruhe«, hörte er Martis sagen, und der eisige Ton ihrer gedämpften Stimme war sogar durch die Holzverkleidung hindurch klar zu erkennen. »Ich bin nicht im Dienst. Versucht euer Glück bei Uthedre.«

»Mart?« erwiderte Ben und wand sich vor Unbehagen. »Ich bin es, Ben. Es ist nicht …«

Ein goldener Lichtschimmer entstand, und plötzlich befand sich die Tür wieder an der Stelle, wo vorher nur ein verschwommener Fleck gewesen war. Dann schwang sie auf, so unerwartet, daß er mit dummem Gesicht dastand und seine Knöchel ins Leere klopften.

Der Türrahmen gab den Blick frei auf Martis' Gemach, einen winzigen Raum, der von einem riesigen, braunen Sofa mit aufgeplusterten Kissen fast ausgefüllt wurde. Auf diesem Sofa, halb in die weichen Kissen versunken, lagen eng ineinander verschlungen zwei Personen. Eine Frau mittleren Alters mit eckigen Gesichtszügen und langen, halb aufgelösten Zöpfen aus blondem, angegrautem Haar und ein schlanker junger Mann mit schulterlangem Haar, das fast die Farbe dunklen Bernsteins besaß, und schwarzen, unergründlichen Augen. Trebenth fand, daß er bei weitem jung genug aussah, um Martis' Sohn zu sein. Tatsächlich war er ihr bezahlter Leibwächter — und ihr Liebhaber.

»Ben, du alter Esel!« rief Martis vom Sofa zu ihm hinüber. »Warum hast du nicht gleich gesagt, daß du es bist? Dich würde ich doch nicht vor der Tür stehen lassen, egal, worum es geht, aber du weißt doch, daß Aura-Lesen nicht meine Stärke ist.«

Zu Trebenths Erleichterung befand sich Martis' Kleidung in einem vollständigen und keineswegs zweideutigen Zustand, wie auch die seidene Tunika des jungen ausländischen Schwertkämpfers Lyran, der neben ihr saß. Sie ließ ihre Hand sinken, die die Tür mit einer Geste wieder zum Vorschein hatte kommen lassen, und die letzte schwungvolle Bewegung endete in einem freundlichen Heranwinken ihres Zeigefingers. Mit beträchtlichem Widerstreben drückte sich Trebenth in ihr sonnenüberflutetes Gemach. Sie legte den Kopf schief, und ihre grauen, verdächtig strahlenden Augen sahen ihn spitzbübisch an, während ihr Mund sich zu einem erwartungsvollen halben Lächeln verzog.

»Nun?« fragte sie. »Ich warte darauf, daß du mir sagst, was so wichtig ist, daß du dir deshalb die Mühe gemacht hast, bis hier oben zu mir heraufzuklettern.«

Trebenth errötete. »Es — es ist — wegen ...«

»Du meine Güte, man sieht jedenfalls, daß es dir verdammt peinlich ist. Laß mich raten. Es geht um mich und meinen viel zu jugendlichen Liebhaber, stimmt's?«

»Mart!« rief Ben und errötete noch stärker. »Das — das habe ich nicht ...«

»Es ist schon gut, Ben«, erwiderte sie und sank in die Kissen zurück, während Lyran seinen Vorgesetzten mit einem irritierend heiteren und nachdenklichen Gesichtsausdruck betrachtete. »Ich habe mir schon gedacht, daß es mittlerweile ganz High Ridings weiß. Bei Zailas Zehnägeln! Wie kommt es bloß, daß jeder x-beliebige Esel von einem alten Mann sich mit einem jungen Frauenzimmer einlassen kann, und alles kichert bloß hinter vorgehaltener Hand und bewundert seine ungebrochene Männlichkeit, aber wenn eine alte Frau …«

»Du bist nicht alt«, unterbrach Lyrans melodische Stimme sie sanft.

»Schmeichler.« Sie sah ihn an und schüttelte den Kopf. »Ich weiß es besser. Wenn also eine ältere Frau das gleiche tut, warum denkt dann jeder, daß sie nicht mehr alle Tassen im Schrank hat?«

Trebenth hatte es zu sehr die Sprache verschlagen, als daß er auf diese Frage hätte antworten können.

»Aber was soll's, lassen wir das. Ich vermute jedoch, daß dir vielmehr der Gedanke Sorge macht, ich könnte an einen schmarotzenden Nichtsnutz geraten sein. Laß mich dir eine Gegenfrage stellen. Macht Lyran Ärger? Spielt er sich als Lebemann auf, wirft er mit meinen Goldstücken um sich, oder brüstet er sich sogar mit seinen Beziehungen – oder mit seiner ›Eroberung‹?«

»Eigentlich – nein«, gab Ben langsam zu. »Nein. Er benimmt sich so wie immer, so unauffällig, daß man ihn kaum bemerkt. Außer …«

»Außer was?«

»Ein paar von den anderen haben es in letzter Zeit auf ihn abgesehen, hauptsächlich beim Waffentraining.«

»Und?« Neben ihr bewegte sich Lyran und legte seine rechte Hand unauffällig mit einer schützenden Geste über ihre Hand, die auf dem braunen Sofakissen zwischen ihnen ruhte.

»Es blieb alles im Rahmen, bis heute morgen. Harveth begann damit, gemeine Dinge über dich zu sagen, statt Lyran zu provozieren, da er sah, daß er bei dem Jungen damit nicht weiterkam. Harveth war bewaffnet, Lyran nicht.«

Martis zog eine Augenbraue in die Höhe. »Tatsächlich? Und was passierte dann?«

»Ich wollte dazwischengehen, aber bevor ich mich einmischen konnte, war schon alles vorbei. Es ging ganz schnell. Harveth ist jetzt beim Heiler. Man sagte mir, er könne vielleicht in ungefähr einem Jahr wieder gehen, ohne zu hinken, aber das ist nicht sicher. Zerschmetterte Kniescheiben wieder zusammenzuflicken ist schwierig.«

Martis bedachte den langhaarigen jungen Mann neben ihr mit einem vorwurfsvollen Blick. Lyran errötete. »Verzeiht mir«, murmelte er. »Er war Euretwegen zorniger, als es Ihm bewußt war, und darum verlor Er sowohl sein Gleichgewicht als auch die Beherrschung.«

»Du hast mehr als das getan, mein Junge«, grollte Ben. »Du hast mich um einen erstklassig ausgebildeten …«

»… grobschlächtigen Klotz gebracht«, unterbrach Martis ihn. »Du vergißt, daß du mir diesen Blödian einmal als Leibwächter zugeteilt hast − er ist zu nichts zu gebrauchen, und für eine Magierin meiner Klasse ist er einfach ein Stein um den Hals. Du weißt sehr gut, daß du ein halbes dutzendmal nahe daran warst, diesen Idioten mit einem Tritt in den Hintern hinauszubefördern − das hast du mir selbst erzählt! Nun, jetzt hast du ja einen Vorwand, um ihn in den ›vorzeitigen Ruhestand‹ zu versetzen; schließlich ging es bei der Sache um meinen Leibwächter und um meine sogenannte Ehre. Laß ihm die Wiedergutmachung von meinem Geld auszahlen, und schmeiß' den Bastard in hohem Bogen aus High Ridings. Bist du jetzt zufrieden?«

Ben war nicht zufrieden. »Mart«, sagte er bittend, »es geht doch nicht nur darum …«

»Was denn noch? Glaubst du, daß deine kleinen Lieblinge es immer noch auf Lyran abgesehen haben?«

»Nein, nach heute morgen wohl nicht mehr.«

»Was ist es dann? Hast du Angst, daß sie sich über mich lustig machen? Falls du's noch nicht weißt, Ben, sie tun es schon, und es ist mir völlig gleichgültig. Oder hast du Angst um mich, befürchtest du, daß ich mich zum Narren mache?«

Da Trebenth genau diesen Gedanken gehegt hatte, errötete er erneut und wandte seine Augen von dem Paar auf dem Sofa ab.

»Ben«, sagte Martis sanft, »wann hast du außerhalb meines Quartiers jemals gesehen, daß Lyran und ich ein anderes Verhältnis zueinander haben als das einer Magierin zu ihrem Leibwächter? Haben wir nicht immer zumindest den Anschein gewahrt?«

»Ja«, nuschelte er, und seine Ohren glühten vor Verlegenheit.

»Selbst, wenn es nichts zwischen uns gäbe, würden die Leute reden. Seit ich meinen Meistertitel bekommen habe, ist es immer so gewesen. Es hat Jahre gegeben, am Anfang, als jeder sicher wußte, daß ich ihn mir im Bett verdient hatte und nicht im Magischen Zirkel. Und als du und ich – darüber haben sie doch auch geklatscht, weißt du noch? Der einzige Unterschied jetzt besteht darin, daß ich ungefähr doppelt so alt bin wie Lyran. Die Leute scheinen das einfach nicht zu mögen. Aber meine Position ist keineswegs in Gefahr. Wenn sie versuchen, mich zu Fall zu bringen, wird die Gilde meinen magischen Kräften den Vorzug geben und sich nicht um den Schaden kümmern, den mein sowieso schon ramponierter Ruf erleidet. Und mir ist es egal. Ich bin zum ersten Mal seit Jahren glücklich, vielleicht zum ersten Mal in meinem Leben.«

Er blickte sie scharf an.

»Bist du das? Ganz sicher?«

»Ganz sicher«, erwiderte sie mit überzeugender Ehrlichkeit, während Lyran sein Kinn leicht hob, und seine Augen Ben eindringlich warnten, es zu wagen, dieses Bekenntnis in Zweifel zu ziehen.

Trebenth seufzte. Er verspürte einen kleinen, unvernünftigen Stich der Eifersucht. Schließlich war er jetzt mit Margwynwy zusammen ...

... aber ihm war es nie gelungen, diesen besonderen Glanz in Martis' Augen zu zaubern, noch nicht einmal in der Blütezeit ihrer Liebe.

»Nun gut«, sagte er resigniert. »Solange du dich um den Klatsch nicht kümmerst ...«

»Nicht im mindesten.«

»Ich fürchte, ich habe wohl etwas daneben gelegen.«

»Nein, Ben«, erwiderte Martis warm. »Du bist mein Freund. Freunde machen sich Sorgen um ihre Freunde, und ich bin froh, daß dir genug an mir liegt, um dich um mich zu sorgen. Glaub' mir, ich weiß, was ich tue. Wirklich.«

»Na, dann werde ich mal gehen und dafür sorgen, daß ein gewisser Blödian ausgezahlt und 'rausgeschmissen wird.«

Mit einer Geste schloß Martis die Tür hinter dem riesenhaften Obersten Leibwächter, mit einer weiteren machte sie sie wieder unsichtbar, dann wandte sie sich mit Enttäuschung in den Augen ihrem Liebhaber zu. »Warum hast du mir nicht erzählt, daß man dir zugesetzt hat?«

Lyran schüttelte en Kopf; sein hellbraunes Haar schimmerte im warmen Sonnenlicht, das durch das Fenster über ihren Köpfen hereinströmte. »Es war nicht von Bedeutung. Worte sind nur soviel wert wie der, der sie spricht.«

»Es ist nicht bei Worten geblieben.«

»Ich bin der beste von allen, den Obersten Wächter ausgenommen.« Er wollte nicht prahlen. Martis wußte, daß es nur die einfache Darstellung einer Tatsache war. »Was können mir Worte schon antun? Es war nur ...« Nun war es an Lyran zu erröten, obgleich er ihrem Blick weiterhin standhielt. »Ich konnte es nicht ertragen zu hören, wie du beleidigt wurdest.«

Bei seinen Worten spürte sie, wie sich tief in ihr ein wohliges Glühen breitmachte. »Du hast dich also um meinetwillen in den Kampf geworfen.«

»Mußte ich das nicht? Martis ... Geliebte ...« Er sah die unausgesprochene Zustimmung auf ihrem Gesicht, und ein zärtlicher Schimmer stieg in seine Augen.

Sie lachte und lehnte sich in die weichen Kissen zurück. »Und jetzt, nehme ich an, soll ich meinen edlen Ritter belohnen, nun, daß er für meine Ehre gefochten hat?«

Er lächelte und schüttelte den Kopf. »Ja, es ist sicher sehr albern und primitiv von uns, aber es scheint wirklich einige Urinstinkte wachzurufen, nicht wahr?«

Sie schob sich ein wenig näher an ihn heran, hob ihre Arme und verschränkte ihre Hände hinter seinem Nacken unter seinem langen Haar. Nicht einmal der Seidenstoff seiner Tunika war so weich wie dieses wundervolle Haar ...

»Du weißt ganz genau, was ich fühle.« Die heilende Kraft seines Volkes, die er zur Rettung ihres Lebens eingesetzt hatte, hatte ihre Seelen miteinander verbunden; das war auch der Grund, warum Lyran von sich selbst nicht in der dritten Person sprach, wenn sie miteinander allein waren. Und es hatte dazu geführt, daß ein jeder von ihnen meist ziemlich genau wußte, was der andere fühlte.

Es wäre ziemlich sinnlos gewesen, ihre Gefühle zu verleugnen, selbst wenn sie es gewollt hätte – aber sie wollte es nicht.

»Bist du wirklich glücklich, meine zauberhafte Lady?« Wie einen Stich fühlte sie seinen unmißverständlichen Anflug von Besorgnis. »Oder verletzen dich die Worte dieser Dummköpfe doch? Falls ja ...«

»Nein, sie verletzen mich nicht«, beruhigte sie ihn und rückte noch näher heran, so daß sie ihr Gesicht in seinem wundervollen, duftigen Haar vergraben konnte. Jetzt konnte sie nicht mehr verstehen, wie sie es jemals für zu lang und ungepflegt und ihn für weibisch hatte halten können. Sie sog den ihm eigenen Duft ein, ein zarter Hauch von klarem Sonnenschein und frischem Gras. Und sie fühlte, wie sich in ihm die besorgte Anspannung in eine Spannung anderer Art verwandelte. Seine Hände, stark und doch sanft, glitten um ihre Taille und zogen sie noch näher zu ihm heran.

Wenige Stunden später jedoch erreichte sie ein Ruf, den sie nicht ignorieren konnten. Es war eine Botschaft des Rates. Und von dem Augenblick an, in dem sie die Schwelle zu ihrem Gemach überschritten, hätte an ihrem Verhalten niemand mehr erkennen können, daß sie Liebende waren. Martis' Qualitäten beschränkten sich nicht auf die einer einfachen Schauspielerin – sie war sowohl Diplomatin und Lehrerin als auch Magierin, und diese Berufe erforderten beide oft gewisse schauspielerische Fähigkeiten. Und

Lyran, mit seiner geistigen Disziplin und seiner perfekten Körperbeherrschung, hätte für einen Eiszapfen durchgehen können. Nur Martis wußte sicher, daß seine Kälte nur äußerlich war.

Er war ihr Leibwächter und damit buchstäblich ihr Besitz, bis er sich dafür entschied, ihr nicht mehr zu dienen. Und als ihr Leibwächter folgte er ihr überall hin — selbst in die heiligen Hallen der Ratskammer, genau wie es die Leibwächter der fünf Ratsmitglieder taten.

Die mit Schnitzerein verzierten Doppeltüren, deren uraltes Holz mit den Jahren eine schwarze Färbung angenommen hatte, öffneten sich wie von Geisterhand bewegt, und sie und Lyran betraten die fensterlose Ratskammer. Sie war ganz von magischen Lichtern erhellt, die genauso alt waren wie die Türen, und ihr Strahlen, das im Laufe der Jahrhunderte nichts von seinem Glanz eingebüßt hatte, spiegelte sich an den marmornen Wänden wider. Der Saal war als vollkommener Kreis angelegt, der von Malachiten gesäumt war; die Mitte des weißen Marmorfußbodens bildete eine kreisförmige Einlegearbeit aus magmatischem Gestein. Hinter dem Kreis befand sich die halbkreisförmige Ratskammertafel aus schwarzlackiertem Holz mit fünf thronähnlichen hohen Stühlen, auf denen jetzt fünf Magier in der purpurnen Robe des Rates der Magiergilde saßen.

Nur eines der Ratsmitglieder, der greisenhafte Meistermagier Ronethar Gethry, würdigte Lyran eines Blickes; und aus der Art, wie sein Blick zwischen Martis und Lyran hin und her schoß, konnte die Magierin schließen, daß er die Anwesenheit ihres Leibwächters nur bemerkte, weil ihm der Klatsch über sie zu Ohren gekommen war.

Die anderen ignorierten den Schwertkämpfer, so wie sie auch ihre eigenen Leibwächter nicht wahrnahmen, die wie Statuen hinter dem Stuhl ihres jeweiligen Meisters standen und wie Lyran gekleidet waren: rotes Leder, rotes Leinen — und einer trug sogar rote Seide!

Die Ratsmitglieder hatten Anlaß zur Sorge. Soviel konnte sogar Martis von ihren unbewegten Gesichtern ablesen. Sie vergeudeten keine Zeit damit, ihr dumme Fragen über ihr Privatleben zu stellen. Schwerwiegende Probleme waren es, die sie dazu veranlaßt hatten, sich hier in der Ratskammer zu versammeln.

Sie würden es nicht wagen, ihr eine Moralpredigt zu halten. Was den Rang betraf, so war sie jedem der fünf Magier gleichgestellt; sie selbst konnte einen Platz an der Ratstafel einnehmen, wann immer es ihr beliebte. Nur hatte sie dieses Privileg nie in Anspruch genommen. Sie wußten es, und Martis wußte es auch, und sie wußten, daß sie es wußte. Für ihr Verhalten war sie weder ihnen noch sonst irgend jemandem Rechenschaft schuldig. Das ging nur sie selbst etwas an. Nur für ihre Handlungen als Stellvertreterin der Gilde mußte sie sich vor ihnen verantworten.

Tatsächlich verhielt es sich so, daß sie einen Sitz in der Ratskammer nicht wollte; als Magierin der Meisterklasse hatte sie sowieso schon sehr wenig persönliche Freiheit, und ein Sitz im Magierrat würde sie nur noch mehr einengen. Ein Meistermagier diente ausschließlich der Gilde, da seine magischen Kräfte als zu gefährlich eingeschätzt wurden, um sie in fremde Dienste zu stellen.

»Martis.« Der rundliche alte Dabrel hatte in diesem Moment den Vorsitz; im Gegensatz zu den anderen konnte man mit ihm einigermaßen vernünftig reden.

»Euer Ehren«, antwortete sie. »Sagt mir, womit kann ich der Gilde dienen?«

»Indem du ein Rätsel löst«, erwiderte er ihr. »Die Bürger von Lyosten benehmen sich in der letzten Zeit in äußerst seltsamer und besorgniserregender Weise ...«

»Er meint, daß sie immer wieder neue Entschuldigungen finden, um eine Inspektion durch die Gilde zu verschieben«, unterbrach ihn das Ratsmitglied Liavel mit saurem Gesicht und eisiger Stimme. »Zuerst sagten sie, es sei ein Fieber ausgebrochen — dann war es eine Dürreperiode, und beim nächsten Mal war die Straße durch die Folgen einer Überschwemmung blockiert. Aber es schienen nur

Vorwände zu sein; niemand sonst in der Umgebung von Lyosten hat Probleme dieser Art. Wir glauben, daß sie etwas verheimlichen.«

»Lyosten ist eine Freie Stadt, nicht wahr?« sagte Martis. »Wer ist für diesen Bereich zuständig?«

»Der Stadtmeister — ein Mann namens Bolger Freedman.«

»Also kein Mitglied der Gilde. Das bedeutet, daß die Gilde keinen Druck auf ihn ausüben kann«, sagte Martis nachdenklich. »Es sieht ganz danach aus, als hättet Ihr recht; bestimmt versuchen sie, irgend etwas zu verheimlichen, aber was könnte es sein? Was glaubt Ihr?«

Dabrel lehnte sich über den Tisch und preßte die Fingerspitzen zusammen, so daß seine Hände ein Dreieck bildeten. »Wir glauben, daß ihr Magier abtrünnig geworden ist und die Einwohner der Stadt auf seine Seite gezogen hat. Daß er beabsichtigt, das Gebot zu brechen, welches besagt, daß Magier ihre Kräfte nicht in zerstörerischer Weise gegen Nichtmagier einsetzen dürfen. Schon seit mehr als zehn Jahren liegen sie in regelmäßigen Abständen mit Portravus im Krieg. Wir glauben, daß sie sich dafür entschieden haben, diesen Zustand ein für allemal zu beenden.«

»Und in Portravus gibt es keinen Magier ...«, sagte der mausgesichtige Herjes mit gleichermaßen verängstigter wie besorgter Miene. »Nur ein paar Amateur-Hexenmeister und eine zusammengewürfelte Ansammlung von dubiosen Gestalten, die die Niedere Magie praktizieren. Und die Bevölkerung von Portravus hat nicht genug Geld, um sich einen richtigen Magier leisten zu können.«

Martis schnaubte verächtlich. »Genau das hatte ich erwartet zu hören. Warum gerade ich?«

»Man kennt dich«, erwiderte Dabrel. »Sie würden es nicht wagen, dir mit magischer Kraft ganz unverhohlen zu schaden. Du bist eine der Besten auf dem Gebiet der offensiven und der defensiven Magie. Außerdem hast du die Macht, das Tor zu aktivieren, so daß du dich nahe genug an die Stadt heranbringen kannst, bevor sie die Gelegenheit haben, sich eine neue Entschuldigung auszudenken. Wir werden sie erst einen Tag vor deiner Ankunft darüber in Kenntnis setzen, daß die Inspektion durchgeführt werden soll.«

»Da wäre auch noch ein anderer Faktor«, knarrte der alte Cetallas. »Dein Leibwächter. Der Junge ist verdammt gut. Kann mich nicht erinnern, wann ich zuletzt einen so guten Schwertkämpfer gesehen habe. An dem kommt so schnell kein ›freies‹ Stadtgesindel vorbei, das dir schaden will. Wie uns Ben sagte, ist er außerdem so eine Art Heilkundiger. Es kann nicht schaden, wenn man einen vertrauenswürdigen Heilkundigen bei sich hat, für den Fall, daß du körperlich angegriffen wirst. Du mußt zugeben, daß er ein ziemlich starkes Interesse daran hat, dich am Leben zu erhalten.« Der Alte schnaufte ein wenig und bedachte die beiden mit einem amüsierten Augenzwinkern. Martis konnte nicht umhin, das Lächeln in seinen Augen zu bemerken. Sie biß sich auf die Unterlippe, um nicht zu grinsen. Es schien, als hätte der alte Schlawiner doch noch ein bißchen Blut in den Adern, jedenfalls schien er ihr ihre privaten Vergnügungen nicht übelzunehmen!

»Da habt Ihr nicht unrecht«, gab sie zu. »Und es stimmt auch, daß für Lyran ein wenig mehr auf dem Spiel steht als nur sein Lebensunterhalt.« Sie war einigermaßen überrascht, zu sehen, daß die anderen Ratsmitglieder bei ihren Worten zustimmend nickten.

Na schön! dachte Martis. *Kann sein, daß es ihnen nicht gefällt, kann sein, daß sie mich für beschränkt oder noch Schlimmeres halten — aber sie müssen zumindest zugeben, daß das, was Lyran und mich verbindet, für die Gilde von großem Nutzen sein kann.* »Wann wünscht Ihr, daß wir aufbrechen?«

»Hast du dich vollständig erholt von … von …«

»… meinem Kampf mit Kelven? Körperlich, ja. Geistig, gefühlsmäßig — um ehrlich zu sein, das wird sich erst mit der Zeit herausstellen. Es war immerhin ein Verrat … Und, bei den Göttern, so etwas ist sicher nicht leicht zu schlukken.«

»Ja, das ist wohl so. Und nun setzen wir dich wieder auf einen Verräter an.« Dabrel hatten den Anstand, schuldbewußt auszusehen.

»Wenigstens ist der hier nicht einer meiner früheren Lieblingsschüler«, sagte Martis mit einem schiefen Grinsen. »Ich glaube, ich kenne ihn noch nicht einmal.«

»Nein, du kennst ihn nicht«, erwiderte Herjes. »Ich habe ihn ausgebildet. Er hat auch bei weitem nicht Kelvens Format, und er gibt sich nicht mit Blutzauber ab. Apropos — hat sich auch deine Kunst von der Berührung mit verbotener Magie erholen können?«

»Ich bin bei vollen Kräften«, erwiderte Martis. »Ich kann den Auftrag jederzeit durchführen.«

»Sagen wir also, morgen früh?«

»Morgen früh.« Während sie zum Abschied leicht den Kopf neigte, spürte sie, wie ein schwacher Hauch von Magie sie streifte.

Angeber, dachte sie, als sie hörte, wie sich die Türen hinter ihr öffneten. *Das kriege ich besser hin.*

»Wir werden uns im Morgengrauen auf den Weg machen, Euer Ehren«, sagte sie, während ihr Geist sorgsam den Rolibera-Zauber aufbaute und sowohl sie selbst als auch Lyran vorsichtig darin einhüllte. Selbst in der Meisterklasse gab es nicht viele Magier, die in der Lage waren, zwei Menschen gleichzeitig zu transportieren. Sie schlang die Arme um ihren Körper und vereinte die aufsteigende Energie in einer elastischen Spirale mit ihrem Geist. Dann neigte sie erneut den Kopf und sprach ein einziges Wort ...

Ein Lichtblitz zuckte hinter ihren Augen, und in ihrem Magen spürte sie ein Flattern, so als sei sie plötzlich aus einiger Höhe auf den Boden gefallen.

Dann standen sie und Lyran nebeneinander in dem gemeißelten Rund des Fußbodens in ihrem privaten Arbeitszimmer.

Sie wandte sich zu Lyran und sah, wie die Maske der Gleichgültigkeit von ihm abfiel, und ein Gemisch aus Heiterkeit und vorwurfsvollem Tadel sein schmales, jungenhaftes Gesicht belebte.

»Liebling, mußt du sie denn immer herausfordern?«

Unnachgiebig preßte sie die Lippen zu einem schmalen Strich zusammen. Er schüttelte den Kopf, dann lächelte er.

»Aber ich fürchte, wenn du es nicht tätest, würde ich meine Martis nicht mehr kennen. Ausweichen und Herausfordern ...« Er streckte ihr seine Arme entgegen, und sie flüchtete in sie. »Wahrlich, Geliebte«, murmelte er in ihr Ohr, als sie ihre Wange in den seidigen Stoff am Schulterstück seiner Tunika preßte, »wir gehören zusammen.«

Sie würden diesmal nicht Jesalis, die Stute mit dem tödlichen Schutzinstinkt, und den unfreundlichen Braunen Tosspot reiten. Der Erfolg dieser Mission würde nicht nur von ihren Fähigkeiten, sondern auch von dem Eindruck abhängen, den sie auf die Bevölkerung von Lyosten machten, und Tosspot und Jesalis waren nicht dazu geeignet, Eindruck zu machen. Und so, als sie die Stufen des Turms im blassen, perlenden Licht des frühen Morgens hinuntergestiegen waren, erwarteten sie in dem gepflasterten Hof zwei nervös tänzelnde Vollblutpferde, ein Grauer und ein Brauner, deren Zügel von zwei Stallburschen gehalten wurden. Hinter dem Braunen stand, durch einen Strick an seinem Sattel festgebunden, ein auf Hochglanz gestriegeltes, mit Paketen beladenes Maultier. Das Geschirr des Grauen hatte die Farbe tiefen Purpurs, das des Braunen war scharlachrot. Lyran näherte sich den Pferden mit Vorsicht, denn der Braune rollte beim Anblick des Fremden furchtsam mit den Augen. Als es ihm gelungen war, sich ihnen zu nähern, strich er mit seinen Händen über ihre Beine und ging dann mit leichtem Kopfschütteln, die Arme über der Brust verschränkt, langsam zu Martis zurück.

»Was ist?« fragte sie.

»Zu nichts zu gebrauchen«, erwiderte er. »Hoffentlich kommt es nicht dazu, daß unser Leben von ihnen abhängt. Keine Ausdauer, keine Widerstandskraft, und – dumm wie Bohnenstroh.«

»Wir brauchen sie nur, um Eindruck zu machen«, sagte Martis stirnrunzelnd. Sie hatte selbst ihre Zweifel. »Wir werden nicht durch unwegsames Gebiet reiten müssen; anstrengend allein ist der Galopp durch die Tore. Ein Tagesritt bis zum ersten Tor, ein halber bis zum zweiten. Dann die Strecke bis zur Stadt, die in weniger als einem halben Tag zu bewältigen ist …«

»Ja, wenn alles gutgeht. Und was, wenn nicht alles gutgeht?«

»Ich …«, begann Martis und brach ab. »Nun, für diesen Fall bist du ja da.«

Lyran blickte über seine Schulter zu den Pferden hinüber und grinste. »Er wird sein Bestes tun, Lady Magierin«, sagte er förmlich. »Wenn Mylady jetzt bitte aufsteigen wollen?«

Martis hatte sich mit Lyrans Hilfe mehr gewandelt, als ihre Magierkollegen erahnten. Noch vor wenigen Monaten wäre sie nicht in der Lage gewesen, ohne fremde Hilfe ein Pferd zu besteigen — nun schwang sie sich mit einer Anmut in den Sattel, die der Grazie ihres Geliebten nur wenig nachstand. Die Übungen, zu denen Lyran sie immer wieder angehalten hatte, hatten ihre Stärke und ihre Ausdauer verbessert — sie war jetzt körperlich in einer so guten Verfassung wie vor zwanzig Jahren, als sie in die Akademie eingetreten war.

Lyran stieg fast gleichzeitig mit ihr auf, und sein Brauner versuchte, zur Seite auszubrechen. Er riß dem Stallburschen die Zügel aus der Hand, tänzelte rückwärts und stieg dann auf die Hinterhand. Lyrans Mund wurde zu einer schmalen, festen Linie, aber sonst gab es nichts in seinem Verhalten, an dem Martis hätte erkennen können, daß sein Gleichgewicht ihn für einen Moment verlassen hatte. Die scharlachrote Seide seiner Reithose legte sich in harte Falten, als er seine Beine um den Leib des braunen Wallachs klammerte, und die Zügel schienen sich wie von selbst zu straffen, als er den Wallach zurück auf den Boden zwang und ihn zum Stehen brachte, schweißnaß und mit bebenden Flanken. Lyran sah zu ihr auf.

»Er wird tun, was Er kann, Lady Magierin«, wiederholte er ernst.

Martis' grauer Vollblüter war von etwas sanfterem Gemüt, wofür sie zutiefst dankbar war. Sie bedeutete dem

Stallburschen, die Zügel loszulassen, und wandte den Kopf des Pferdes zu den geöffneten Toren. Als Lyran nickte, gab sie dem Tier mit ihren Fersen einen leichten Stoß in die Seite und ließ es unter dem Fallgitter hindurchtrotten.

Hintereinander ritten sie durch die Stadt, wobei Lyran mit dem Maultier einen respektvollen Abstand zwischen sich und seiner Herrin einhielt. Viermal erschrak der Braune und stieg auf die Hinterhand; und jedesmal mußte Lyran ihn wieder in seine Gewalt zwingen. Das letzte Mal schien den Wallach davon zu überzeugen, daß er keine Chance hatte, seinen Reiter abzuwerfen, denn er versuchte es danach nicht wieder.

Außerhalb der Stadtmauern übernahm Lyran mit dem Maultier die Führung. Unter gewöhnlichen Umständen würde Martis jetzt den Rest des Rittes in Halbtrance verbringen und Kraft aus den lebendigen Dingen um sie herum ziehen. Aber ihr Reittier war nicht der treue Tosspot, dem man getrost einen haltlos Betrunkenen in den Sattel setzen konnte – und bei Lyrans Pferd mußte man jederzeit darauf gefaßt sein, daß es sich wieder aufbäumte oder auszubrechen versuchte.

Also sorgte und ängstigte sie sich, anstatt wertvolle Energie zu sammeln, die immer nützlich sein konnte, und war selbst zu beunruhigt, um die an ihnen vorbeiziehende Landschaft wahrnehmen zu können.

Sie erreichten das Tor bei Sonnenuntergang. Der Ring aus hochaufragenden Steinen in der Mitte der Wiese zeichnete sich schwarz gegen die glühenden Flammen der untergehenden Sonne ab. Ansonsten waren die weiten, mit wehenden Gräsern bestandenen Felder um sie herum leer; so nah an einem Tor fanden sich noch nicht einmal grasende Schafe. Der Abendwind, der in den Gräsern um sie herum seufzte, ließ die erste Kühle des herannahenden Herbstes erahnen. Martis kniff die Augen vor dem hellen Licht zusammen und überdachte ihre Pläne.

Lyran hatte sich zu guter Letzt dazu entschieden, sein

widerspenstiges Reittier auf ihrem Weg so lange im Kreis um Martis herumzuführen, bis es zu müde wurde, um weiter Schwierigkeiten zu machen. Nun war es sanftmütig, weil es erschöpft war. Es rollte jedoch noch immer mit den Augen, sobald sich nur ein Blatt regte.

Martis dirigierte ihren Wallach an seine Seite. »Ob du ihn noch mal antreiben könntest?« fragte sie Lyran besorgt.

»Wahrscheinlich«, erwiderte er. »Warum?«

»Ich würde dieses Tor gerne jetzt nehmen, solange es noch möglich ist, solange dieses Mistvieh von einem Pferd noch zu müde ist, um auszuschlagen.«

Er sah sie mit diesem stillen, leeren Gesichtsausdruck an, den er immer hatte, wenn er nachdachte. »Was, wenn er trotzdem ausschlägt?«

»Wo du dann endest, wissen nur die Götter«, sagte sie ehrlich. »Wenn er aus meinem Einflußbereich gerät — ich kann nicht vorhersagen, an welcher Stelle hinter dem Tor du hervortreten würdest, geschweige denn, in welche Richtung du getragen wirst.«

»Und wenn ich ihn nicht zum Galoppieren bringe?«

»Dann ist es nicht viel anders — wenn du nicht innerhalb meiner Aura bleibst, landest du irgendwo zwischen hier und dem Punkt, an dem ich hervortrete.«

Er streckte die Hand aus und berührte ihr Gesicht mit den Fingerspitzen. »Du siehst müde aus, Liebste.«

»Ich bin müde«, gab sie zu und gestand ihm damit etwas ein, was kein anderer Mensch von ihr hätte wissen dürfen. »Aber ich bin nicht zu müde, um den Tor-Zauber zusammenzubringen, und ich glaube, es ist jetzt sicherer als später.«

»Dann werde ich dieses Ausbund an Widerspenstigkeit in Gestalt eines Pferdes dazu zwingen, mit dir Schritt zu halten.«

»Achte doch bitte einen Moment auf mein Tier, ja?« Sie gab ihm die Zügel ihres Pferdes, da sie befürchtete, daß es unbeaufsichtigt nicht ruhig stehen bleiben würde. Dann zog sie sich vollkommen in sich zurück und konzentrierte all ihre Sinne auf die gesammelte Kraft in ihrem Inneren.

Ihre Augen waren geschlossen, aber sie konnte spüren, wie sich die Energie in ihr regte, wie sie — von irgendwo her aus der Tiefe — aufstieg und über die Nerven an ihrem Rückgrat kroch. Zuerst war es nur ein Kitzeln, aber die Kraft baute sich schnell auf, bis sie zu ihrem stillen Gesang zu vibrieren begann.

An diesem Punkt öffnete sie die Kanäle zu ihren Händen, streckte die Arme in die Höhe und hielt ihre Hände hoch, die offenen Handflächen dem Ring aus hochaufragenden Steinen zugewandt.

Die Energie floß in einer Welle durch ihre Arme hinunter zu ihren Händen und sprang mit einer Begierde auf den Ring aus Steinen über, die fast schon einem Gefühl gleichkam. Nun sang sie die Worte des Tor-Zaubers, sang sie in einem fast unhörbaren Flüstern. Ihre Augen waren halb geöffnet, aber sie nahm ihre Umgebung nur schemenhaft wahr und konzentrierte sich ganz auf den von ihr auf das Tor übergehenden Kräftefluß.

Die Steine des Ringes begannen zu glühen, als wollten sie der Sonne ihr letztes Feuer rauben und es auf ihre Oberfläche übergehen lassen. Die Farben des Feuers begannen sich aufzuhellen, verwandelten sich von einem tiefen Rot über ein Scharlachrot in ein hellglühendes Orange. Dann weitete sich der jeden einzelnen Stein umgebende Strahlenkranz aus und vereinigte sich mit der Aura des Steins zu seiner Linken und zu seiner Rechten, bist der Ring zu einem einzigen, pulsierenden Rund aus gold-orangefarbenem Licht wurde.

Martis fühlte, daß der richtige Moment sich näherte, und bedeutete Lyran, ihr die Zügel ihres Pferdes zurückzugeben. Sie wartete, wog ab, überlegte — dann plötzlich gab sie ihrem Pferd die Sporen und trieb es durch eine der Lükken zwischen den Steinen hindurch. Lyrans Wallach folgte ihr auf den Fersen.

Sie tauchten unter dem hohen Mond einer Waldlichtung auf, genau fünf Wegstunden vom nächsten Tor entfernt.

»Bei den Göttern, ich wünschte, ich hätte Tosspot unter mir«, sagte Martis mißmutig, als sie im hellen Mittagslicht vor dem zweiten Tor standen. Es lag im Herzen des Waldes, und neben den riesigen Fichten, die überall um sie herum aufragten, wirkten seine Steine wie Winzlinge. Die Magierin fühlte sich ausgelaugt; es war ihr noch nicht gelungen, die Energie, die sie bei dem letzten Zauber verbraucht hatte, wieder zurückzugewinnen.

»Wir könnten warten«, schlug Lyran vor. »Wir könnten hier Rast machen und morgen weiterreiten.«

Martis schüttelte mit einem Ausdruck des Bedauerns den Kopf. »Ich wünschte, wir könnten es. Aber es ist nicht ratsam, so nahe an einem Tor zu kampieren — sieh nur, wie der Zauber die Büsche verkrümmt hat, die an den Steinen hochwachsen. Außerdem müssen wir unsere Gastgeber so gut wie möglich überraschen.«

Sie hustete; hinten in ihrem Hals spürte sie ein Kitzeln, das sich zu einer Erkältung auszuwachsen drohte. Auch Lyran bemerkte ihren Husten und preßte die Lippen in unausgesprochener Mißbilligung zusammen, sagte aber nichts. Martis gab ihm die Zügel ihres Pferdes und widmete sich dem zweiten Zauber …

Aber sie tauchten nicht, wie erwartet, auf einer sonnenbeschienenen Lichtung auf, sondern fanden sich in den Klauen des schlimmsten Sturms wieder, den Martis jemals erlebt hatte.

Ein eisiger Regen peitschte auf sie nieder und durchnäßte sie in wenigen Momenten bis auf die Haut. Eigentlich war es zu dunkel, um etwas sehen zu können, aber die Blitze zuckten in so rascher Folge über den nachtdunklen Himmel, daß der vor ihnen liegende Weg die meiste Zeit über erleuchtet war. Lyran gab seinem Pferd die Sporen und trieb es neben die Magierin. Er zog seinen Umhang aus dem Haltegurt an seinem Sattel und hatte ihn ihr über die Schultern geworfen, noch bevor sie sich so weit erholt hatte, um überhaupt einen Gedanken daran zu verschwenden, ob sie ihn brauchte. Der Umhang war bald völlig durchnäßt, aber er war aus Wolle, und darum trotz der

Nässe immer noch warm genug. Sie hörte ein wenig auf zu zittern, aber der Schock, den die auf die Anstrengung des Zaubers folgende Kälte ausgelöst hatte, hatte sie ein wenig aus dem Gleichgewicht gebracht. Ihre Hände suchten ungeschickt nach den Zügeln, aber ihr Gehirn funktionierte noch nicht richtig; sie schien nicht in der Lage zu sein, sich zu sammeln und darüber nachzudenken, was jetzt zu tun war.

Lyran legte seine Hand unter ihr Kinn und drehte Martis' Gesicht zu sich. Schwach sah sie ihn an, sah den suchenden Ausdruck auf seinem Gesicht, den ihr die zuckenden Blitze enthüllten. Ein letzter kleiner Rest von Vernunft in ihr ließ sie hoffen, er möge sich an das erinnern, was sie ihm einmal erzählt hatte, daß Magier manchmal in einen Zauberschock gerieten, wenn ihre Energie geschwächt wurde und sie unerwarteten klimatischen Bedingungen ausgesetzt waren. Dies geschah häufig, wenn sie in Trance waren oder die Kontrolle über sich aufgaben.

Offensichtlich hatte er verstanden, denn er nahm ihr die Zügel aus den gefühllosen Fingern und ließ seinen Wallach mit einem leichten Stoß in die Seite in einen nervösen Schritt fallen, während sie sich an ihren Sattel klammerte und sich von ihm führen ließ.

Es war unmöglich, sich über das fast beständige Toben des Sturmes hinweg zu verständigen, und darum versuchte sie erst gar nicht, mit ihm zu sprechen. Sie schloß einfach die Augen und konzentrierte sich darauf, wieder ihr Gleichgewicht zu finden.

So kam es, daß sie es nicht bemerkte, als der Weg sie an das Ufer eines Flusses führte, dessen einst friedliches Wasser nun zu einem wütenden Strom angeschwollen war. Sie wußte, daß es einen Weg gab und einen Fluß, den sie überqueren mußten, um die Stadt Lyosten zu erreichen, und daß es eine schmale, altersschwache Brücke gab, aber sie war zu tief in sich versunken, um wahrzunehmen, wie Lyran die Pferde auf den Steg trieb.

Aber sie fühlte, wie ein Blitz einschlug und das Holz der Brücke keine drei Meter vor ihnen versengte.

Und als ihre Augen aufsprangen, sah sie über sich, wie Lyrans Pferd sich in kopfloser Panik aufbäumte, ein dunkler, sich windender Schatten, der mit den Hufen schlug — und dann auf sie fiel. Ihr blieb keine Zeit, zu reagieren; sie fühlte, wie ihr Mund sich öffnete und die Furcht sie betäubte, und dann spürte sie den Schmerz, als sie alle, Pferde, Menschen und Maultier, durch das Brückengeländer hindurch in das aufgewühlte Wasser stürzten. Sie fuchtelte wild mit unkonzentrierter Energie um sich, versuchte, etwas daraus zu formen, daß sie auffangen würde, und verlor sich selbst und alles andere in dem schrecklichen Moment, als sie auf das tosende Wasser aufschlug.

Martis zog sich auf das schlammige Flußufer hinauf, schleifte sich über die Felsen und schleppte Lyran an seiner Tunika mit sich. Dann brach sie zusammen. Der Schwertkämpfer jedoch zog sich hustend neben sie auf das Ufer. Als Kind der weiten Ebenen seines Landes konnte er nicht schwimmen.

Zum Glück für sie beide hatte Martis schwimmen gelernt. Und er hatte glücklicherweise die Geistesgegenwart besessen, sich widerstandslos ziehen zu lassen, als er fühlte, wie sie nach seiner Tunika griff.

Nun, da die Katastrophe geschehen war, flaute der Sturm ab.

»Bist du in Ordnung?« keuchte sie, wandte den Kopf und stützte sich so weit auf ihren Armen auf, daß sie ihn sehen konnte. Ihre Zähne klapperten noch immer wie Kastagnetten.

Lyran hatte es geschafft, sich in eine sitzende Stellung zu hieven, und klammerte sich an einen kleinen Baum, als sei er seine Geliebte. Seine Augen waren blau angelaufen und geschwollen, und über seine Wange zog sich ein häßlicher Striemen. Er hustete, schluckte und nickte dann. »Ja … ich glaube.«

»Gut.« Sie fiel auf den Boden zurück, und ihr Gesicht preßte sich in den Schlamm. Ein neuer Hustenanfall stieg in ihr auf, und sie versuchte, ihn zu unterdrücken. Mit geschlossenen Augen kämpfte sie den Hustenreiz nieder, während der Regen ihr Haar und ihre Kleidung an ihrer Haut kleben ließ.

Dieses Wetter ist das Werk eines Magiers; die Kraft ist überall, wild, ungezügelt. Wie konnte der Zauberer von Lyosten nur so die Kontrolle über sich verlieren?

Aber dies war nur ein unbedeutender, flüchtiger Gedanke. Wichtig war diese kalte, schmerzende Mattigkeit, die sie überkam. Ihr war jetzt so kalt, daß sie jedes Gefühl verlassen hatte ...

»Martis ...«

Sie trieb, ließ sich treiben, fort von diesem Ort, irgendwo hin, wo es Sonne und Wärme gab. Und wirklich, sie begann die Wärme zu spüren und vergaß die Kälte. Sie fühlte, wie Lyran sie an der Schulter rüttelte, doch es war ihr gleichgültig. Alles was sie wollte, war schlafen. Sie hatte nie gewußt, wie weich Schlamm sein konnte.

»Martis!« Die Furcht in seiner Stimme und die brennende Ohrfeige, die er ihr gab, brachten sie zu sich. Mühsam öffnete sie die Augen.

»Was?« fragte sie benommen. Die Spinnweben in ihrem Kopf erlaubten es ihr nicht zu denken.

»Liebes, Thena, du glühst vor Fieber«, sagte er, nahm sie in die Arme und rieb ihre Glieder, um das Blut wieder in Wallung zu bringen. »Ich kann keine Krankheiten heilen, nur Wunden. Kämpfe — kämpfe dagegen an, oder du wirst sterben!«

»Ah ...«, stöhnte sie und versuchte den Nebel zu durchdringen, der ihren Kopf einhüllte. Aber es war ein Kampf, der zum Scheitern verurteilt war. Sie fühlte, wie der Nebel sie mit sich nahm, und trieb weiter fort.

Halb ziehend, halb tragend schleppte Lyran die Magierin das letzte Stück der Straße hinauf, die vor den Toren von Lyosten endete. Die Pferde und das Maultier waren verloren, und mit ihnen alles andere. Es war ihnen nur das geblieben, was sie am Leibe trugen. Auch seine zwei Schwerter waren dem Wasser zum Opfer gefallen; er besaß nur noch seinen Dolch, seine Kleidung und das wenige Geld in dem Gürtel, den er unter seiner Kleidung trug. Martis war nur ihre Kleidung geblieben — keiner der Gegenstände, die sie zum Zaubern oder zum Heilen benötigte, kein Umhang, der sie hätte warm halten können …

Wenigstens hatte sie sich nicht dem Schock oder dem Kältetod ergeben, und zeitweilig war sie sogar bei Bewußtsein. Aber sie war krank, sehr krank, und es schien, als würde sich ihr Zustand noch verschlechtern.

Die letzten hundert Schritte auf der Straße waren ihnen wie ein Alptraum erschienen. Der Regen hatte plötzlich aufgehört, und der Wind, der aufgekommen war, hatte zwar ihre Kleidung getrocknet, sie aber bis ins Mark gefrieren lassen. Nachdem sie das schmale Band aus Bäumen am Ufer des Flusses hinter sich gelassen hatten, hatte es nichts mehr gegeben, das sie vor ihm hätte schützen können. Die Tatsache, daß er die Stadt Lyosten als drohende, dunkelgraue Masse gegen einen hellgrauen Himmel in der Ferne aufragen sah, hatte Lyran nicht ermutigen können. Er hatte sich selbst und Martis dazu gezwungen, ihre Beine in Bewegung zu halten, aber die meiste Zeit über hatte er sie stützen müssen; in schierer Erschöpfung taumelten sie die Straße entlang und waren nach kurzer Zeit bis zu den Knien mit Schlamm bedeckt. Die Sonne war fast untergegangen, als sie die Tore der Stadt erreichten.

Er ließ Martis an das Holz der Mauer gelehnt stehen und machte sich daran, an die geschlossenen Torflügel zu hämmern, während sie in einem vergeblichen Versuch, sich vor dem schneidenden Wind zu schützen, langsam zu einem erbarmungswürdigen Häuflein zusammensank.

In dem größeren Tor öffnete sich eine mannshohe Tür, in deren Rahmen ein gedrungener, bärtiger Torwächter trat.

»Was soll der Aufruhr?« knurrte er böse.

Lyran richtete sich mühsam auf und versuchte, nicht zu zittern. »Er ist der Leibwächter von Martis, Magiermeisterin und Abgesandte der Magiergilde«, erwiderte er keuchend mit rauher Stimme. »Es hat einen Unfall gegeben ...«

»Natürlich, was denn sonst«, höhnte der Torwächter und sah von Lyran zu dem tropfnassen Bündel, das einmal Martis gewesen war. Er machte Anstalten, das Tor wieder zu schließen. »Ihr glaubt wohl, ihr könnt mich hereinlegen, was? Los, geht schon zum Bettlertor!«

»Warte!« Lyran schob einen Fuß zwischen die Tür, aber bevor er noch ein weiteres Wort hervorbringen konnte, war die Lanze des Wächters urplötzlich vorgeschnellt und hatte ihm einen schmerzhaften Stoß in den Magen versetzt. Es nahm ihm vollends den Atem und ließ ihn auf dem Rücken im Straßenschlamm landen. Mit einem Knall schloß sich die Tür vor ihm.

Lyran ließ Martis auf die harte Lagerstatt sinken und kniete sich neben sie. Er deckte sie mit jedem Fetzen zu, den er hatte finden können. Das Fieber verwirrte ihren Geist jetzt mehr und mehr, und sie hustete fast ununterbrochen. Die ärmliche Petroleumlampe gab fast genauso viel Rauch wie Licht ab, was dem Husten nicht gerade zuträglich war.

»Martis?« flüsterte er, in der unbegründeten Hoffnung auf eine klare Antwort.

Diesmal bekam er sie endlich. Ihre Augen öffneten sich, und er konnte erkennen, daß sie ihn bewußt wahrnahm. »Lyr...« Ein neuer Hustenanfall überfiel sie. Er half ihr, sich aufzusetzen, und hielt ihr eine Schale mit Wasser an den Mund. Während sie trank, hielt sie ihre Hand auf die seine gepreßt.

Sie war so heiß, daß er erschrak.

»Thena«, sagte er eindringlich, »du bist sehr krank. Ich kann Krankheiten nicht heilen, nur Verwundungen. Sage mir, was ich tun muß.«

»Bring mich – zum Stadtmeister ...«

Er schüttelte den Kopf. »Ich habe es versucht; sie lassen mich nicht zu ihm. Ich kann nicht beweisen, daß ich der bin, für den ich mich ausgebe ...«

»O Gott. Und ich kann nicht ... zaubern ... um es zu beweisen.«

»Du warst bis jetzt noch nicht einmal ansprechbar.« Er stellte die Schale auf den Boden und schob sich hinter sie, um sie zu stützen. Sie schloß die Augen, so als würde sie schon das schwache Licht der Lampe schmerzen. Ihre Haut war heiß und trocken und fühlte sich straff an, als er über ihre Stirn strich.

»Der Sturm — Zauberkraft ...«

»Du hast es gestammelt, als du im Fieber lagst, und darum dachte ich mir, daß es besser wäre, nicht zum Stadtzauberer zu gehen. Sage mir doch, was ich tun muß!«

»Haben wir ... Geld ...«

»Wenig. Sehr wenig.«

»Hole ... Trivanwurzel. Mach Tee.«

Er erstarrte. »Soll ich dich vergiften? Bei allen Göttern und Dämonen!«

»Nicht vergiften.« Sie hustete erneut. »Es hilft mir ... in Trance zu fallen. Mich selbst zu heilen. Einzige Möglichkeit.«

»Aber ...«

»Einzige Möglichkeit, die ich kenne«, wiederholte sie und schloß die Augen und fiel wieder in ihr Delirium zurück.

Er ließ sie auf das Lager zurücksinken und plagte sich auf. Das Bett und die Lampe waren das einzige Mobiliar, das sich in dem Raum befand; selbst Martis' Schränke in High Ridings waren größer als dieses Loch.

Es war pures Glück gewesen, daß er überhaupt ein Zimmer gefunden hatte. Die alte Frau, die es ihm vermietet hatte, war der erste Bewohner dieser Stadt gewesen, der ehrlich zu sein schien.

Er blies die Lampe aus und ging hinunter auf die Straße. Den Weisungen seiner Zimmerwirtin eingedenk, schlug er den Weg zum Marktplatz ein. Die zerlumpte, schmutzige Menschenmenge, die ihn verschluckte, ließ seine Angst zu einer fieberhaften Panik ansteigen. Er spürte, daß die meisten ihn nur allzu bereitwillig aus nichtigen Gründen rücklings erdolchen würden. Schaudernd zog er sich in sich selbst zurück und legte eine eisige Schicht äußerer Gelassenheit um sich.

Die Straßen waren überfüllt; Lyran bewegte sich vorsichtig, immer darauf bedacht, die Aufmerksamkeit nicht auf sich zu ziehen. Seine Kleidung, seine Tunika und Reithosen, unterschied ihn nicht von einem Dutzend anderer Personen um ihn herum. Seine eigene seidene Leibwächter-tunika wärmte im Moment Martis' Glieder. Sie war ein Schutz mehr gegen die Kälte – und außerdem widerstrebte es ihm, in einer Leibwächter-Uniform in der Öffentlichkeit zu erscheinen, die nicht mehr ganz tadellos war. Er versperrte seinen Geist gegen das Gebrabbel um ihn herum und verschloß seine Nase vor dem Gestank aus ungewaschenen Körpern, unsauberen Aborten und Abfall, der die Luft verpestete. Aber dieses Gesindel machte ihm angst; war ihm zur Verteidigung doch nur das Messer geblieben. Was passierte, wenn ein paar von diesen Kerlen von Martis erfuhren und zu dem Schluß kamen, daß es sich lohnte, sie auszurauben und zu töten? Wenn er seine Schwerter noch hätte, könnte er eine ganze Armee in die Flucht schlagen – aber er besaß sie nicht, und er hatte zu wenig Geld, um sich eines zu kaufen.

Schließlich erreichte er den Marktplatz. Trivanwurzeln waren nicht schwer zu finden, da sie ein häufig verwendetes Rattengift waren. Seine Wahl fiel auf einen Stand, dessen Besitzer einigermaßen ehrlich war und dessen Waren frisch zu sein schienen, und begann zu feilschen.

Wenige Augenblicke später glitt seine Hand in die Falten seiner Tunika, erfühlte in seinem erschreckend leeren Geldgürtel eine einzelne Münze und zog sie hervor. Der Kräuterhändler händigte Lyran den in ein Stück altes Papier gewickelten Bund mit Wurzeln aus, ohne ihn weiter zu beachten. Er hatte nicht genug gekauft, um Verdacht zu erregen. Zum Glück brauchte er nicht viel von dieser Wurzel, um eine einzige Tasse Tee zu brauen.

Lyran wandte sich ab und stieß fast mit einem narben-
gesichtigen Mann zusammen, einem Mann, der die schlei-
chende Gangart eines Tigers hatte und dessen Augen einen
eindeutig irren Ausdruck zeigten. Lyran zog den Kopf ein
und wünschte sich inbrünstig, er wäre unsichtbar. Wenn er
nur sein Schwert bei sich hätte! Dieser Wunsch wurde
mehr und mehr zu einem brennenden Bedürfnis.

Er wollte sich schon daran machen, den Marktplatz zu
verlassen und zum Gasthaus zurückzugehen, als er ein
unmißverständliches ›Ziehen‹ an seinen Gedanken verspürte, ähnlich dem Ruf, den er einst vernommen hatte, als
er zum ersten Mal an ein Leben im Dienste des Schwertes
gedacht hatte. So wie es sich ›anfühlte‹, war dieses Ziehen
weder unrecht noch unbalanciert. Es war eher so, als ob
etwas sein Bedürfnis nach einem Schutz für Martis spürte
und Erfüllung anbot.

Ohne weiter darüber nachzudenken, folgte er dem Ziehen. Er vertraute sich ihm an, so wie er damals blind dem
Ruf gefolgt war, der ihn an die Türschwelle der Frau geführt
hatte, die seine Lehrerin werden sollte. Diesmal führte es
ihn eine schiefe, gewundene Gasse hinunter, über der eine
seltsame Stille lag. Die Gasse war so eng, daß auf ihr gerade
zwei Menschen nebeneinander gehen konnten. An ihrem
Ende – es war eine Sackgasse, was als eine Erklärung für
die seltsame Stille gelten mochte – befand sich ein merk-
würdiger kleiner Kramladen.

Davor standen die unvermeidlichen Körbe mit allerlei
Stoffetzen, irdene Gefäße mit Sprüngen darin und einiges
mehr, angeschwemmtes Treibgut aus vielen hundert
Leben. In diesem Stadtviertel wurde niemals etwas wegge-
worfen. Lumpen konnten noch zu einem neuen Kleidungs-
stück zusammengenäht werden oder zu einer Decke, wie
sie jetzt Martis wärmte; zerbrochenes Geschirr, zu einem
phantasievollen Muster zusammengefügt und mit Mörtel
verbunden, würden eine neue Verwendung als Fußboden-
kacheln finden. Mit altem Papier wickelte man Pakete ein,
oder man legte es in die Schuhe, um eine dünngewordene
Sohle zu verstärken. Aber in diesem Laden gab es mehr als

nur Krimskrams, das fühlte Lyran. Hier konnten die Menschen finden, was sie brauchten.

»Was darf's denn sein, junger Mann«, sagte eine sanfte Stimme an seinem Ellbogen. Lyran schrak zusammen — er hatte nicht die geringsten Anzeichen dafür verspürt, daß sich jemand in seiner Nähe befand. Doch stand da ein seltsamer kleiner Mann: ein Zwerg, mit kurzen Beinen, frechen, listigen Händen und hellen, vogelähnlichen Augen. Und er besaß die gleiche Freundlichkeit wie die Witwe, die ihnen eines ihrer Zimmer vermietet hatte.

»Ein Schwert«, sagte Lyran zögernd. »Er benötigt ein Schwert.«

»Das will ich meinen«, erwiderte der kleine Mann, nachdem er Lyran gemustert hatte. »Ein Schwertkämpfer braucht im allgemeinen ein Schwert. Und es darf auch kein schlecht geschmiedeter Prügel sein — das wäre schlimmer als gar kein Schwert, nicht wahr?«

Lyran nickte langsam. »Aber Er — hat nur wenig …«

Der kleine Mann ließ ein Lachen hören, das eher einem Bellen glich, und doch klang seine Heiterkeit ehrlicher als alle Geräusche, die von der Hauptstraße und dem Marktplatz herüberhallten. »Mein Junge, wenn du Geld hättest, wärest du doch nicht hier, oder? Mal sehen, was ich für dich tun kann.«

Er watschelte in den Laden hinein, vorbei an den Körben mit Stoffetzen und anderem Trödel; Lyran folgte ihm mit den Augen in die Dunkelheit hinter der Tür, aber er konnte die Finsternis nicht durchdringen. Kaum einen Moment später kehrte der Kramhändler zurück. In den Händen hielt er einen langen, in ölige Lappen gewickelten Gegenstand, den er Lyran mit einer Art höfischer Geste überreichte.

»Bitte sehr, mein Junge«, sagte er. »Ich glaube, das war es, was dich gerufen hat.«

Die Lappen fielen von dem Gegenstand ab, und der kleine Mann fing sie auf, bevor sie auf das Kopfsteinpflaster der Straße sanken.

Zunächst fühlte Lyran nur Enttäuschung. Das Heft dieses Schwertes war einmal reich verziert gewesen, vielleicht mit goldenem Draht umwickelt — aber wo einmal Edelsteine geglänzt hatten, waren jetzt nur noch leere Mulden.

»Das hat einmal jemand bei mir versetzt, aber er ist nie wiedergekommen, um es auszulösen«, sagte der Kramhändler und schüttelte den Kopf. »Ein ehrlicher Mann, dem das Leben übel mitgespielt hat — aber nun zieh' es aus der Scheide, mein Junge.«

Einen Moment lang fühlte sich die Klinge in seiner Hand an, als gehöre sie nicht dorthin; der Griff mit dem rauhen, nackten Metall in seiner Hand war nur schwer zu halten, aber als er das Schwert aus seiner Scheide zog, schien es fast lebendig zu werden. Plötzlich wußte er, wie er es richtig halten mußte, und als endlich die Spitze aus der Scheide glitt, war es von einem toten Stück Metall zu einer Verlängerung seines Arms geworden.

Er hatte befürchtet, es könne nur ein Ausstellungsstück sein, eines von denen, die er schon zu oft gesehen hatte, aus wertlosem Weichstahl, mit längst erloschenen Juwelen besetzt und mit Gold überzogen. Doch diese Klinge hatte einmal einem Krieger gehört, sie war für einen Schwertkämpfer gemacht worden. Ihr harter Stahl war fast zu schön, um wahr zu sein. Mit diesem einen Schwert in Händen hätte er mühelos zwei Lyrans mit vier seiner früheren Schwerter niederringen können.

»Wie-wieviel?« fragte er mit trockenem Mund.

»Zuerst gib' mir eine ehrliche Antwort auf eine Frage«, sagte der kleine Mann sanft. »Du bist doch der Junge mit der kranken Lady, oder? Sie sagt, sie käm' von der Magiergilde, richtig?«

Lyran wirbelte herum; seine ganze Haltung verriet nun, daß er auf der Hut war. Aber der Zwerg hielt ihm nur die offenen Handflächen entgegen. »Keine Bange, mein Junge, es passiert dir nichts. Sei ehrlich zu mir, dann geb' ich es dir für drei Kupferstücke. Lügst du mich an — behalt' ich es.«

»Was, wenn Er nicht derjenige ist?« fragte Lyran, immer noch wachsam.

»Solange die Antwort stimmt, stimmt auch der Handel.«

Lyran schluckte und beschloß dann, seiner inneren Stimme zu folgen. »Er ist ... derjenige«, gab er widerstrebend zu. »Er und die Lady sind das, was er behauptet — aber niemand will es glauben.«

Der Zwerg streckte eine Hand aus. »Drei Kupferstücke«, lächelte er. »Und ein Ratschlag umsonst.«

Lyran suchte nervös nach den Geldstücken und gab sie ihm. Er konnte sein Glück kaum fassen. Selbst das wertloseste Stück Metall kostete ein Silberstück — und dieser seltsame kleine Mann verkaufte ihm eine Klinge, die hundertmal soviel wert war, für den Preis eines Käselaibs! »Er nimmt einen Ratschlag immer gerne an.«

»Aber ob du ihn befolgst, weißt du noch nicht, was?« Der Mann lächelte und zeigte dabei eine Reihe gleichmäßiger, erstaunlich weißer Zähne. »Dein gutes Recht; sage also deiner Lady, sie soll dir die Geschichte von den Drachenzähnen erzählen. Und dann sage ihr, daß Bolger Freedman sie gesät hat, aber er kann sie nicht ernten.«

Lyran nickte, obgleich er nichts verstanden hatte.

»Es gibt ein paar von uns, die nie mit ihm einverstanden waren. Einige würden eine Menge bezahlen, wenn wir da wieder herauskommen könnten, wo wir hineingeraten sind. Sage das deiner Lady — und hüte dich vor dunklen Straßenecken. Ich bin nicht der einzige, der sich was zusammenreimt.«

Wie wahr die Worte des kleinen Mannes gewesen waren, erfuhr Lyran, bevor er das Gasthaus der Witwe erreicht hatte.

Die Straßenbande, die ihm in einem Hinterhalt auflauerte, ging ziemlich raffiniert vor. Aber Lyran hatte sie bemerkt, sobald er in die Seitenstraße eingebogen war.

Das neue Schwert lag in seiner Hand und erwachte zum Leben, als der erste von hinten auf ihn einschlug. Es schlitzte die Bauchdecke des Schlägers mühelos auf, als sei sie aus Brot und nicht aus Fleisch. Noch während er zu Boden fiel, nahm sich Lyran des anderen Mannes an, der von einer Mauer neben ihm auf ihn heruntersprang, trat einen dritten, der aus einem Hauseingang auf ihn zustürzte, und führte einen Hieb auf sein Knie aus, der die Kniescheibe zerschmetterte.

Es gelang ihm jedoch nicht, das Schwert schnell genug herumzuschwingen, um den vierten Angreifer abzuwehren, darum duckte er sich vor dem Schlag, stieß dem Mann den Knauf seines Schwertes ins Gesicht.

Und während der fünfte Mann ihn noch verdattert mit offenem Mund anstarrte, trennte Lyran den Kopf von seinem Körper.

Bevor jemand herbeieilen konnte, um zu sehen, was dieser Aufruhr zu bedeuten hatte, sprang Lyran auf die Mauer zu seiner Linken und von dort aus auf das Dach des Gebäudes, die es umgab. Er hüpfte schnell über das Dach und auf der anderen Seite wieder hinunter und nahm sich dabei die Zeit, das Schwert abzuwischen und in die Scheide zurückzustecken, bevor er hinunter in die nächste Straße sprang.

Schließlich hatte er nicht seine ganze Kindheit als Dieb verbringen können, ohne dabei etwas über ausgefallene Fluchtwege zu lernen.

Nachdem er ungefähr zehn Schritte gegangen war, wurde in der nun hinter dem Häuserblock liegenden Straße Alarm gegeben. Anstatt wegzurennen, ging Lyran zurück und mischte sich unter die Menge. Wie all die anderen um ihn herum reckte er schaulustig den Hals und schlenderte langsam weiter, als er nichts zu sehen bekam.

Seine Kindheit als Dieb hatte ihn die Wahrheit des Wortes gelehrt, das von den Menschen seines Volkes oft ausgesprochen wurde: »Wenn du für eine Krähe gehalten werden willst, flieg' mit dem Schwarm und krächze.«

Lyran nahm seiner Wirtin den gesprungenen Krug mit heißem Wasser aus der Hand und komplimentierte sie sanft wieder zur Tür hinaus. Er wollte nicht, daß sie sah — und vielleicht erkannte —, was er in das Wasser hineintauchte.

Seine Geliebte warf den Kopf auf dem Lumpenbündel,

das ihr als Kissen diente, hin und her und murmelte unzusammenhängende Worte; ihr Gesicht war schweißüberströmt, ihr Haar hing strähnig und feucht herunter. Er beruhigte sie, so gut er konnte, und fühlte sich dabei seltsam hilflos.

Als das Wasser lauwarm und fast schwarz war, versetzte er sich in einen schwachen Trancezustand und rief ihre Seele an, bis sie aus ihrem Fieber erwachte. Als er sie – zu seiner Erleichterung – endlich ins Bewußtsein zurückholte, war wieder ein Funke von Erkennen in ihren verhangenen grauen Augen.

»Ich habe den Tee, Thena«, sagte er und half ihr, sich aufzurichten. Sie nickte, unterdrückte einen Hustenanfall und machte dann eine schwache Bewegung mit ihrer Hand. Er deutete die Geste richtig und hielt ihr den Krug an die Lippen. Sie griff danach und hielt ihn fest umklammert, aber ihre Hände zitterten so stark, daß er den Krug nicht losließ.

Als sie das stinkende Gebräu getrunken hatte, ließ er sie wieder auf das Lager sinken, setzte sich an ihre Seite und nahm ihre Hand in die seine.

»Wie lange wird es dauern?«

Sie schüttelte den Kopf. »Es dauert ein bißchen, bis die Droge anschlägt; was danach geschieht, weiß ich nicht.« Sie hustete und krümmte sich zusammen; er stützte sie.

»Hast du jemals etwas von einer Geschichte über Drachenzähne gehört, mein Liebling?« fragte er zögernd. »Ich ... man hat mir geraten, ich solle dir sagen, daß Bolger die Drachenzähne gesät hat, sie aber nicht ernten kann.«

Sie schüttelte leicht den Kopf. Ein nachdenkliches Stirnrunzeln kräuselte ihre Stirn – dann weiteten sich ihre Augen. »Ernten! Ihr Götter! Ich ...«

In diesem Moment setzte die Wirkung der Droge ein; zwischen einem Wort und dem nächsten verschleierten sich ihre Augen, und die Lider sanken herab. Lyran fluchte in drei Sprachen, fließend und mit beträchtlichem Einfallsreichtum. Es dauerte eine Weile, bis ihm die Schimpfwörter ausgingen.

»Ich weiß etwas über Drachenzähne«, sagte eine hohe,

junge Stimme, die von der halb geöffneten Tür hinter ihm kam. Bereits zum zweiten Mal an diesem Tage zuckte Lyran in jähem Erschrecken zusammen. Die Sorge um Martis schien tatsächlich seine Sinne einzulullen!

Langsam wandte er sich um und sah den jüngsten Sohn der Witwe seinen Kopf durch die Tür stecken.

»Und würdest du Ihm auch etwas über Drachenzähne erzählen?« fragte er den Bengel mit dem schmutzverschmierten Gesicht, so höflich er konnte.

Ermutigt schob der Junge die Tür noch ein wenig weiter auf. »Hast du noch nie einen Drachen gesehen?« fragte er.

Lyran schüttelte den Kopf und krümmte dann den Zeigefinger. Der Junge drückte sich in das Zimmer, die Hände auf dem Rücken ineinander verschränkt. Man mußte der Witwe zugestehen, daß nur sein Gesicht schmutzig war – die abgeschnittene Tunika war abgetragen, aber einigermaßen sauber. »In Seinem Heimatland gibt es keine Drachen.«

»Auch keine Magier?« fragte der Junge, und als Lyran daraufhin den Kopf schüttelte, nickte er. »Deswegen nicht. Drachen sind keine natürlichen Tiere, sind von Magiern gemacht. Vermehren tun sie sich auch nicht. Willst du einen neuen Drachen, mußt du einen Zahn von einem lebenden Drachen nehmen und einpflanzen. Bloß, wenn die kleinen Drachen herauskommen, sind sie hungrig und böse. Muß man einen gezähmten Drachen nehmen, um sie zu ernten, sonst fangen sie an zu töten, und fressen und kriegen Geschmack an Furcht. Dann wird das Gehirn verrückt, und sie müssen getötet werden.«

»Er dankt dir sehr«, erwiderte Lyran förmlich. Das Kind grinste und verschwand.

Jetzt wußte er, was es mit den Drachenzähnen auf sich hatte. Das einzige Problem war nur, daß diese Information keinen Sinn ergab – zumindest nicht für ihn! Martis aber mußte es etwas gesagt haben. Sie mußte irgend etwas wissen, was er nicht wußte.

Er strich über die feuchte Stirn der Magierin und seufzte. Wenigstens hatte sie das Zeug nicht auf der Stelle getötet. Es sah wirklich so aus, als sei sie in eine richtige Trance gefallen: ihre Atemzüge waren regelmäßiger geworden, ihr Puls hatte sich verlangsamt –

Plötzlich wurde ihm bewußt, daß es draußen auf der Straße unnatürlich still war.

Fast im selben Moment, in dem er das völlige Fehlen irgendwelcher Laute bemerkte, war Lyran auf die Füße gesprungen, das neue Schwert schon in der Hand. Er schlüpfte zur Tür hinaus, und als er sich vergewissert hatte, daß ihm in dem muffigen Flur niemand auflauerte, schloß er sie vorsichtig hinter sich.

Die Stufen, die hinunter zur Straße führten, befanden sich am Ende dieses Ganges – aber er hatte nicht die Absicht, sie zu benutzen.

Statt dessen glitt er lautlos zu dem Fenster am anderen Ende des Ganges, das auf den winzigen Hinterhof hinausging. Die Läden waren geöffnet, und mit einem vorsichtigen Blick stellte er fest, daß der Hof leer war. Er zog das Schwert aus der Scheide und verschob den Halteriemen, so daß er jetzt auf seinem Rücken hing; während er noch überlegte, wie er am besten nach unten kam, stieg er auf das Fensterbrett hinaus.

Über ihm, gerade noch in seiner Reichweite, befand sich ein Mauersims mit einem Querbalken. Als es ihm gelungen war, ihn zu umklammern, zog er sich daran hoch, bis sein Kinn auf dem Holz des Balkens lag. Die Muskeln in seinen Armen schrien förmlich auf vor Schmerz, aber er wagte es nicht, einen Laut von sich zu geben. Er sammelte seine Kräfte, dann zog er seine rechte Hand zurück und schwang sich hoch, bis er eine Ecke des Daches zu fassen bekam. Dann ließ er den Querbalken auch mit der anderen Hand los und zog sich nach oben, bis er ganz auf dem Dach lag. Dort blieb er einen Moment lang liegen, um neue Kraft zu schöpfen.

Als er das Gefühl hatte, sich wieder bewegen zu können, rutschte er über die rauhen, sonnengewärmten Ziegel bis an den Rand des Daches und sah vorsichtig auf die Straße hinunter.

Wie er erwartet hatte, stand unten vor der Tür ein halbes

Dutzend bewaffneter Männer. Außer ihnen war niemand zu sehen, die Straße lag verlassen im Nachmittagslicht.

Einer der Männer hatte hinter der Tür Stellung bezogen. Lyran zog sein Messer aus dem Futteral in seinem Stiefel und ließ sich auf ihn hinunterfallen.

Das Geräusch, das zu hören war, als der Schädel des Mannes auf das Pflaster aufschlug — er hatte keinen Helm getragen —, verriet Lyran, daß er sich nicht die Mühe zu machen brauchte, ihm die Kehle durchzuschneiden.

Lyran rollte herum und warf sein Messer auf den Mann, den er für den Anführer hielt. Es verfehlte sein Ziel — anstatt die Kehle des Mannes zu durchbohren, prallte das Messer am Brustpanzer des Schwertkämpfers ab. Aber der Angriff hatte die anderen einen Moment lang abgelenkt, lang genug, um Lyran die Möglichkeit zu geben, sein Schwert zu ziehen.

Etwas stimmte nicht mit diesen Männern; als er sie angesehen hatte, war es Lyran sofort aufgefallen. Sie bewegten sich seltsam, und ihr Blick war starr. Und bis auf einen schwitzte keiner von ihnen, obwohl es ein heißer Tag war und sie sicher einige Zeit in der glühenden Sonne auf ihn gewartet hatten.

Dann fiel Lyran auf, daß sie keine Schatten warfen, bis auf den Mann, auf den er sein Messer geworfen hatte — den Mann, der schwitzte ...

Das bedeutete, daß diese Männer nur eine Sinnestäuschung waren. Sie konnten ihm nur schaden, wenn er an sie glaubte. Und so beachtete er sie nicht weiter, sondern konzentrierte seine Aufmerksamkeit auf den Anführer. Er beschränkte sich auf eine verteidigende Haltung und wartete auf die Reaktion seines Gegners.

Der Schwertkämpfer, ein grober, stämmiger Mann mit wachsamem Blick, musterte ihn mit recht unglücklichem Blick. Einen langen, stummen Moment lang rührte sich keiner von ihnen. Schließlich räusperte sich Lyran.

»Er liegt mit niemandem hier im Streit, und gleiches gilt auch für Seine Herrin. Du hast dein Bestes getan; Er hat die Falle zerschlagen. Ein Rückzug wäre nicht unehrenhaft.

Wir sind beide bezahlte Diener, und es ist kein Vertrag gebrochen worden.«

Der Mann entspannte sich, und sein Gesicht nahm einen erleichterten Ausdruck an. »Du meinst ...«

»Nein!«

Die Stimme, die Lyran zu seiner Linken, ein kleines Stück die Straße hinauf, hörte, war schrill und sehr jung. Einen Lidschlag später tauchte ein Schatten aus dem Hauseingang auf: Es war ein weißblonder Junge, und er trug eine leuchtendbunte Seidentunika. Hinter ihm traten weitere Kinder hervor. Alle waren unter fünfzehn, alle in regenbogenfarbene Seide gekleidet – und alle hatten weitaufgerissene, wilde Augen mit einem schon fast irren Ausdruck darin.

Der Mann, der Lyran noch immer gegenüberstand, schluckte schwer; er schwitzte jetzt noch heftiger. Lyran betrachtete ihn neugierig. Es schien fast, als habe er Angst vor diesen Kindern! Lyran beschloß zu handeln.

Er trat auf die Straße hinaus und stellte sich zwischen den Mann und die Kinder. »Es hat keine Vertragsverletzung stattgefunden«, sagte er gleichmütig und begegnete ruhig den irren Blicken aus blauen, grünen und braunen Augen. »Der Mann hat seinen Auftrag erfüllt.« Hinter sich hörte er, wie der Mann sich eiligst aus dem Staub machte, nun, da sich die Aufmerksamkeit der Kinder nicht mehr auf ihn, sondern auf Lyran konzentrierte. Lyran seufzte erleichtert. »Zwischen ihm und euch gibt es keinen Streit. Was wünscht ihr dann von ihm?«

Mit irren Gesichtern starrten ihn die Kinder an, als könnten sie nicht glauben, daß er sich ihnen widersetzte. Lyran behielt seine ruhige Haltung bei, und das Schwert ruhte in seinen entspannten Händen, während er auf ihre Antwort wartete.

Das größte der Kinder, der blonde Junge, der ihm am nächsten stand, hob beide Hände. Aus seinen geöffneten Handflächen zuckten Lichtblitze, die direkt auf Lyrans Kehle gerichtet waren ...

Aber darauf war ein Schwertkämpfer der Magiergilde

vorbereitet, gegen den kühlen Stahl seiner Klinge konnten diese Feuerdolche nichts ausrichten ...

Lyrans Schwert sprang vor und durchschnitt den tödlichen Strahl, bevor er sein Ziel erreichte. In dem Moment, als die Klinge ihn berührte, löste der Strahl sich in Nichts auf.

Das Kind stieß ein bösartiges Knurren aus, und sein Mund verzog sich zu einer wütenden Grimasse, die sich in dem jungen Gesicht ungewöhnlich häßlich ausnahm. Ein weiterer Feuerdolch zuckte aus seiner Handfläche, und die anderen Kinder taten es ihm gleich und sandten ihre eigenen Strahlen aus. Innerhalb weniger Sekunden bewegte sich Lyran so schnell wie noch nie zuvor in seinem Leben, er tanzte förmlich über die Straße, und seine Schwertklinge blitzte im Sonnenlicht, als er einen tödlichen Strahl nach dem anderen abwehrte.

Und immer noch kamen die Feuerdolche – schneller – immer schneller ...

Die Luft wurde kühler, das Sonnenlicht schwach, und die Gesichter der Kinder verloren die schwache Farbe, die sie belebt hatte.

Da erkannte Lyran, daß sie alle Energie aus sich selbst und aus den Dingen um sie herum herauszogen, um die Lichtblitze schaffen zu können. Fast im gleichen Moment begann eines der Kinder zu husten, brach zusammen und blieb weiß und still auf dem Pflaster liegen.

Wenn es ihm nur gelang, lange genug durchzuhalten, konnte er sie vielleicht besiegen!

Aber das älteste Kind der Gruppe knurrte nur böse, als es sah, wie sein Verbündeter zusammenbrach, und verdoppelte seine Anstrengungen. Lyran spürte, wie er zurückgedrängt wurde. Die Lichtblitze kamen immer näher und näher, er konnte sie nicht mehr mit seinem Schwert durchschneiden, und seine Arme wurden bleiern und müde ...

Da wußte er, daß sie ihn besiegen würden.

Und er erkannte, während er einen Strahl abwehrte, der genau auf sein Herz gerichtet war, daß er den nächsten nicht würde parieren können.

Es blieb ihm ein Wimpernschlag, in dem er sich fragte, ob es wohl schmerzen würde.

Dann blendete ihn ein gleißender Lichtstrahl.

Er war nicht tot – nur halbblind, einen langen, atemstokkenden Moment lang.

Als seine Sicht sich wieder klärte ...

Martis stand im Türeingang des Hauses, das ihnen Unterschlupf gewährt hatte. Sie stand gegen den Türrahmen gepreßt, ihre linke Handfläche war ihm zugewandt, die rechte auf die Kinder gerichtet. Sowohl er als auch die Kinder waren von einem Lichtschimmer umgeben – seiner war silbern, der der Kinder golden.

Martis machte eine Handbewegung, und der Lichtschimmer um ihn verschwand. Er fiel zu Boden; er war so geschwächt, daß seine Beine ihn nicht länger trugen. Mit unsicheren Schritten kam sie an seine Seite.

»Ist mit dir alles in Ordnung?« fragte sie. Er nickte keuchend. Ihre Zöpfe hatten sich aufgelöst, ihr Haar hing schweißnaß herunter, ihre Kleidung klebte an ihrem Körper. Sie kniete sich neben ihn, legte beide Hände auf seine Schulter, und sah ihm lang und tief in die Augen. »O Gott, Liebster – haben sie dich verletzt?«

Er schüttelte den Kopf, und sie starrte ihn an, so wie er es von ihr kannte, wenn sie etwas daraufhin untersuchte, ob es von Schwarzer Magie befleckt war. Sie war offensichtlich zufrieden mit dem, was sie sah, denn sie gab ihm einen kurzen Kuß und erhob sich wieder.

Einen Moment lang verschwamm alles vor seinen Augen; als er wieder etwas erkennen konnte, sah er, daß der Lichtschimmer um die anderen vier Kinder verschwunden war; jämmerlich weinend waren sie zu Boden gesunken, der irre Blick aus ihren Augen verschwunden. Martis stand nur wenige Schritte von ihnen entfernt.

Sie räusperte sich. Das älteste der Kinder sah auf, und sein Gesicht war erfüllt von Furcht ...

Aber sie streckte ihnen ihre Arme entgegen. »Es war nicht eure Schuld«, sagte sie, und ihre Stimme war so sanft und leise, daß nur Lyran und die Kinder hören konnten, was sie sagte. »Ich weiß, daß es nicht eure Schuld war, und wenn ihr es zulaßt, werde ich euch helfen ...«

Die Kinder erstarrten — dann kamen sie stolpernd auf die Füße, umringten sie, klammerten sich an ihre schweißdurchtränkte Robe und weinten, als seien ihre Herzen gebrochen und nun wie durch ein Wunder wieder geheilt worden.

»... und so beschloß Bolger, daß er sich nicht länger von der Magiergilde sagen lassen wollte, was Magier tun durften und was nicht. Er wartete, bis der Magier von Lyosten die jährliche Auswahl unter den jungen Begabten der Magischen Kunst getroffen hatte, und ließ den alten Mann dann vergiften.«

Der Sprecher war der Zwerg — von dem Lyran nun wußte, daß er einer der Hexer der Stadt war, ein fröhlicher kleiner Mann namens Kasten Ythres. Sie genossen seine Gastfreundschaft, solange sich die Magiergilde mit dem ehemaligen Stadtmeister von Lyosten und der halbausgebildeten jugendlichen Magierbrut befaßte, die er herangezogen hatte.

Martis lag wohlig gegen Lyrans Brust gelehnt, sicher umschlossen vom schützenden Rund seiner Arme. Sie saßen beide auf dem Fußboden in einer Ecke nahe bei der Feuerstelle im Wohnraum des Hexers. Es gab hier keine Möbel, nur eine Unmenge aufgetürmter Kissen. Martis fand es ein wenig seltsam, aber Lyran hatte es an sein Zuhause erinnert.

Auf seine Weise war es ein bezauberndes Haus. Kasten hatte darauf bestanden, daß sie sich entspannten und ihre Herrin-und-Diener-Maskerade fallenließen. »Zum Teufel, es ist mein Haus«, hatte er gesagt, »und Ihr seid meine Gäste. Zur Hölle mit dem sogenannten Standesdünkel!«

»Wie, um alles in der Welt, wollte er sie denn ausbilden?« fragte Martis.

Kasten schnaubte verächtlich. »Er dachte, er könnte es aus Büchern lernen — und falls das nicht funktionierte, wollte er einen von uns Halbmagiern dazu bringen, es für ihn zu tun. Dieser Narr!«

»Er hat die Drachenzähne gesät«, sagte Martis mit eisiger Stimme. »Nun, es hätte ihn nicht überraschen dürfen, daß er Drachen geerntet hat.«

»Drachen – Zähne?« fragte Lyran verwirrt. Er verstand immer noch nichts.

Martis unterdrückte ein Lächeln. »Ich konnte zunächst auch nichts damit anfangen, bis ich mich daran erinnerte, daß der Sturm, in den wir anfangs gerieten, durch Zauberkraft entstanden und daß die Macht, die ihn geschaffen hatte, außer Kontrolle geraten war. Die Magie kann eine seltsame Wirkung auf den Geist haben, Liebster – wenn niemand auf dich aufpaßt und in die richtige Richtung führt, *kann* sie Besitz von dir ergreifen. Ein begabtes Kind oder ein anderer, der die Kräfte ausübt, ohne richtig ausgebildet zu sein, kann den Verstand verlieren. Und das schlimmste ist, sie *wissen*, daß sie den Verstand verlieren. Eine schlimme Sache – und du kannst nur hoffen, daß es dir gelingt, sie zu retten, bevor ein ernsthafter Schaden entstanden ist.«

»Stimmt«, sagte Kasten. »Ich vermute, daß daher die Geschichte mit den Drachenzähnen stammt – und darum habe ich auch Eurem jungen Mann hier gesagt, daß er Euch daran erinnern soll. Es ist nämlich so, daß die Zähne ein Bild für die Kinder sind, und der Drache ist der ausgebildete Magier. Aber ich möchte gern wissen, was jetzt mit ihnen geschehen wird? Ihr könnt die Kinder doch nicht auf die Akademie schicken – und ich würde sicher nicht mit ihnen fertig werden!«

»Nein, ihre Macht ist schon zu stark«, stimmte Martis ihm zu. »Sie brauchen jemanden, der sie ausbildet und der ihre Energie eindämmt, bis sie ihre Kräfte selbst beherrschen, anstatt sich von ihnen beherrschen zu lassen. Es gibt aber eine mögliche Lösung. Die Gilde hat mir einen Vorschlag unterbreitet, aber ich hatte bis jetzt noch nicht die Gelegenheit, mit Lyran darüber zu sprechen.« Sie verrenkte ihren Hals, um ihm ins Gesicht sehen zu können.

»Wir würde es dir gefallen, für das nächste halbe Jahr eine Vaterrolle zu übernehmen?«

»Ich?« erwiderte er, zu verblüfft, um von sich selbst in der dritten Person zu sprechen.

Sie nickte. »Der Rat wünscht, daß sie ausgebildet werden, hält es aber für besser, wenn sie diese Zeit in einer stabilen, familienähnlichen Umgebung verbringen. Ihre leiblichen Eltern haben jetzt natürlich eine Todesangst vor ihnen – aber du – du hast dich ihnen entgegengestellt, du hast keine Angst vor ihnen. Und du bist liebevoll, du hast ein so weiches Herz, Geliebter. Du weißt auch, wie ich über Kinder denke. Der Rat glaubt, daß wir der beste Elternersatz sind, den man sich denken kann. Natürlich nur, wenn du einverstanden bist.«

Lyran konnte nur sprachlos nicken.

»Und sie sagen«, fuhr Martis mit großer Befriedigung fort, »daß sie dir alles geben, was du willst, wenn du einverstanden bist.«

»Alles?«

»Sie haben keinerlei Einschränkungen gemacht. Sie sind in großer Sorge; diese Kinder sind sehr begabt. Alle fünf Ratsmitglieder sind davon überzeugt, daß wir beide ihre einzige Rettung sind.«

Aufgeregt zog Lyran sie noch fester an sich. »Würden sie – würden sie Ihm einen Rang geben, der dem einer Magierin der Meisterklasse gleichkommt?«

»Zweifellos. Du bist ganz sicher gut genug, um Schwertmeister zu werden – nur Ben könnte deine Fähigkeiten noch verbessern, und er ist Oberster Waffenmeister. Wenn du nicht Ausländer wärest, hätte man dir diesen Titel schon längst verliehen.«

»Würden sie Ihm dann auch erlauben, sich mit einer Frau seiner Wahl zu vermählen?«

Er spürte, wie sich Martis in seinen Armen versteifte, und wußte, warum sie so reagierte. Sie fürchtete sehr, ihn zu verlieren – und sie hatte Angst, daß genau dies jetzt geschehen würde.

»Das, und noch mehr!« sagte eine Stimme an der Tür. Es

war der Ratsvorsitzende, Dabrel, über dessen dickem Bauch sich die Falten seiner purpurnen Robe strafften. »Schwertmeister Lyran, wünschst du der junge Narr zu sein, für den ich dich halte?«

»Wenn Euer Ehren Magiermeister damit fragen will, ob Er die Magiermeisterin Martis zur Frau nehmen möchte, dann hat Euer Ehren Magiermeister zweifellos recht«, erwiderte Lyran trocken, und in seinen Mundwinkeln nistete sich ein Lächeln ein, als er spürte, wie Martis nach Luft schnappte.

»Dann nimm sie und unseren Segen dazu, Schwertmeister Lyran«, lachte der stattliche Magier vergnügt. »Vielleicht wird dein sanftes Wesen ihre scharfe Zunge ein wenig mildern können!«

»Habe ich hier denn gar nichts zu sagen?« brachte Martis heraus.

»Aber natürlich.« Lyran löste seine Umarmung, umfaßte ihre Schultern mit beiden Händen und drehte sie zu sich um, so daß er ihr ins Gesicht sehen konnte. »Martis, Thena, Königin meines Herzens und Balsam meiner Seele, würdest du es wagen, dein Leben mit mir zu teilen?«

Sie sah ihn lange und ernst an.

»Willst du das wirklich?« flüsterte sie. »Willst du mich wirklich zu deiner Frau machen?«

Er nickte langsam.

»Dann ...« Sie schluckte, und für einen kurzen Moment trübten Tränen ihre Augen. Doch dann stieg in ihnen wieder das spitzbübische Funkeln auf, das er so sehr liebte, und sie grinste. »Wenn ich ›Ja‹ sage, wirst du dann, verdammt noch mal, damit aufhören, dich ›Er‹ zu nennen?«

Er seufzte und nickte dann erneut.

»In diesem Falle ist dies ein Angebot, das ich ganz bestimmt nicht ablehnen werde!«

Originaltitel: Dragon's Teeth
Copyright © 1988 by Mercedes Lackey
Deutsch von Marion Albrecht

Marion
Zimmer Bradley

Die Hündin

Dunkelheit senkte sich über Alt-Gandrin, über dieses
fremde Viertel der Stadt; Lythande, Pilger-Adeptin vom
Blauen Stern, war allein und verlassen, fern von ihrer vertrauten Umgebung — sofern sie überhaupt eine vertraute
Umgebung besaß oder in ihrem mehr als ungewöhnlichen
Leben auf etwas Stetiges oder Gewöhnliches vertrauen
konnte. Um die Unbill dieser Nacht noch zu steigern, fiel
ein leichter Nieselregen, der nicht heftig genug war, um
alles zu durchweichen, aber Trockenheit, Wärme und
Behaglichkeit ausschloß und überall mit elender, klammer
Feuchtigkeit eindrang.

Obwohl die Straßen von Alt-Gandrin für einen Adepten
vom Blauen Stern vermutlich ungefährlicher waren als für
einen gewöhnlichen Bürger, konnte man hier nach Einbruch der Dunkelheit kaum noch von Sicherheit sprechen,
und Lythande verspürte so wenig wie jeder andere das Verlangen, in dieser öden Friedhofsgegend überfallen und aus-
geplündert zu werden. Sie war an diesem Tag schon einmal

zu wesentlich früherer Stunde dort gewesen, auf der Suche nach bestimmten Kräutern und anderen Zutaten, die sie für ihre Zaubertränke brauchte; es hieß, daß sie eine stärkere Wirkung entfalteten, wenn sie im Schatten eines Galgens gepflückt worden waren.

Lythande war sich nicht so ganz sicher, ob sie das glauben sollte, aber wenn die Ratsuchenden daran glaubten, so konnte sich ein Magier kaum den Luxus leisten, dieses Vertrauen zu belächeln; schließlich war der Glaube eine wesentliche Zutat, die großzügig in jeden Trank gemischt werden mußte, bevor er überhaupt wirken konnte.

Um sie herum erstreckten sich die Felder, die wohl schon in jenen Tagen nicht mehr bestellt worden waren, in denen die Mauern der Stadt errichtet wurden; hier und da glommem schwach die Lichter verstreuter Gehöfte durch die regenverhangene Finsternis. Auch wenn die Nacht klar gewesen wäre, so hätte kein Mond geleuchtet; sie kannte sich in diesen Dingen aus. Die Galgen warfen ihre langen, unscharfen Schatten fast bis zu Lythandes Füßen. Nirgends fand sich eine Spur von Licht, das einen Hinweis auf eine Herberge oder einen anderen Platz für die Nacht gegeben hätte. Unterhalb der Galgen bildeten die hingestreckten, hügeligen Schemen alter, verfallener Grabsteine ein zerklüftetes Feld. Ein gemiedener Ort, vielleicht gut für Geister, aber weniger zuträglich für sterbliche Wesen — und ungeachtet der Tatsache, daß Lythandes Leben, mit Hilfe der Magie verlängert, die Spanne von drei gewöhnlichen Leben umfaßte, zählte sie sich doch immer noch zu den Lebenden und Sterblichen.

In diesem Augenblick kreuzte ein Schatten ihren Weg, und eine Stimme, die ihr vage vertraut war, fragte: »Wer da? Sprich!«

»Ein fahrender Sänger und Magier mit Namen Lythande«, sagte sie und vernahm die überraschenden Worte:

»Sei gegrüßt, Pilgerbruder, was tut Ihr zu dieser gottverlassenen Stunde auf einer so einsamen Straße?«

»Gäbe es in der Tat Götter, worüber ich gewisse Zweifel hege«, versetzte Lythande ruhig, »so hielte ich es nicht für glücklich, irgendeinen Platz der Welt gottverlassen zu nennen, aus Furcht, sie würden ihn fortan tatsächlich meiden.«

»Wenn es keine Götter gäbe«, spann der Neuankömmling, ein dunkler Schatten auf dem Pfad, den Faden fort, »so würde ich es nicht wagen, diesen Zweifel an ihrer Existenz laut auszusprechen, denn wenn es sie gibt, so könnten sie meine Weigerung, an sie zu glauben, für ungezogen halten und sich revanchieren, indem sie nicht an mich glaubten.«

Lythande kam der Gedankengang dieses Paradoxons vertraut vor, und sie fragte daher: »So spreche ich also zu einem Pilgerbruder?«

»In der Tat«, gab die Stimme zurück, »ich bin dein Sängerbruder Rajene; wir haben vor langer Zeit solche und andere Fragen in den Höfen des Blauen Sterns beim Klang der Laute erörtert. Und ich denke, daß wir gemeinsam nach einem Schutz für die Nacht suchen sollten, sei es nur vor Feuchtigkeit und Kälte und um ein paar Lieder auszutauschen.«

»Ich kenne mich hier in der Gegend nicht aus«, erwiderte Lythande. »Und bin auch bisher weder hier noch andernorts einem Geist begegnet, so hege ich doch, was ihre Existenz oder Nichtexistenz angeht, ihnen gegenüber die gleiche Meinung, wie Ihr den Göttern gegenüber. Es könnte ja sein, daß ich eines Tages gute Gründe hätte, meinen Unglauben zu überdenken.«

In der Dunkelheit konnte Lythande jetzt die Umrisse des weiten Magier-Mantels ausmachen, der ihrem eigenen im Schnitt sehr ähnlich war. Die Kapuze hatte Rajene tief ins Gesicht gezogen, und zwischen ihren Falten schimmerte schwach das Blau des Sterns hervor, gleich dem, der zwischen ihren Augen funkelte. »Solltet Ihr also einen Unterschlupf fernab von diesem götterverheerten und geisterbewohnten Viertel kennen, so will ich Euch gern dorthin folgen.«

Rajenes Stimme war ein wohlklingender Bariton, weitaus tiefer als Lythandes geschlechtslose Altstimme, aber ihr an Musikalität ebenbürtig. Während Lythande ihre Laute auf dem Rücken trug, konnte sie bei ihm die Umrisse einer *Chittarrone* erkennen, eines altertümlichen, aber wohlklingenden Instruments, das beinahe so groß war wie der Mann, der es trug. Tatsächlich hätte Lythande von all ihren Brüdern vom Blauen Stern kaum einen lieber in einer finsteren Nacht getroffen. So weit ihr bekannt war, hatte sie keinen Streit mit Rajene, und als sie beide Lehrlinge im Tempel des Sterns gewesen waren, hatten sie sogar Freundschaft geschlossen — oder zumindest hatte sie etwas verbunden, was bei einem Magier der Freundschaft am nächsten kam und bedeutete, daß sie keine Feinde waren.

Lythande hatte dort keine wahren Freunde gehabt, hatte es nicht gewagt, Freundschaften zu schließen, denn von einem Ende der Zeit bis zum anderen war Lythande die einzige Frau unter den Pilgern Adeptins gewesen; allein und in Verkleidung war sie in die Geheimnisse des Tempels eingedrungen; und erst als sie den Blauen Stern zwischen ihren Augenbrauen trug, war ihre Verkleidung enttarnt worden. Sie hatte den höchsten Preis bezahlt, den je ein Pilger-Adept entrichten mußte, denn als die Wahrheit bekannt geworden war, hatte der Meister des Sterns einen Bann über sie verhängt, der folgendermaßen lautete:

»So sei denn auf ewig, was zu sein du gewählt hast«, hatte er gesagt, »denn an dem Tage, an dem dein wahres Geschlecht einem anderen Mann außer mir offenbart wird, wird deine Macht und deine Unverletzbarkeit enden.«

So war es gewesen seit jenem Tage: ein Leben des ununterbrochenen Versteckspiels, eine ewige Einsamkeit mit kurzen Bekanntschaften, wie sie sie nun wieder für eine kurze Zeit mit Rajene finden mochte. Und in diesem Augenblick wurde der leichte Nieselregen in der Finsternis immer heftiger, als wolle er die allgemeine Trostlosigkeit dieser verlassenen und fluchbeladenen Gegend noch betonen und damit selbst die Ahnung von Licht ausschließen.

Lythande war darüber nicht allzu traurig. Der schwache Nieselregen der letzten Stunde war ungemütlich gewesen, hatte aber die Dunkelheit ungefährlicher gemacht. Dieser plötzliche Wolkenbruch würde jeden Straßenräuber und

Taschendieb in seinen Unterschlupf zurückjagen, und kein Dieb, der seine Sinne einigermaßen beieinander hatte, würde versuchen, einen Magier auszurauben. Andererseits bestand die Möglichkeit, daß sie in dieser Finsternis und dem strömenden Regen nicht abzuschrecken waren, und einer, der tollkühn genug wäre und in seinem Opfer nicht den Pilger-Adepten erkannte, würde ein solches Wagnis vielleicht eingehen.

Rajene zog die Kapuze seines Magier-Mantels dichter über den Kopf und versuchte, die Falten so zu ordnen, daß sie auch das Musikinstrument bedeckten.

»Laßt uns einen geschützten Ort aufsuchen«, drängte er. »Ich bin lange Jahre nicht mehr in dieser Gegend gewesen – ich habe vergessen wie lange –, aber wenn mich meine Erinnerung nicht trügt, dann lebte hier einst eine alte Dame, die eine Art Gasthaus unterhielt und die mir, wenn die Gaststube nicht zu voll war, erlaubte, auf dem Boden vor dem Feuer zu schlafen. Es war nicht die allerbeste Unterkunft, aber verglichen mit dem Unwetter wäre es doch eine erhebliche Verbesserung, und dies ist nicht die Nacht, die ich freiwillig unter den Sternen verbringen möchte – zumal es hier überhaupt keine Sterne gibt, unter denen man schlafen könnte.«

»Geht voraus«, sagte Lythande kurz. »Ich folge Euch.«

Dies war besser, als sie gehofft hatte. Sie fürchtete sich kaum vor Frauen, und sie hatte sieben Jahre ihrer Lehrzeit unter den Adepten des Blauen Sterns gelebt, ohne daß ihr wahres Geschlecht entdeckt worden war. Ein großer Gasthof hätte eine endlose Nacht des Wachens bedeutet. In Gesellschaft eines Bruder-Pilgers und einer alten Frau hatte sie wenig zu befürchten.

Sie folgte Rajenes schemenhafter Gestalt. Bis auf den fahlen Schimmer des Blauen Sterns, der schwach auf ihrer Stirn leuchtete, und einem ähnlichen Leuchten, das unter Rajenes schützender Kapuze hervorglomm, war die Dunkelheit nahezu vollkommen.

Sie versuchte ihre Laute vor dem schlimmsten Regen zu bewahren – keine leichte Aufgabe, denn der Zauber, der sie trocken hielt, forderte seinen Tribut, und wenn sie sich abmühte, in der Finsternis mit Rajene Schritt zu halten, verlor sie die Kontrolle über den Bann. Im schlimmsten Falle war es wichtiger, die Laute trocken zu halten, als ihre Füße oder ihren Körper vor der Nässe zu schützen; sie würde ohne Schaden zu nehmen trocknen, die Laute nicht.

Der lange Marsch durch die Nacht und den Regen schien kein Ende zu nehmen; Lythande stolperte häufig auf dem unebenen Grund, der von alten, eingesunkenen Grabsteinen übersät zu sein schien, dann entdeckte sie die schwachen Lichter eines einsamen Landhauses — eines alten, baufälligen Gebäudes mit schiefen Steinwänden und einer Tür aus Brettern, die so alt und morsch waren, daß der Schein des Feuers durch die Ritzen drang.

Lythande schützte sich vor dem Wind, der mit brausender Gewalt um die Ecke des Gebäudes wehte, zog ihren Magier-Mantel enger um die Schultern und dachte daran, daß dieser Ort ihr in einer solchen Nacht Schutz vor dem Regen bieten würde, selbst wenn er die Wohnstatt von Gespenstern oder sogar bösen Geistern sein sollte.

Aus dem Innern drang der Klang einer krächzenden, zittrigen Stimme, dann wurde die Tür von innen aufgestoßen, und eine gebeugte alte Frau stand im Feuerschein. Sie war in Lumpen gekleidet; ein mehrfach ausgebesserter Schal lag um ihre gekrümmten Schultern, der fast nur noch aus Flicken bestand. Ihr Gesicht war so voller Runzeln, daß Lythande, die selbst unermeßlich alt war, sich gar nicht erst die Mühe machte, ihr Alter zu schätzen.

»Dame Lura«, rief Rajene, »es ist mir eine Freude, zu sehen, daß Ihr noch immer in dieser Welt weilt! Ich habe einen Freund mitgebracht und ersuche für diese Nacht um eine Unterkunft an Eurem Feuer. Wärt Ihr nicht mehr hier gewesen, hätte ich mich auch nicht gescheut, in dieser wilden Nacht einen armen Geist in seinem Grab um Unterkunft zu bitten!«

Die Dame Lura kicherte — ein Laut, der in Lythandes Ohren derartig unbeherrscht und humorlos klang, daß er kaum menschlich genannt werden konnte.

»Ah, Rajene, mein Freund, hier gibt es ein besseres Nachtlager für Euch, und auch wenn das hier vielleicht nicht viel besser als ein Grab ist, so würde ich in einer solchen Nacht keinem Lebenden oder Toten die Herberge verweigern. Kommt herein und trocknet Euch dort drüben am Feuer.« Sie deutete auf den Herd, vor dem ein großer Kaminvorleger den kalten Stein bedeckte und zwei mächtige, langhaarige Hunde ausgestreckt auf den Fliesen lagen und mit den Schnauzen zum Feuer fest eingeschlafen waren.

Rajene schob einen von ihnen — den zotteligen schwarzen, der ihm am nächsten lag — mit dem Fuß zur Seite. Das Tier stieß einen verschlafenen, grollenden Laut aus und machte dann für Rajene Platz, der seinen Magier-Mantel ausschüttelte und ihn über den wackeligen Schemel hängte, der neben dem Kaminvorleger stand. Nach einer Weile tat Lythande es ihm nach, zog einen weiteren Schemel an den Kamin heran und legte den durchnäßten Magier-Mantel ab. Rajene ließ sich zwischen den Hunden nieder, streckte seine Füße in den Strümpfen zum Feuer hin, zog dann seine *Chitarrone* zu sich heran und stimmte das Instrument, um sicherzugehen, daß es keinen Schaden genommen hatte.

Lythande zog ihre Stiefel aus und streckte ihre schmalen Füße dem Feuer entgegen. Der kleinere der beiden Hunde, eine lohfarbene Hündin mit langem Zottelfell, drängte sich an sie, aber das Tier war warm und zutraulich und hatte schließlich die älteren Rechte am Feuer.

Die Dame Lura hob einen mächtigen Kessel von seinem Haken über den Flammen und fragte: »Darf ich Euch ein Nachtmahl anbieten? Und werdet Ihr mir dafür ein Lied auf Eurer Laute spielen?«

»Mit Vergnügen«, murmelte Rajene und begann eine alte Bauernballade zu spielen. Lythande stellte fest, daß die Saiten ihrer Laute vom Regen durchweicht waren, aber sie hatte noch ein paar Ersatzdärme in den zahlreichen Taschen ihres Mantels. Sie wühlte darin herum und begann die Saiten nacheinander zu überprüfen und neue aufzuziehen.

Die alte Frau schöpfte eine Kelle Suppe in zwei grob geschnitzte Holzschüsseln und reichte Lythande eine davon. Es roch köstlich, und Lythande, die sah, daß Rajene ins Feuer schaute und nicht zu ihr, wagte es, ein paar Löffel zu essen. Eins der zahlreichen Gelübde, die die Macht eines Pilger-Adepten untermauerten, bestand darin, daß kein Mann sie je essen oder trinken sehen durfte. Aber dieses Gelübde bezog sich nicht auf Frauen, und Rajene blickte woanders hin. Sie nahm dieses Verbot sehr ernst, während Rajene über sein Instrument gebeugt dasaß und es stimmte, gelang es ihr, hastig ein Gutteil der Suppe aufzuessen. Als er jedoch aufblickte und sie bat, doch etwas zu spielen, legte sie sofort den Löffel beiseite.

»Nein, spielt Ihr ruhig; ich kenne dieses Instrument nicht gut genug«, gab sie zurück. Er schien durch ihre Bitte geschmeichelt und beugte erneut sein Gesicht über die *Chitarrone*, so daß Lythande ihr Mahl beenden konnte. Danach spielte sie auf ihrer Laute und sang dazu, aber so nah am Feuer wurde sie bald schläfrig, deckte sich mit dem Magier-Mantel zu, der auch über die Hunde fiel, und schlief sofort ein. Das letzte, was sie bewußt wahrnahm, war der scharfe Geruch von nassem Hundefell und Rajenes Schnarchen, der auf dem Teppich neben ihr lag.

Als sie erwachte, sah sie nur den Feuerschein, und alles um sie herum war still. Sie blickte auf und konnte Rajene nirgends entdecken; nur der große Hund lag ausgestreckt vor dem Kamin. Als sie sich streckte, blickte sie auf ihre Hand herab, doch da war keine Hand mehr — nur eine haarige, lohfarbene Pfote richtete sich auf das Feuer. Irgend etwas stimmte nicht mit ihrem Gesichtsfeld; sie schien dichter am Feuer zu liegen als zuvor. Sie erhob sich hastig, versuchte zu schreien, und hörte nur ein langgezogenes, schmerzliches Geheul. Bei diesem Geräusch sprang der andere Hund wild bellend auf, und auf seiner haarigen Stirn entdeckte sie einen schwachen, sternförmigen, blauen Schimmer. Da erkannte sie den anderen Hund: Es war Rajene.

Auch sie selbst war auf irgendeine Weise in eine Hündin verwandelt worden, die auf dem Kaminvorleger neben ihr gekauert hatte.

Die Dame Lura hockte gebückt über ihrem Kessel und schien in einer unbekannten Sprache vor sich hinzumurmeln — oder konnte Lythande die Sprache der Menschen überhaupt nicht mehr verstehen? Sie jagte in Panik auf allen vieren zur Tür, gefolgt von dem anderen Hund, der Rajene war.

Draußen hatte der Regen aufgehört, und in einem seltsam verzerrten Mondlicht rannte sie, über Grabsteine stolpernd, durch das öde Land. Rajene blieb dicht hinter ihr.

Verwandelt durch Hexerei — *und da sie aus mir eine Hündin gemacht hat, wird Rajene wissen, daß ich eine Frau bin*, dachte sie und fragte sich gleichzeitig, warum sie sich deswegen Sorgen machte — gefangen in der Gestalt eines Tieres, konnte sie nicht einmal eine Beschwörungsformel sprechen, die den Zauber brechen mochte. Oder hielt dieser Bann nur bis Sonnenaufgang oder Monduntergang an? Warum war sie bloß nichtsahnend in diese Falle getappt? Der Blaue Stern hätte sie vor jeglicher Hexerei warnen müssen. Aber um der Wahrheit die Ehre zu erweisen, mußte sie zugeben, daß die ungewohnte Behaglichkeit nach all der Kälte und Nässe, das warme Mahl und ihr Bemühen, unbeobachtet zu essen, ihren Geist von jeglichem Gedanken an feindliche Magie abgelenkt hatte.

Flüchtig kam ihr der Verdacht, daß Rajene sie betrogen hatte.

Doch nein, er war selbst ein Opfer der Magie geworden; sie waren beide in dieselbe Hexenfalle geraten.

Rajene stürmte noch immer in blinder Panik voran. Lythande versuchte ihn zu rufen, brachte aber nur ein seltsam jaulendes Knurren zustande und verstummte augenblicklich.

Ist dies womöglich ein böser Traum? Kann es sein, daß ich immer noch in der Hexenhütte am Feuer liege und alles nur träume? fragte sie sich, aber die Kälte des Friedhofes drang durch die Sohlen ihrer Pfoten, und die Traumlandschaft veränderte sich nicht, also war dies kein Traum, sondern nur allzu wirkliche Zauberei.

Rajene — oder besser, der Hund, in dem Rajenes Geist nun lebte — hielt in seinem wilden Lauf inne und kehrte zu ihr zurück, winselte mitleiderregend und umkreiste sie dann leise bellend. Schließlich blieb er stehen, jaulte und streckte sich, als wollte er sich verschämt im Boden verkriechen.

Lythandes Gedanken beschäftigten sich nun ausschließlich mit dem Zauber und wie sie sich wieder daraus befreien könnte. Im Schatten der Galgen wuchsen magische Kräuter; vielleicht konnte sie welche finden, die den Zauber brachen. Das Problem war nur, daß sie eigentlich gar nicht an die Wirkung derartiger Zaubereien glaubte. Unter diesen Umständen sah sie ihren Unglauben jedoch langsam schwinden; es war anscheinend nicht unerheblich, auf welcher Seite eines Bannes man stand.

Sie blickte sich um und versuchte, sich aus der ungewohnten Perspektive eines Hundes heraus zu orientieren. Ihre Sehkraft war ausgezeichnet, aber alles um sie schien viel größer zu sein, und sie hatte Angst davor, über die Grabsteine zu stolpern. Die langen Schatten der Galgen beherrschten nach wie vor das Ödland. Sie näherte sich, roch den schwach bitteren Duft des Krautes, das sie suchte, und fand schließlich das dreigeteilte, schimmernde Blatt mit der blassen Beere — farblos im Mondlicht, doch an einem gewöhnlichen Tag bei normalem Licht hellgrün. Sie beugte sich herab, um an dem Kraut zu knabbern; aus Erfahrung wußte sie, daß es wie die meisten Kräuter etwas bitter schmeckte, aber als ihre scharfen Hundezähne das Blatt berührten, schmeckte es überaus ekelerregend, ein strenges, beißendes Öl trat aus, das ihr eine solche Übelkeit bereitete, daß sie es wieder ausspie.

So weit, so schlecht. Hunde fraßen keine Kräuter, daran hätte sie denken sollen. Sie fressen manchmal Gras, wenn sie krank sind, aber offensichtlich zählte Zauberei nicht als Krankheit.

Sie versuchte, in normales Gras zu beißen, um den

Geschmack loszuwerden, es war fade wie geschmackloser Salat und fühlte sich faserig auf der Zunge an. Was nun? Sie erinnerte sich an einen alten Aberglauben: wenn sie siebenmal im Uhrzeigersinn um einen Galgen herumlief ... oder war es gegen den Uhrzeigersinn? Nun, sie würde es siebenmal im Uhrzeigersinn versuchen, und wenn das nichts half, dann würde sie es eben siebenmal andersherum versuchen, und wenn das auch nichts bewirkte – dann mußte sie sich eben etwas anderes einfallen lassen.

Zu ihrer großen Überraschung sah sie den anderen Hund plötzlich schwanzwedelnd um die Galgen herumspringen. Rajene hatte also auch bereits diese Idee gehabt. Sie folgte ihm, aber nichts geschah, und zu Beginn ihrer achten Runde blieb sie stehen und lief dann in der entgegengesetzten Richtung weiter. Aber es half alles nichts. *Wir könnten hier die ganze Nacht damit zubringen, Hunde würden das wahrscheinlich tun.* Sie runzelte die Stirn, was ihr Gesichtsfeld seltsam verzerrte, weil ihre Augen in einem so ungewohnten Winkel zu ihrer haarigen Stirn standen. Dann warf sie sich ins Gras, um sich eine andere Möglichkeit auszudenken.

Es mußte doch noch einen anderen Weg geben, den sie ausprobieren konnte. Sie kehrte um und suchte nach dem Häuschen der Dame Lura. Wenn sie zurücklief und das böse alte Weib stellte, damit drohte, ihm die Kehle zu zerreißen, vielleicht würde die Hexe einwilligen, den Bann von ihnen zu nehmen.

Aber sie konnte nicht den geringsten Schimmer eines Feuerscheins erkennen, sie glaubte die Umrisse des Landhauses zu sehen, war sich aber nicht sicher, denn es war vollkommen dunkel. Die Hexe mußte das Feuer gelöscht haben und zu Bett gegangen sein, zufrieden damit, mit dem Verhexen von zwei Magiern ihr Tagewerk vollbracht zu haben. Zornig dachte Lythande: *Laß mich nur meine Hände – meine Pfoten – an sie legen, und wenn ich sie dann nicht überzeuge, daß ihr Tun das Schlimmste ist, das sie jemals getan hat, dann will ich nicht länger Lythande heißen.*

Also änderte sie die Richtung, sprang über Grasbüschel

und Grabsteine hinweg dorthin, wo sie in der Ferne die vagen Umrisse des Gasthauses zu erkennen glaubte. Dann blieb sie plötzlich stehen; ihr scharfes Hundegehör hatte ein Geräusch aus dem Gras wahrgenommen, nicht weit von ihr entfernt. Während sie Rajene die Möglichkeit gab, aufzuholen, konnte sie ihn mit heraushängender Zunge hecheln hören.

Eine Gestalt kam langsam näher, und ein Schatten fiel auf sie: jemand, der einen Umhang trug. Ein Magier? Nein, irgendein Priester, der seinen geweihten Stab vor sich hielt. Rajene sprang und packte den Stab mit den Zähnen. Der Priester schrie vor Überraschung auf, als der Stab auf die Grabsteine klirrte.

Als Lythande ihn berührte, fühlte sie, wie ein Schauer ihre Glieder durchlief; sie streckte sich und konnte sich mühelos auf die Füße erheben. Der Priester rang nach Luft und tastete dann nach seinem Stab.

»Ich bitte tausendmal um Vergebung«, sagte Rajene, »und ebensooft danke ich Euch, denn Ihr habt uns von einem bösen Zauber erlöst.«

Mit einem Ausruf des Erstaunens nahm der Priester seinen Stab wieder an sich. Rajene trug ein loses, weißes Nachtgewand; Lythande war in Lederhosen und -hemd gekleidet, sie war barfüßig und hatte sich oft an den losen Steinen und den Grabmalen verletzt. Hinkend verbeugte sie sich vor dem Geistlichen und sagte ernst: »Lythande dankt Euch, Priester.«

»Äh — es war mir ein Vergnügen, Euch zu Diensten zu sein«, erwiderte der Priester unsicher. »Aber sagt mir, wie und wann ist all dies geschehen? Ich wußte nicht, daß diese verlassene Gegend von Zauberei beherrscht wird.«

»Das wußten wir ganz offensichtlich auch nicht«, meinte Lythande, und Rajene ergänzte: »Ich war im Glauben, eine alte Freundin zu besuchen, doch jetzt denke ich, es muß ein Geist gewesen sein oder ein Dämon in ihrer Gestalt.«

»Eine alte Freundin, die hier leben soll?« fragte der Priester. »Aber guter Mann, niemand wohnt in dieser Gegend.«

»Das Haus der Dame Lura«, beharrte Rajene, »und ich muß dahin zurückkehren …«

»Aber guter Freund«, setzte der Priester an, verstummte jedoch sogleich wieder, wie er Rajenes grimmigen Blick gewahrte, und trottete dann hinter ihm her, als der Adept sich auf das alte Gasthaus zu in Marsch setzte. »Welch glückliche Fügung, daß ich hier vorbeikam. Ich war auf dem Weg zu jenem Hügel, um von dort die Sonne zu grüßen. Ich besuche diese Totenstadt nur einmal im Jahr am Todestag meiner alten Großtante, dann komme ich her, um ein Gebet für sie zu sprechen. Sie war auf ihre eigentümliche Art gut zu mir, obwohl ich fürchte, daß sie ansonsten eine schlechte Frau war. Und sie war eben jene Dame Lura, von der Euer Gefährte behauptet, sie gesehen zu haben.«

»Von wegen behauptet«, entgegnete Lythande. »Die Dame Lura beherbergte uns letzte Nacht an ihrem Feuer und labte uns mit einer Suppe, der wir den bösen Zauber verdanken.«

»Aber guter Mann, das ist schlichtweg unmöglich«, beharrte der Priester, während sie sich den dunklen Umrissen des Landhauses näherten. Es wurde jetzt allmählich hell, und sie konnten das fremdartige Spitzdach erkennen, doch durch die morschen Bretter der Tür fiel kein Licht.

Rajene hämmerte gegen die Tür, dann brüllte er laut — Stille. Schließlich stieß er die Tür auf.

Drinnen erkannten sie im fahlen Licht des Morgens, daß der Raum leer war. Kein Feuer, keine Hunde, kein Kaminvorleger. Nur der kahle Steinfußboden, und darauf lagen zwei Magier-Mäntel, Lythandes Laute und die *Chitarrone* mit den gerissenen Saiten.

»Ich glaube, wir sollten dankbar dafür sein«, meinte Lythande, während sie ihre Laute aufhob. Sie warf sich den Magier-Mantel um die Schultern und fühlte sich gleich weniger verwundbar, obwohl der Priester genausowenig wie jeder andere Mann sie als eine Frau erkannt hatte. Die Ersatzsaiten ihrer Laute lagen unberührt in ihrer Tasche, das Päckchen war noch immer versiegelt, obwohl sie sich daran zu erinnern glaubte, die Laute repariert und gestimmt zu haben, während sie zwischen den Hunden auf dem Kaminvorleger gesessen hatte.

Rajene, der langsam seinen Magier-Mantel anzog, sah zornig aus; der Blaue Stern strahlte hell zwischen seinen gerunzelten Brauen. Er trat an den Kamin heran, wo der mächtige Kessel noch immer an seinem Haken hing, aber jetzt war er kalt und leer. Lythande konnte sich jedoch immer noch deutlich an den Geschmack der Suppe erinnern, die sie gegessen hatte.

»Das habe ich Euch doch gleich gesagt«, meinte der Priester mit selbstgefälligem, gekränktem Gesichtsausdruck. »Die Dame Lura starb auf den Tag genau heute vor fünfzig Jahren an einem der Galgen dort unten.«

Lythande wandte der leeren Hütte den Rücken zu und ging davon. Sie konnte in dem gefrorenen Boden die Spuren von zwei Hunden sehen, dann entdeckte sie plötzlich ihre und Rajenes Fußabdrücke, die zum Haus führten. Nach einer Weile hatte Rajene sie eingeholt.

»Ich habe dem Priester zwei Silberstücke gegeben. Er hat uns zwar mehr aus Versehen erlöst, aber ich bin doch dankbar dafür.«

Lythande wühlte in ihren Taschen und gab ihm eine Silbermünze. »Ich werde mich an der Belohnung beteiligen«, sagte sie.

»Trotz allem hatten wir noch Glück«, meinte Rajene, »daß wir keiner Hündin begegnet sind. Ich habe keine Söhne; wenn ich welche hätte, könnten das recht wohl Hundesöhne sein, aber es ist mir lieber, dies nur im übertragenen als im wortgetreuen Sinne zu sagen, wenn Ihr versteht, was ich meine.«

Also hatte er tatsächlich nichts bemerkt, oder wenn doch, so hatte er angenommen, daß Lythande nichts anderes übriggeblieben war, als in die Gestalt des einzigen anderen Hundes zu schlüpfen. Lythande versuchte ihre Stimme beiläufig klingen zu lassen: »Auch ich hätte lieber einen Sohn, der kein Hund ist. Allerdings habe ich schon damals im Tempel des Blauen Sterns gewußt, daß Ihr ein wahrer Hundesohn seid, und nun hatte ich sogar den Beweis.«

Die Sonne ging allmählich auf. Rajene schaute sie an und lachte. »Laßt uns eine Taverne finden — und einen Krug Starkbier. Ich wüßte zu gern, was in dem Eintopf drin war.«

Lythande sagte: »Ich glaube, es ist besser für uns, es nicht zu wissen.«

»Laßt uns gehen. Der letzte am Stadttor ist ein dummer Hund.«

»Ja«, stimmte Lythande zu und dachte dabei: *Das ist auch eine Redewendung, die ich nie wieder benutzen werde.*

Originaltitel: Bitch
Copyright © 1987 by Marion Zimmer Bradley
Deutsch von Karin Koch

Jennifer Roberson

Von der Ehre und dem Löwen

Ich war nie zuvor so müde, das schwöre ich ... müde vom Kämpfen, vom Töten, vom Rennen, vom Gehen. Ja, ich glaube, selbst vom Leben. Aber ich darf es nicht aufgeben; sterben nutzt nichts und niemanden, und ich habe es versprochen.

Ein Fuß ... noch ein Fuß, Schritt für Schritt ... ein Fuß vor den anderen ... weitergehen ... weiterrennen — nichts und niemand darf dich aufhalten, nicht einmal das Kind, das du trägst ...

Ich preßte die Lider fest zusammen. Könnte ich nur rasten —

Aber ich wußte es besser.

Ich hatte es die ganze Zeit über besser gewußt, aber ich habe es bis zuletzt verdrängt, närrischerweise gehofft, daß er einmal, nur ein einziges Mal Mensch sein würde anstatt Mujhar.

Laut sagte ich es dem Kind: »Ich hätte es besser wissen sollen.«

Es trat mich — ein Zeichen der Zustimmung? Hilflos schlang ich die Arme um meinen Bauch.

»Noch nicht«, keuchte ich und schmeckte den Staub der Straße auf der Zunge. »Warte du noch eine kleine Weile — zumindest bis wir Mujhara erreicht haben ... bis wir den Löwen sehen ...«

1

Die Wolfshündin, die auf einem Vorleger dicht am Kamin alle viere von sich gestreckt hatte, säugte erschöpft neun laut winselnde Junge. Ihr geistergrauer Gefährte schritt die Länge der Halle bis zu dem Marmorpodest ab, seine Pfoten kratzten über den Boden, und sein mächtiger Schwanz peitschte hin und her. Ein Mann saß dort, mehr als ein Mensch, ein König, den der höhlenartige Thron umarmt hielt. Er beobachtete mich schweigend, kraulte geistesabwesend dem Wolfshund die Ohren und wartete darauf, was ich sagen würde.

Und so sagte ich es: »Nein.«

Er starrte mich an, seine Finger reglos. Dann schob er den Wolfshund weg, um mir seine ganze Aufmerksamkeit zu widmen.

»Nein«, wiederholte ich.

Immer noch starrte er vor sich hin, seine grauen Augen glitzerten. Ich habe diesen Blick schon vorher gesehen; er wollte, daß ich nachgab. Oft, zu oft habe ich nachgegeben. Dieses Mal nicht.

Er saß völlig reglos auf dem Thron; den Löwenthron von Homana. Mein Vater war der Mujhar. Verehrt von seinen Untertanen und von seinen treuen Dienern, den Cheysuli. Besonders von einem: Hale, seinem Lehnsmann. Der, wann immer er es wollte, die Gestalt eines Fuchses annehmen konnte.

Reglos saß er in der Umarmung des Löwen, nichts rührte sich an ihm bis auf die grauen, glitzernden Augen, die nicht das wilde Gelb hatten, wie die von Hale; mein Vater ist Homane. Er erhebt keinen Anspruch auf Cheysuli-Blut.

Auch seine Tochter tut dies nicht. Alles, worauf sie Anspruch erhebt, ist ein *Cheysuli*, der ihr homanisches Blut in Wallung bringt.

Er bewegte sich noch immer nicht, bis er meinen Namen aussprach. Sein unterschwelliger Befehlston ließ erkennen, daß er damit rechnete, daß ich nachgab, wie so viele andere nachgaben, die nichts kannten als den Dienst für ihren Mujhar.

»*Lindir*«, sagte er.

Jetzt schüttelte ich den Kopf.

Er rührte sich, lehnte sich ein wenig nach vorn, als fürchte er, das Maul des Löwen, das obszön aufgerissen über seinem Kopf aufragte, könnte irgendwie meine Worte verschlucken, den Inhalt dessen verdrehen, was ich gesagt hatte, so daß es eine neue Bedeutung erhielt.

Er würde lernen, daß ich es auch so gemeint hatte.

Kerzenlicht flackerte auf Edelsteinen und Gold. Es hing schwer an seinen Fingern, umwand seine Stirn, reichte von einer Schulter zur anderen. Er hatte sich für das Fest geschmückt, bei dem er die Ankündigung machen wollte.

Nun trübte ich den Glanz seines Stolzes mit der Verweigerung meines Gehorsams.

»Du wirst es tun«, sagte er sanft. »Die Vorbereitungen sind bereits getroffen.«

»Dann mach' sie rückgängig«, beharrte ich. »Ich werde ihn nicht heiraten.«

Nun waren die Worte ausgesprochen. Und offensichtlich hielt er mich für verrückt. Alles, wozu er imstande war, war, den Mund aufzureißen in einer Nachahmung des Löwen.

Röte überzog sein Gesicht. Langsam, aber stetig, ohne Rücksicht auf seine Stellung, verwandelte väterliche Zuversicht sich in Grausamkeit.

Seine Stimme klang jetzt schleppend, ohne das gewohnte Timbre. »Du bist nur ein Ton in einem Akkord.«

»Man hat mich nie gefragt, ob ich ein Ton sein *wollte*.«

Offene Verblüffung: »Warum hätte man dich fragen sollen?«

Es kostete mich große Mühe, ihn nicht anzuschreien, obwohl seine Reaktion mich nicht überraschte. Ich hatte damit gerechnet; Könige und Väter sind an den Gehorsam ihrer Kinder gewöhnt.

Ruhig und bedächtig holte ich tief Luft und antwortete: »Weil ich keine Kuh bin, die auf Milch gezüchtet wird, um das Wohl ihres Besitzers zu mehren. Weil ich keine Stute bin, die mit dem schnellsten Hengst gepaart wird, um Rennpferdnachwuchs zu gebären.« Ich warf einen Blick auf die Wolfshündin, die mit ihren Jungen ausgestreckt auf der Matte lag. Dann hielt ich wieder seinem durchdringenden Blick stand; ich habe die Augen meines Vaters. »Und ich bin auch keine Hündin, die zweimal im Jahr ihre Welpen säugt, ob sie will oder nicht.« Ich hob ein wenig den Kopf. »Ich bin eine Frau … ich bin *Lindir* – ich will nichts anderes sein. Nicht mehr und nicht weniger.«

Jetzt zog er sich in den Löwenthron zurück. Ich hatte ihm, ohne es zu wissen, eine Waffe in die Hand gegeben. Und er würde sie ohne Zögern benutzen. »Oh, aber du *bist* mehr«, verkündete er. »Du bist Lindir von Homana, Tochter von Shaine, dem Mujhar. Das verleiht dir einen Wert, mein Mädchen, ob dir das gefällt oder nicht.«

Ich hatte einen sauren Geschmack auf der Zunge. »Wert«, sagte ich verächtlich. »Werde ich so eingeschätzt?«

»Ja«, gab er sanft zurück. »Nach dem Blut in deinen Adern und den Kindern, die du gebären wirst.«

Offenheit, endlich; keine weiteren Ausflüchte. Die Wahrheit war beschämend, aber nicht wirklich überraschend. Es war nur so, daß mein Vater nie zuvor so mit mir gesprochen hatte, und seine Worte waren immer in Freundlichkeit und Höflichkeit gekleidet gewesen und wirklich ernste Themen vermieden worden.

»So«, stellte ich verbittert fest, »als du von meiner Mutter keinen Sohn bekommen hast, hast du beschlossen, mich zu benutzen. Irgendwann, eines Tages, wenn ich erwachsen sein würde … ist das der Grund, warum du mir bis jetzt nicht erlaubt hast, zu heiraten?« Ich kämpfte den aufsteigenden Zorn nieder. Ich war nicht wütend darüber, daß ich bisher nicht heiraten durfte, sondern über die Gesetzmäßigkeiten, die Mädchen von königlicher Geburt beherrschen. »Es haben sehr wohl Männer angefragt, Prinzen und Könige für ihre Söhne. Wie du sagtest, bin ich Shaines Tochter … irgend jemand muß mich gewollt haben.«

»Ellas, Erinn und Caledon«, gab er zu. »Und ich verweigerte dich allen, um dich für Höheres aufzusparen.«

Die Worte waren wie Asche in meinem Mund. »Solinde«, sagte ich tonlos.

»Ellic«, bestätigte er, »Bellams einziger Sohn und alleiniger Erbe.«

Die Beherrschung zu verlieren würde nichts nützen. Ich kämpfte Frustration und Hilflosigkeit nieder, fand Trost in meinem heimlichen Wissen. Auch ich besaß eine Waffe, doch hoffte ich, sie nicht benutzen zu müssen.

»Hat Bellam angefragt? Oder hast du mich angeboten?« Ich brach ab. »Wer hat mich zu einer der Bedingungen gemacht?«

»Es geschieht doch nicht selten«, erwiderte er, »Söhne und Töchter werden verheiratet, um Bündnisse zu besiegeln.«

Also hatte er das Angebot gemacht; für mich bedeutete dies durchaus einen Unterschied. Sowohl für mein Handeln als auch für meinen Stolz. Ruhig sagte ich: »Ich war immer eine gehorsame Tochter …«

»Bis jetzt.«

»… bis jetzt.« Ich atmete tief ein, um mich in Geduld zu fassen. »Aber da ich es bin, die die meisten Unannehmlichkeiten durch diese Heirat hat, denke ich …«

»Ich denke, du bist eine verwöhnte, selbstsüchtige Hure.«

Mit dieser brutalen Offenheit hatte er erreicht, was er wollte: er hatte mir den Boden unter den Füßen weggerissen. Ich schwieg erschüttert, ich konnte ihn nur wortlos anstarren. Nie hatte er so mit mir gesprochen, *nie*, nur mit denen, die ihn erzürnt, seinen Stolz und seine Autorität in Frage gestellt hatten. Zu verwirrt, um zu sprechen oder zu weinen, stand ich vollkommen reglos da, spürte, wie mir die Kälte ins Fleisch kroch. Ich wußte, ich würde verlieren.

Mein Vater stand auf. Er stand vor dem Löwen, das Gold, die Juwelen und die unantastbare Macht eines Königs verliehen ihm Gewicht. Er zeigte mir meinen Platz und zwang mich brutal dorthin.

»Ellic von Solinde«, begann er kalt, »ist im gleichen Alter wie du, und das ist mehr als die meisten Mädchen erhal-

ten, wenn der Krieg Brautwerber spielt. Er ist kampfer-
probt. Er ist gesund. Er hat sechs Bastarde, die Zeugnis für
seine Männlichkeit ablegen.« Hinter der ergrauenden Linie
seines dunklen Bartes konnte ich die aufeinandergepreßten
Lippen sehen. Hart und kalt und unnachgiebig. »Er ist all
dies, Lindir, und dazu Erbe des Throns von Solinde. Und
du *wirst* seine Königin werden.«

Ich bekämpfte ihn mit seinem eigenen Stolz. »Er ist der
Sohn des Feindes!«

»Solinde und Homana haben Frieden geschlossen.« Sein
Ton war voll trügerischer Freundlichkeit. »Wir sind nicht
länger Feinde, Lindir, nach Jahrhunderten des Krieges. Der
Friede ist endlich geschlossen ...*und du bist eine der Bedingungen!*«

Er hätte ebensogut der Löwe selbst sein können, so hallte
sein Brüllen wider. Wie zuvor konnte ich ihn nur wortlos
anstarren. Meine Lippen waren völlig ausgetrocknet, aber
ich wagte nicht, sie zu befeuchten.

Er hatte aufgehört zu brüllen, sprach wieder sehr sanft,
aber mit unveränderter Eindringlichkeit. »Ich habe dir alles
gegeben, und du hast es freien Willens genommen. Nun ist
die Reihe an dir, zu geben.«

Ich haßte mich dafür, daß ich weinte. Mehr als ich ihn
haßte. Aber nicht so sehr, wie ich Ellic haßte. »Ich will ihn
nicht heiraten ...«

»... genausowenig wie er dich«, versetzte er kurz ange-
bunden. »Ah, ich sehe, ich habe dich erschreckt.« Er
lächelte kurz. »Du hast bisher nur an dich selbst gedacht
und dich geweigert, auch einmal an Ellic zu denken. Er will
diese Heirat genauso wenig wie du. Er ist genau wie du mit
dem Krieg aufgewachsen und mit Haß auf den Feind
gesäugt worden. Erwartest du von Bellams solindischen
Sohn, daß er Shaines homanische Tochter mehr begehrt als
sie ihn?« Er schüttelte langsam das Haupt. »Er ist genauso
gebunden wie du, aber er versteht seine Pflicht. Er wird
seine Bürde tragen.«

Ich mühte mich ab, deutlich zu sprechen, denn ich
wußte, daß Zorn, Tränen oder Verzweiflung ihn sich mei-

ner schämen lassen würden. Ein Mann, der sich seiner Tochter schämt, würde sich abwenden und nicht zuhören. »Und ich Ellics Kinder?«

Sein Mund war streng. »Mehr als deine Mutter für mich trug.«

Ich wußte, daß dies schon lange Jahre hindurch ein Zankapfel zwischen den beiden war. Kein Sohn für Homana, nur eine einzige Tochter. Und sie war nicht genug. Der Löwe verlangte einen männlichen Erben.

Ich holte tief Luft »Habe ich überhaupt nichts zu sagen?«

»Das hast du bereits.« Dann wurde sein Ton weicher. »Lindir, sicher verstehst du das − ich muß einen Erben haben. Deine Mutter wird mir keinen schenken; der Löwe ist unfruchtbar an Söhnen.« Sein Gesichtsausdruck war ebenfalls freundlicher geworden. Ich entdeckte nun darin die Bitte um Verständnis. Er wünschte sich mein Mitgefühl für den Mann, der keine Söhne hatte. »Schenke Ellic zwei Söhne oder sogar drei, dann gib mir einen davon. Gib einen davon dem Löwen; Homana braucht einen Prinzen.«

Ich schaute ihm in die Augen, sammelte all meine Kraft, all meine Selbstbeherrschung, verbarg meine Demütigung. »Willst du, daß ich dich bitte?« fragte ich.

Das traf ihn zutiefst. Es beraubte ihn all seiner Herrlichkeit und ließ ihn mit Totenmaske und Leichentuch zurück.

Und dann, ganz plötzlich, ungeheuer flink, kam er von dem Löwenthron herunter und packte mich, griff nach meinen Armen und preßte mich an sich, hielt mich mit aller Kraft fest.

»Du wirst um nichts bitten!« schrie er. »Um nichts. Niemals. Niemanden. Hörst du? Hörst du mich? Du bist meine Tochter, *meine Tochter*, mein Fleisch und Blut von Königen und Königinnen …« Er brach plötzlich ab, ebenso verwundert über seine Heftigkeit wie ich, aber das brachte ihn nicht dazu, aufzuhören. Er entließ mich nur aus seinem Griff, hielt mich aber mit seinem wilden Stolz gebannt. »Du wirst um *nichts* bitten.«

Ich nickte benommen. »Ich verstehe, Herr.«

Er hörte, was er erwartet hatte, was ich ihn hören lassen wollte, nicht mehr. Nichts von dem, was ich fühlte. »Dann bist du hiermit entlassen, Lindir. Du kannst dich in deine Gemächer zurückziehen, wo man dir aufwarten wird, wie es einer Prinzessin am Tage ihrer Verlobung ziemt.« Er lächelte, strich mir eine Strähne rotgoldenen Haars zurück, die mir ins Gesicht gefallen war. »Ellic wird erstaunt sein.«

Ich wandte mich ab und ging. Hinter mir hörte ich, wie er mit dem Wolfshund sprach. Freundlicher als mit mir.

Das Kind lag schwer in mir. Es bewegte sich unruhig, gestört durch meine Eile, meinen mühsamen Versuch, endlich einen sicheren Platz zu erreichen. Mir blieb nichts anderes. Mir blieb niemand anderer außer dem Mann, der mein Vater war; der sowohl Tod als auch Leben bedeutete, und beides im Überfluß bot.

Das Kind. Immer das Kind, einst nicht mehr als ein Wort, jetzt die Zukunft eines Reiches, die Zukunft einer Rasse, die beide nicht identisch waren.

Es trat und wand sich, bewegte sich heftig im Widerstand gegen meine Anstrengungen. Ich schlang die Arme um meinen aufgetriebenen Bauch, versuchte das Kind zu beruhigen, versprach Erleichterung, lullte es mit Lügen ein.

Alles im Namen des Stolzes. Im Namen der verletzten Ehre.

Ich lachte beinahe laut auf, hielt dabei immer noch meinen viel zu großen Bauch umklammert. »Stolz«, verkündete ich dem Kind. »Stolz und Ehre. Mächtiger als Magie — beständiger als die Liebe — zerstörerischer als Waffen ... und ich glaube sie werden uns beide töten.«

Als Antwort trat das Kind aus und brachte mich damit beinahe zu Fall. Ich lachte wild auf, wischte mir den Schweiß aus den Augen und stellte mir vor, was sie sagen würden: der Erbe des Löwen, zur Welt gebracht in der Hitze und dem Staub der Straße? Nein, das durfte nicht sein.

Aber, ihr Götter, mein Rücken schmerzte. »Nicht mehr sehr weit«, versicherte ich sanft dem Kind und streichelte über meinen hervortretenden Bauch. »Ich verspreche es, nicht sehr weit ... du mußt nur noch ein wenig warten.«

Aber es hatte neun Monate gewartet. Nun verlangte es nach Freiheit.

Wenn ich starb, dann starb dieses Kind. Wenn es starb, dann starb Homana. Homana und die Cheysuli.

Ich stolperte die Straße entlang mit dem Versprechen an mein Kind. Mit dem Versprechen an einen toten Mann: ich würde dem Löwen ein Kind schenken.

2

In meinen Gemächern, in die mich mein Vater geschickt hatte, entließ ich die Frauen, die gekommen waren, um mich zu kleiden, wie es einer Prinzessin gebührt. Verwundert starrten sie mich an, aber dann gingen sie; sie stellten keine Fragen, sie wußten es besser. Ich schloß die Tür hinter ihnen.

Und so wie ich es erwartet hatte, kam er durch das Vorzimmer herein. Bei ihm war sein Fuchs.

Ein verehrter, achtbarer Mann, zum Krieger geboren und erzogen, der geschworen hatte, meinem Vater zu dienen. Und das hatte er über Jahre hinweg getan. All die Jahre, die ich erlebt hatte, achtzehn an der Zahl.

Er hatte eine Frau, Raissa, eine *Cheysula*, wie es in der alten Sprache hieß. Er hatte Finn, seinen leiblichen Sohn, und einen Stiefsohn, Duncan, den seine Frau ihrem ersten Mann geboren hatte. Er besaß einen Pavillon im Bergfried, wo die Cheysuli lebten. Aber er hatte auch ein Zuhause hier in Homana-Mujhar, im Palast meines Vaters. Er war gespalten, diente gleichermaßen seinem Herrn und seiner Rasse, indem er eine alte Pflicht erfüllte, die seinem Volk heilig war. Gefolgsmann des Mujhar, Vater, Bruder, Sohn; untrennbar und fest umrissen.

Und während ich Hale ansah, war mir klar, daß mein Vater, hätte er es gekonnt, ihm Homana hinterlassen hätte.

Aber die Homanen würden das niemals hinnehmen. Er

war ein Cheysuli, ein Gestaltwechsler, ein Mann, der nach seinem Willen zum Fuchs werden konnte, mit den Gewohnheiten eines Tieres und mit seinem Appetit. Und mehr noch als das: ein Mann, der der Rasse entstammte, die einst Homana beherrscht hatte, die das wilde Land gezähmt hatte und die den Segen der Götter besaß. Kinder der Götter, das bedeutete *Cheysuli*.

Anders als in alten Zeiten war Homana nun homanisch, denn die Cheysuli waren beiseite getreten, hatten willig den Löwen aufgegeben, ihn den Homanern überlassen als Zeichen ihres guten Willens, als Beweis, daß ihre Zauberkunst nicht böse war, daß sie eine gutwillige Rasse waren. Sie dienten nun der neuen Aristokratie mit all der Ehrbarkeit, die sie anzubieten hatten.

Jahrhundertelang hatten sie gedient. Homana gehörte nun meinem Vater, aber ohne einen Sohn, der ihm folgen konnte.

Statt dessen würde er einen Enkel benennen, geboren von seiner homanischen Tochter, gezeugt von dem solindischen Ellic.

Ich sah Hale an. »Du kennst ihn so gut wie ich ...« Aber ich brach ab, zuckte die Schultern, versuchte unbeteiligt zu klingen. »Weit besser noch als ich; du kennst ihn länger.«

»Ja«, sagte er freundlich. »Schon aus der Zeit bevor du geboren wurdest.«

Hilflos fragte ich: »Wie ist es so weit gekommen? Wie ist es *dazu* gekommen?«

»Ein Mann und eine Frau sind nichts als Kinder der Götter.« Eine Redewendung der Cheysuli, obwohl er sie in der homanischen Sprache zitierte. Und dann zitierte er in der Alten Sprache, in lyrischem Cheysuli, wobei er eine fließende, schöpfende Geste machte, wobei seine linke Hand mit der Handfläche nach oben und mit gespreizten Fingern in der Luft verharrte. »*Tahlmorra lujhala met wiccan, cheysu.*«

Ich kannte den Spruch so gut: Das Schicksal eines Menschen liegt immer in den Händen der Götter.

Plötzlich war ich wütend. »Wirst du nichts anderes tun, als Sprüche zu zitieren? Was habe ich davon? Was hat Shaines Tochter davon, die den Feind heiraten soll, um *zwei* Königreiche mit Söhnen für ihre Throne zu versorgen?« Tränen liefen mir über das Gesicht; vor ihm konnte ich weinen. »Ist es so leicht für dich? Wirst du neben meinem Vater stehen und schweigen, während ich verschachert werde? Während ich an Solinde *verkauft* werde als bloßer Ton in einem Akkord?«

Ein Muskel zuckte neben seinem Auge. Ein wahrhaft gelbes Auge, wild wie das eines Wolfes.

»Er muß es dir gesagt haben«, beharrte ich. »Sicher hat mein Vater dich eingeweiht. Du bist sein Lehnsmann, dir erzählt er alles.« Mein Atem ging stoßweise. »Du warst dort«, murmelte ich. »Du warst dort, nicht wahr, als mein Vater mich angeboten hat? Bellam. Seinem Sohn. Solinde, als eine Bedingung ... Du warst dort, du mußt dort gewesen sein, du bist immer mit ihm zusammen im Rat ...« Jetzt konnte ich kaum noch sprechen, ich zitterte ob dieser schrecklichen Erkenntnis. »Warst du es, der ihm das vorgeschlagen hat?«

Ein wildes Licht glomm in seinen Augen, und seine Stimme war kalt. »Glaubt Ihr wirklich, daß ich meine Kinder und meine *Cheysula* für eine Frau aufgeben würde und dann vorschlagen würde, diese Frau an einen andern zu verschachern?«

»Aufgeben ...« Es klang wie ein leises Echo.

Sein Zorn schmolz, legte die Sehnsucht ungeschützt bloß. Hale, der so selten sprach, der so wenig von sich zeigte, der sich einst entschieden hatte, in allem ein Schatten seines Herrn zu sein. Still, bescheiden, selbst in seinen Gefühlen, ein vollkommener Gefolgsmann.

Der die Tochter seines Königs liebte.

Und ein Mann, der es besser wußte.

Sie sind eine stolze, reizbare Rasse, gebunden durch Fesseln der Ehre, die fester sind als bei jeder anderen Rasse, die ich kenne. Loyal, standhaft, gefährlich einseitig in ihrem Denken, wenn es darum geht, einem Souverän zu dienen. Aber noch mehr, wenn es darum geht, ihrem *tahlmorra* zu dienen, ihrem ewigen Schicksal, dem Los, das ihre Seelen regiert. Gebunden durch die alten Götter und selbstauferlegte Ehrenbande, sind sie nicht so wie andere Menschen.

Hale war überhaupt nicht wie andere. Für mich war er es nie gewesen.

Aber bis zu diesem Augenblick hatte ich nicht recht gewußt, was ich für ihn bedeutete.

»Nach all dem, was wir geteilt haben, glaubst du da, ich könnte Ellic heiraten?« fragte ich.

Wieder zuckte der Muskel. »Genausowenig wie ich in den Bergfried zurückkehren kann.«

Ich konnte es nicht glauben, daß er es wirklich so meinte. Nicht Hale. Nicht dieser loyale Lehnsmann, der einen Blutschwur geleistet hatte. Ich mußte ihn mißverstanden haben oder in seine Aussage etwas hineingedeutet haben, das ich sehnlichst zu hören wünschte.

Vorsichtig sagte ich: »Für dich ist es leichter. Du hast es schon früher gesagt: In den Clans darf ein Krieger eine *cheysula* und eine *meijha* nehmen — Weib und Nebenfrau —, und er kann damit beiden Ehre erweisen.«

Sein Ton war sehr entschieden. »Raissa hat mir einen Sohn geboren. Ich schulde Finn mehr Zeit und auch Duncan, obwohl er mich weniger braucht.« Sein Mund verzerrte sich ein wenig in wehmütiger Zuneigung. »Duncan braucht niemanden außer sich selbst, glaube ich, er ist sehr beherrscht für einen Jungen ... aber Finn ...« Er seufzte ein wenig. »Finn wird mehr brauchen als die meisten.«

Aha, hatte ich ihn also mißverstanden. Meine Hoffnungen hatten mich davontreiben lassen.

Ich holte tief Luft, und es schmerzte in meiner Brust. »Du weißt besser als jeder andere, was es bedeutet, zu dienen, eigene Interessen in Namen einer größeren Sache zu opfern. Aber ich habe nicht deine Kraft. Alles was ich tun möchte, ist fortlaufen.«

»Und Euer Erbe aufgeben?«

»Mein Erbe bin ich selbst.« Bitterkeit schlich sich in meine Worte. »Mein Vater hat mir wenig mehr mitgegeben als Sturheit und Entschlossenheit. Verwöhnte, selbstsüch-

112

tige Hure hat er mich genannt; nun, vielleicht bin ich das auch. Aber ich werde Ellic nicht heiraten. Ich werde keine Söhne für Solinde austragen.«

Seine Stimme war sehr leise. »Auch nicht für den Löwen?«

Mein Zorn wurde erneut angefacht. »Bin ich denn nichts anderes als eine Zuchtstute, die ihre Söhne verteilt, einen für Solinde, einen für Homana?«

»… und einen für die Cheysuli.« Zum ersten Mal, seit er hereingekommen war, regte er sich, kam auf mich zu, nahm meine Hände und hielt sie fest, aber weiter ging er nicht. »Lindir, wir werden alle von den Göttern gelenkt. Cheysuli, Homaner, der Mujhar und seine Lehnsmänner … selbst die Tochter des Mujhar. Ihr habt gesagt, Ihr wollt Homana keine Söhne schenken, aber ich sage Euch, Ihr werdet es tun. Ich weiß es aus sicherer Quelle.«

»Die Prophezeiung«, versetzte ich, äußerlich gelassen, obwohl ich glaubte, daß er wußte, was ich fühlte. Ich bin nicht übermäßig angetan von dieser Prophezeiung, eindeutig eine Sache der Cheysuli, geboren von den Ahnen der Homaner regiert sie die heutigen Nachkommen. In der Prophezeiung hieß es, daß eines Tages ein Mann vom Blute aller Rassen in Frieden vier kriegführende Königreiche und zwei magische Rassen vereinigen würde. Sie verkündete die Ankunft des Erstgeborenen, Homana wiedergeboren im Blut der Vorfahren, vereint in einem Manne. Ein Mann, der die personifizierte Macht war: Gestaltwechsler, Heiler, Magier, alles dem Guten geweiht. »Deine Prophezeiung sagt, daß *mein* Sohn regieren wird?«

»Ein Kind aus Eurem Schoß wird der erste Cheysuli Mujhar nach nahezu vierhundert Jahren werden.«

»Und aus Ellics«, versetzte ich bitter.

Sein Griff verstärkte sich um meine Hände. »Ellic ist kein Cheysuli.«

»Nein, natürlich nicht«, stimmte ich ungeduldig zu, »aber was ändert das? Wenn ich an ihn verheiratet werde und ihm einen Sohn gebäre, dann hat sich deine Prophezeiung bewahrheitet.«

»Wirklich?« Hale lächelte. »Ich glaube, es ist wahrscheinlicher, daß Ihr das Kind eines Cheysuli austragt.«

»Ach?« Ich zog die Augenbrauen hoch. »Und hast du die Absicht, mich nach Solinde zu begleiten, um mir dort in dieser Hinsicht zu Diensten zu sein?« Ich war absichtlich verletzend. »Ich glaube, das könnte meinen Ehemann doch sehr verwirren.«

Jetzt ließ er mich los. In seinen Augen sah ich das wilde Glimmen, das gewöhnlich von der Höflichkeit maskiert wurde. Aber ein Cheysuli ist nicht ganz menschlich, gleichgültig wie menschlich auch sein Äußeres sein mag. Er *denkt* anders, unabhängig davon, wie menschlich seine Worte klingen mögen.

Sein Ton war eindringlich. »Was habt Ihr Eurem *jehan* gesagt?«

»Daß ich Ellic nicht heiraten werde.«

»Und hat er seine Tricks angewandt, um Eure Meinung zu ändern?«

· Ich lächelte schwach. Er kennt meinen Vater so gut, nichts überrascht ihn in dieser Hinsicht. Es lag Ironie in seiner Stimme, in die sich Bitterkeit mischte.

Ich zuckte die Schultern. »Du kennst ihn. Du kennst mich. Wer glaubst du, hat den Sieg davongetragen?«

Zum ersten Mal grinste Hale. Ungewohnt in seinem Raubtiergesicht, aber dennoch nicht unpassend. Er brachte damit Licht in mein Herz. Er ließ meine Welt in Flammen aufgehen.

»Shaine denkt, *er* hätte gewonnen, und das habt Ihr bestärkt, falls Ihr immer noch vorhabt, seine Pläne zu durchkreuzen. Ich kenne Euch, Lindir.«

Ich nickte lachend. »Ich ließ ihn in dem Glauben zurück.«

»Und was habt Ihr nun wirklich vor?«

Mein Lachen erstarb. Ich hatte mir diese Frage oft gestellt, sie genauso oft vor mir beantwortet. Jetzt gab ich ihm die Antwort. »Ich werde fortgehen müssen. Ich würde eher das Leben einer armen Bäuerin in Homana führen als das einer Königin in Solinde.«

»Oh?« Er blickte mich fragend an. »Ihr habt schon einen kleinen Pächter im Auge?«

Ich lachte ihm erneut ins Gesicht, plötzlich kühn geworden durch meine Entscheidung. Ich hatte das Gewicht von meinen Schultern abgeworfen; ich hatte ausgesprochen, was ich tun wollte. »Der Waffenmeister meines Vaters ist immer sehr freundlich zu mir gewesen. Torrin hat einen Bruder, dessen Gehöft nicht allzu weit von der Grenze zwischen Homana und Ellas entfernt liegt. Ich könnte dort hingehen und dort bleiben, bis ich meinen nächsten Schritt geplant habe. Mein Vater würde Torrin niemals verdächtigen, noch würde er sich jemals vorstellen können, daß ich einen derartigen Weg wähle.«

Sein Ausdruck war ernst. »Besser, Ihr folgt mir in die Wälder.«

Oh, Ihr Götter, wie sehr hatte ich darauf gehofft ... »Aber das kannst du nicht«, sagte ich laut. »Du bist Lehnsmann des Mujhar. Was ist mit deiner Ehre, mit deinem Eid ... was wird aus deinen Kindern und deiner *cheysula*?« Als ich ihn dies fragte, war ich mir meiner Zerrissenheit bewußt. Ich wünschte mir so glühend, daß Hale mich von Homana-Mujhar fortbrächte, weg von der Befehlsgewalt meines Vaters, so daß ich in Freiheit mit ihm leben könnte. Aber ich wußte auch, wenn er das täte, dann würde er der Hälfte seiner Seele entsagen; die Eide eines Cheysuli sind absolut bindend. Er würde seiner Ehre abschwören.

Er hielt meinem Blick stand. »Ein Eid ist so lange bindend, wie er der Prophezeiung dient. Dieser Eid tut das nicht länger.«

Ich blickte ihn fassungslos an. »Meinst du wirklich, was du sagst? Daß ich eines Tages — zu irgendeiner Zeit, an irgendeinem Ort, gleichgültig, was sonst geschehen mag — daß ich dir ein Kind schenken würde?«

»Ein Kind für den Löwen, das einen Cheysuli-Mujhar hervorbringen wird.«

Der Argwohn war wie eine Schlange. »Du bist ehrenhafter als jeder Mensch, den ich kenne, ehrenhafter sogar als andere Cheysuli ... für dich ist die Prophezeiung verpflichtender, ich glaube sogar verpflichtender als das Band zu deinem *lir*.« Ich warf einen Seitenblick auf die Füchsin, Tara, die so geduldig an Hales Seite saß. Es kostete mich einige Mühe, den Blick wieder abzuwenden, in das geliebte Gesicht zu schauen. Aber ihr Götter, es tat weh. »Dann ist da also nichts zwischen uns außer deinem Dienst an den Göttern.«

Sein Mund war grimmig zusammengepreßt. »Ehrenhaft?« fragte er. »Ich habe bei der Tochter meines Lehnsherrn gelegen, habe von ihr den Preis errungen, der eigentlich ihrem *cheysul* gebührt.« Unerbittlich fuhr er fort: »Ich habe meine Frau und meine Kinder verlassen und meinen Bergfried, meinen Clan, im Namen dessen, was zwischen uns besteht.« Seine Augen blickten zornig. »Wenn Euch das nicht genug ist, dann seid Ihr das Opfer nicht wert.«

Bei allen Göttern, ich wollte es wert sein. Ich wollte *seiner* wert sein.

»Wie werden wir gehen?« fragte ich.

»Ich verwandele mich in einen Fuchs.« Er lächelte. »Du wirst als Dienerin gehen.«

Zögernd rührte ich mich. »Ich werde entsprechende Kleidung brauchen; nichts von dem, was ich habe, paßt dazu.«

»Schon erledigt«, teilte er mir mit, und damit besiegelte er unser beider Schicksal, wie er das Schicksal von Homana besiegelte.

Ich kannte den Wächter genausowenig wie er mich. Er war jung, jünger als ich, und erschüttert darüber, eine Frau zu sehen, die derartig hochschwanger war und von ihm verlangte, daß er das Tor öffnete und ihr Einlaß nach Homana-Mujhar gewährte.

»Edle Frau«, sagte er sanft, so höflich, so freundlich, denn er sah meine Erschöpfung, meinen aufgetriebenen Bauch. »Edle Frau, ich bitte Euch, geht dorthin zurück, wo Ihr hergekommen seid. Hier ist niemand, der Euch helfen kann.«

Ich wußte, was er dachte, daß ich versuchte zu behaupten, mein Kind sei das des Mujhars, in der Hoffnung, eine Münze, ein Juwel, einen Platz in Homana-Mujhar zu ergattern. Das brachte mich beinahe zum Lachen. Ich hätte laut aufgelacht, hätte ich es gewagt, meine Zähne von den blutenden Lippen zu lösen.

In seine Hand legte ich den goldenen Ohrring Hales, der in Form eines Fuchses gearbeitet war.

Seine Augen weiteten sich. Keine Frau, die etwas vom Mujhar erbitten wollte, bot solch einen Gegenstand an; das stürzte ihn in Verwirrung. »Edle Frau ...«, setzte er an.

»Zeig es ihm«, befahl ich. »Zeig es dem Mujhar.« Das war alles, was ich tun konnte, jetzt, da ich die Straße so weit gewandert war.

Er ging. Dann kam er zurück. Bei ihm waren noch andere. Torrin eingeschlossen, der Waffenmeister meines Vaters, der zu mir immer freundlich gewesen war. Zu dessen Bruder ich geflohen wäre, hätte Hale mich nicht mitgenommen.

Ich lächelte unter Schmerzen. »Er wollte ein Kind von mir, einen Sohn für den Löwen, obwohl ich nicht leugnen kann, daß er sich einen anderen Erzeuger gewünscht hatte.« Ich wollte lachen, aber ich konnte es nicht. Ich atmete tief ein, zittrig, merkte, daß sich mir Hände entgegenstreckten, die mich stützten, mich sanft vorwärtsschoben, auf den rosenroten Palast zu. »Nun, jetzt bekommt er ihn.« Finsternis umlauerte mich. »Ist meine Mutter hier?«

Es war Torrin, der in dem plötzlichen Schweigen leise und mitfühlend antwortete. »Nein, Edle Frau, Eure Mutter starb im Jahr nach Eurem Fortgang, an einer auszehrenden Krankheit.«

Eine Wehe zwang mich, den Atem anzuhalten. »Aber Homana hat eine Königin, habe ich sie sagen hören ...«

»Lorsilla«, klärte mich Torrin auf. »Die zweite Frau des Mujhar.«

Die zweite Frau. »Wie lange schon?«

»Nahezu sieben Jahre.«

»Da hat er keine Zeit verloren, nicht wahr?« Ich blickte verbittert auf Torrin, den stillen, zuverlässigen Torrin, dessen Gesicht aschgrau war vor Entsetzen. »Aber er hat keinen Sohn, oder? Das hätte ich doch gehört?«

»Kein Sohn«, bestätigte er. »Die Königin von Homana ist unfruchtbar, seit sie einen Sohn gebar, der in der Wiege gestorben ist.«

117

Ich lachte laut auf, während er mich stützte. Und dabei fühlte ich, wie die Fruchtblase platzte und das Fruchtwasser meine Schenkel herablief und meine selbstgesponnenen Hosen durchtränkte. Ich trug Männerkleidung, war nicht länger die edle Dame Lindir.

»Bei den Göttern«, flüsterte jemand, »sie wird das Kind hier bekommen.«

»Nein«, erwiderte Torrin, »sie wird es dort bekommen, wo es ihr geziemt, in ihren eigenen Gemächern, unter ihrem eigenen Dach.«

»Der Himmel ist mein Dach gewesen«, murmelte ich, »acht Jahre lang war er mein Dach mit Hale an meinem Herd.«

Torrin richtete mich auf. »Euer Dach ist hier, Lindir, im Hause des Löwen.«

Im Hause meines Kindes.

3

Zwischen kauernden Schatten sahen wir zu, wie die Sonne sank. Er sagte kein Wort, war in sich selbst gekehrt und streichelte sein *lir* statt meiner. Wünschte er sich zurück? Bereute er, was er getan hatte, daß er sein Volk verlassen hatte, seinen Clan und seinen König für eine Homanerfrau?

Nein. Für mehr als das, für das Wohl der Homaner selbst und der Cheysuli-Rasse.

»Er wird zornig sein«, sagte ich.

Hale regte sich, nahm den Fuchs von seinem Schoß und streckte die Hand aus, um eine Locke meines Haares zu berühren, die mir über die Schulter gefallen war.

»Zornig«, stimmte er mir zu, »und zutiefst verletzt. Es ist eine Wunde, die nicht völlig heilen wird, niemals, denn wir haben das Undenkbare getan.«

Ich rückte dichter an ihn heran, preßte mich gegen das Fleisch seines nackten Armes. Durch den Umhang und meine Tunika hindurch spürte ich das harte, gebogene Metall seines *lir*-Bandes aus massivem Gold, das oberhalb des Ellenbogens um seinen Arm gelegt war. Er trug einen weiteren Reif an seinem rechten Arm und einen Ohrring an seinem linken Ohrläppchen, die alle die Form einer Füchsin hatten. Gold, schweres Gold, schimmerndes Cheysuli-Gold, ein Symbol des *lir*-Bandes, des mächtigen, unerschütterlichen Stolzes.

Ich berührte seine langfingrige Hand, verwob meine Finger mit den seinen. »Wäre ich ohne dich gegangen, hätte er dich ausgesandt, mich aufzuspüren.«

Das herabfallende Haar, das nach vorn schwang, als er den Kopf senkte, verbarg das meiste von seinem Gesicht. Im Profil sah ich eine hohe Stirn, eine gerade Nase, hervortretende Wangenknochen, ein ausgeprägtes Kinn, alles gemeißelt von der Hand eines Meisters. Bronzefarben die Haut, schwarz das Haar, gespenstisch gelb die Augen. Sie sind eine wohlgestaltete Rasse, die Cheysuli, majestätisch gebaut von kantiger Gestalt und mit glatter Haut.

»Dich aufzuspüren und zurückzubringen?« Sein Ton war lebhaft, er war in seinem Herzen immer noch der Gefolgsmann. Wenn er nicht länger seinem Mujhar dienen konnte, so würde er jetzt der Tochter des Mujhar dienen.

»Und?«

»Dich der Strafe dafür zu überantworten, daß du einen Cheysuli begehrt hast statt eines solindischen Ellic.« Er hob den Kopf, sah mich an, das Bewußtsein dessen, was wir beide getan hatten, stand in seinen Augen, und dessen, was uns erwartete im Angesicht des Zorns meines Vaters. »Es wäre vielleicht besser gewesen, wenn du zu Torrins Bruder geflüchtet wärst ... Ich wäre einfach verschwunden genau wie du, und man hätte nur gesagt, daß uns Übles widerfahren sei, anstatt Geschichten in die Welt zu setzten.« Er schüttelte mit zusammengepreßten Lippen kurz den Kopf; nur sich selbst gab er die Schuld, ich hatte daran keinen Anteil. »Ich hatte auch vor, dir das damals in deinem Gemach zu sagen, aber da warst du, glühend vor Zorn und voller Angst vor dem, was kommen mochte, und ich konnte es nicht. Ich konnte mir nur vorstellen, dich auf der Stelle mit mir zu nehmen, zugegeben in Verkleidung, aber zumindest nicht getrennt. Nicht auseinandergerissen, wie Shaine es getan haben würde, hätte er erst einmal erkannt, was zwischen uns war.«

»Was wird er tun?« fragte ich.

»Männer aussenden, die uns finden sollen, uns gefangennehmen, um uns nach Homana-Mujhar zurückzubringen.«

»Was dann?«

Die Muskeln seines Armes ballten sich unter meiner Hand. »Er wird dich nach Solinde schicken, wo Ellic dich immer noch haben will. Mich wird er verstoßen.« Sein Blick glitt in die Ferne. »Und ich werde von meinem Volk abgeschnitten sein, niemand wird bei mir sein, kein Clan, keine Bande mehr zu irgend jemanden außer meinem *lir*, nicht einmal eine *cheysula* oder die Kinder.«

Ich holte tief Atem; jetzt wußte ich, daß er weitaus mehr verloren hatte, als ich je geahnt hatte. »Aber du hast sie jetzt genausowenig. Kein Clan, keine Kinder und keine *cheysula*.«

Er wandte mir das Gesicht zu, berührte mich, streichelte mir übers Kinn und ließ seine Finger durch mein Haar gleiten. »Ich habe dich. Das genügt mir.«

Ich hatte ihn, dachte ich, und damit hatte ich alles.

Das Kind würde nicht geboren werden. Nachdem es das Versprechen des Lebens außerhalb des Mutterleibes gekostet hatte, zog es sich zurück, verweigerte sich, klammerte sich an das, was ihm vertraut war.

Ich öffnete den Mund und schrie.

»Ihr Götter«, platzte jemand heraus, »das Kind wird ihr Tod sein.«

Eine andere Stimme antwortete. Jetzt waren nur Frauen um mich herum, keine Männer, die die Wehen mit ihrer Ignoranz herunterspielten. »So lange es geboren wird, so lange es ein Junge ist, so lange ist es gleich, ob sie stirbt. So hat der Mujhar gesprochen.«

O ihr Götter, wie sehr er mich haßt. Aber er ist ein praktischer Mann, mein Vater; er brauchte einen Jungen für den Löwen, und wenn ich ihm einen schenkte, würde er ihn dankbar annehmen. Vielleicht würde er mich sogar wieder dafür lieben, daß ich ihm seinen Erben schenkte.

Die erste Stimme klang bestürzt. »Du wünscht der edlen Dame den Tod?«

»Sie hat einen Krieg angezettelt«, erwiderte die andere. »Den Frieden mit Solinde beendet und den Krieg neu entfacht.«

»Aber ich habe gehört, der Gestaltwechsler stahl sie für sich selbst, die edle Dame hätte keine Wahl gehabt. Es heißt, sie wurde gezwungen durch die Macht seiner Hexenkünste.«

Die zweite Stimme klang grimmig, voller Verachtung. »Die Leute sagen, was man ihnen erzählt.«

Ich wußte, was mein Vater ihnen gesagt hatte. Was er sagen mußte, um seinen verletzten Stolz zu mildern und seine angegriffene Ehre wiederherzustellen. Alles Lügen. Jede einzelne wieder und wieder verkündet und ausgeschmückt, um zu rechtfertigen, was er im Namen seiner verschwundenen Tochter tat.

Zunächst: daß Hale mich entführt hatte.

Dann: daß die Cheysuli das Haus Homana verflucht hatten und ihm so die Söhne verwehrt blieben.

Und drittens: daß jeder einzelne Cheysuli daran arbeitete, das Haus Homana zu stürzen, um den Löwen für sie selbst zu stehlen.

Qu'mahlin hatte Hale es genannt, die Auslöschung einer ganzen Rasse. Die Tilgung eines ganzen Volkes von dem Land, das ihnen die Götter gegeben hatten, so wie unsere es uns jetzt gaben.

Verbannte in ihrem eigenen Land, die Beute eines Mannes, dem sie einst mit uneingeschränkter Ergebenheit gedient hatten.

Mein Vater schlachtete die Cheysuli ab. Jahr für Jahr, Monat für Monat, Tag für Tag. So viele, wie er aufspüren konnte, ungeachtet ihres Alters oder Geschlechts. Er sandte Männer aus, sie zu töten, und das taten sie überall.

Einmal hatte ich von Kummer überwältigt zu Hale gesagt, daß alles nur meinetwegen geschah. Daß ich die Schuld trug an Mord und Haß.

Er hatte mir widersprochen: es lag alles in der Prophezeiung. Wir waren nur Werkzeuge.

Ich öffnete den Mund und schrie.

4

Sie überraschten uns ohne Vorwarnung, ließen ihre Schwerter durch die Luft sirren. Sie saßen auf wild auskeilenden Pferden und waren in die Uniformen des Mujhar gekleidet. Männer meines Vaters, ein paar hatten uns schließlich aufgespürt.

Einer der Männer trug das karmesinrote Wehrgehänge eines Hauptmanns über seiner Brust. Er erblickte uns, verfluchte uns, nannte uns Dämonengezücht, schlecht wie die Ihlini. Und dann schaute er genauer hin und *sah* uns, erkannte, wen er da vor sich hatte.

»Bei der Göttern«, brüllte er. »Der Verräter und seine Hure!«

Ich eine Hure? Und Hale nannte er einen Verräter? Das waren wir nicht. *Niemals.*

Ich verfluchte den Hauptmann und warf mich aus dem Unterholz auf ihn, griff nach der Trense des Pferdes. Ich kenne mich ganz gut mit Pferden aus; zerrte seinen Kopf auf meinen Schenkel und rammte ihm die freie Hand zur Faust geballt in sein weiches Maul.

»Lindir!« Hale packte mich am Arm und schleuderte mich zur Seite, so daß ich beinahe stürzte. Ich wurde ziemlich unfreundlich in das Gebüsch unter die Bäume zurückgedrängt. »Lauf«, rief er mir nur kurz zu, während die anderen sich um ihn sammelten.

»Was, zum …«

»*Lauf.*«

Ich rannte davon, aber nicht sehr weit. Ich kauerte mich ins Unterholz, schlug Dornen zur Seite, die mir ins Fleisch drangen, ohne ihnen Beachtung zu schenken; all meine Gedanken galten Hale.

Sein *lir* war ein rostbrauner, verschwommener Fleck, der japste, schnappte und in Fesseln biß, die Pferde tanzen ließ und die Schwerter in sicherer Entfernung hielt. Ich sah, wie Hale, immer noch in seiner menschlichen Gestalt, sich dem Zugriff entwand und sein Messer zog. Ich sah das Messer blitzen, durch die Luft sausen und sich in karmesinrotes Wehrgehänge bohren. Der Hauptmann meines Vaters würde nie wieder einen von uns beleidigen.

Aber es blieben immer noch sechs von ihnen übrig, und Hale hatte sein Messer nicht mehr. Sein Kampfbogen und die Köcher lagen auf dem Boden. Wir hatten gerastet, um zu essen, zu schlafen und unsere Sorgen zu vergessen, wenn auch nur für den Augenblick. Jetzt konnte uns diese Rast das Leben kosten.

Ich kroch nach vorn, robbte durch Nesseln und Dorn über den Boden, hielt nur einmal inne, um mein Haar von den Dornen zu befreien. Und dann hatte ich ihn, Hales Bogen mit einem Köcher voller Pfeile. *Ihr Götter, sie werden ihn töten!*

Ich legte den Pfeil auf und ließ ihn schwirren. Dabei spürte ich den Zug des Bogens, diese gewaltige Macht, die im krassen Gegensatz zu seiner gedrungenen Form stand.

Ein Mann schrie entsetzt auf und taumelte von seinem Pferd. Der Pfeil ragte aus seiner Brust, und das Schwert entglitt seiner Hand.

Ich legte erneut an und schoß.

Sieben Männer, dann sechs, dann nicht mal mehr fünf ... vier stürzten sich auf Hale. Ich legte den Pfeil auf, zielte, bereit für den Schuß, aber keines der Ziele stand still, und Hale war mitten zwischen ihnen.

Urplötzlich war er nicht mehr da. Nicht der Hale, den ich kannte. Nicht länger ein Mensch, sondern ein Tier, eine Bestie, wie manche sagen würden.

Es macht mich schwindelig, das Flimmern, die Leere, die plötzliche Abwesenheit von Substanz an der Stelle, wo ein Mann gestanden hatte. Ich blinzelte, hielt den Bogen viel zu stark gespannt, um genau zielen zu können. Hale hatte immer wieder versucht, mich daran zu gewöhnen, aber es war ihm nicht gelungen. Ich war damit aufgewachsen, Zeuge von derartigen Gestaltveränderungen zu sein, aber die plötzliche Leere verursachte mir immer Übelkeit.

Daß ein Mann sich eine andere Gestalt geben kann ...

Die Söldner meines Vaters waren noch jung. Zu jung,

um sich an die Zeiten zu erinnern, in denen die Cheysuli sich frei auf den Straßen von Mujhara und in den Hallen von Homana-Mujhara bewegten. Zu jung, um sich zu erinnern, daß die Cheysuli neben dem Gestaltwechsel auch die Kunst des Heilens beherrschten. Aber ganz gewiß zu jung, um je Zeuge gewesen zu sein, wie ein Krieger seine menschliche Gestalt gegen die eines Tieres eintauscht und dabei nichts von seinem Menschsein, seinem Bewußtsein, verliert, sondern nur eine andere Form annimmt, so wie ein Mann neue Stiefel überzieht.

Sie waren nur alt genug, um zu wissen, daß die Cheysuli den Tod verdient hatten, denn das hatte man ihnen beigebracht.

Viel zu jung. Sie starrten auf Hale den Mann, auf Hale, der jetzt das Tier war.

Sie sahen hin und schrien.

Zwei Füchse umwanden die Hufe der Pferde, japsten, schnappten, faßten zu. Sie trieben die Pferde in wilde Raserei, sie keilten aus, wieherten schrill, bäumten sich auf, versuchten die lästigen Quälgeister loszuwerden. Und die Männer, die immer noch auf ihren Pferden saßen, fanden keine Möglichkeit, einen der Füchse mit dem Schwert zu durchbohren, aus Angst, die Kameraden zu treffen oder eines der tobenden Pferde.

»Lauft«, flüsterte ich, »*lauft*!«

Und das taten sie auch, die beiden, nachdem sie die Pferde fast wahnsinnig gemacht hatten. Zwei struppige Füchse, die durch den Busch flitzten, während ihre Ruten mit den schwarzen Spitzen hinter ihnen wippten.

Jetzt war ich an der Reihe.

Mit äußerster Sorgfalt legte ich die Pfeile an. Einen nach dem anderen streckte ich sie nieder. Einer nach dem anderen starben sie.

»Verräter?« schrie ich. »Hure? Besser als jeder von euch! *Besser als mein Vater ...*«

Dann lag Hales Hand auf meiner Schulter, eine menschliche Hand. Er nahm den Bogen und die Pfeile an sich und legte dann in einer freundlichen Geste die Finger auf meinen Mund. »Sie haben nur getan, was Ihnen befohlen wurde.«

»Uns zu *ermorden* und andere?«

»Das ist Shaines Schuld, nicht ihre.« Sein Gesicht war blutverschmiert. Ich fragte mich, ob es Pferde- oder Menschenblut war. »Du mußt dich erinnern, Lindir, daß ihre Ehre in ihrem nie erlahmenden Gehorsam liegt. Und im Wohle von Homana.«

Ich schob mir das wirre Haar aus dem Gesicht. »Sie hätten uns beide töten können!«

»Nein, das Kind ist noch nicht geboren.«

»*Das Kind*!« Ich schrie es schluchzend heraus. »Immer ist es das Kind bei dir. Hast du denn ganz vergessen? Ich habe bereits zwei Fehlgeburten hinter mir ... und vielleicht ist es wieder so weit. Was dann, Hale? Was wird dann aus den Cheysuli? Was aus dem Löwen?«

»Das Kind wird geboren werden. Wenn nicht dieses, dann ein anderes.«

»Wie viele noch?« rief ich aus. »Wie viele Nächte voll Kummer und Schmerz, in denen deine halbfertigen Sprößlinge auf den Boden gespült werden, auf die durstige Homanische Erde, die nach Blut schreit?« Ich bebte jetzt am ganzen Körper, und ich weinte, erlöst von den Anstrengungen des Überlebens durch eine Reaktion, die mich zwar meiner Würde beraubte, aber nicht meiner Menschlichkeit. »Wie lange noch, Hale? Es sind jetzt fast acht Jahre ... wie lange wird es noch so weitergehen?«

»Bis es aufhört«, sagte er und schob mich auf den dichten Wald zu. »Und das kann früher sein, als du denkst ... Shaine muß sich um mehr Dinge Sorgen machen als um die Gestaltwechsler. Jetzt hat er noch Ihlini.«

Mir lief ein Schauder über den Rücken. »Tynstar hat sich Bellam angeschlossen?«

»Tynstar schließt sich niemanden an. Er benutzt die, die er braucht ... im Augenblick ist das Bellam. Und Solinde wird den Preis bezahlen.« Sein Ton war grimmig. »Eines Tages, wenn Bellam gerade nicht hinschaut.«

»Und mein Vater auch?« fragte ich.

»Mit ziemlicher Sicherheit.«

Ich dachte an meinen Vater, ich dachte an Bellam. Aber am meisten dachte ich an Tynstar, genannt der Ihlini, und all die anderen, die waren wie er. Der Mann entstammte einer Rasse von Magiern, die Asar-Suti dienen, dem Gott, der die Dunkelheit geschaffen hat und nur in ihr lebt, der die Unterwelt regiert.

Mich fröstelte. Einst hätte Homana der Hexenkunst der Ihlini widerstehen können, denn in den Cheysuli besaßen sie auch magische Macht. Jetzt jedoch, ohne sie, gab es nur noch die Menschen, die der Magie Tynstars Einhalt gebieten wollten.

Und ich wußte, daß die Menschen allein nicht genug waren.

»Es will nicht geboren werden«, hörte ich jemanden sagen. »Das Kind wehrt sich dagegen.«

In meinem Schmerz konnte ich nur noch flüstern. »Vielleicht, weil es weiß, daß es im Hause oder im Herzen seines Großvaters nicht willkommen sein wird.«

Unter verklebten Lidern hervor sah ich sie, die Frauen, die Blicke wechselten, Blicke voll Entsetzen, Schuldbewußtsein und jäher Erkenntnis.

Ich kannte keine von ihnen. Es war jetzt acht Jahre her, daß ich Homana-Mujhar verlassen hatte, und mein Vater hielt es für angebracht, mir jeden zu verweigern, in dessen Anwesenheit ich mich wohlgefühlt hätte. Selbst jetzt, wo ich das Kind gebar, das aller Wahrscheinlchkeit nach die Erbe von Homana werden würde, wünschte er noch, mich zu bestrafen.

Wenn ich es gebar.

Wenn ich lange genug lebte, um es zu gebären.

»Hale«, sagte ich laut. »Wenn Hale jetzt hier wäre ...« Aber ich brach ab, denn ich wußte, was die verzweifelten Seufzer heraufbeschwören würden. Sie würden hingehen und meinem Vater berichten, daß ich selbst jetzt noch nach dem Gestaltwechsler schrie, der ohne Zwang seinen Eid gebrochen hatte, daß ich selbst in höchster Not nach ihm verlangte. In acht Jahren hatte mein Vater über die Augen seiner Untertanen einen Schleier gezogen,

hatte sie alle geblendet, so daß neue Generationen die Cheysuli als böse ansahen und sie ohne Strafe töten konnten.

Ältere Leute würden es besser wissen. Männer wie Torrin, ein Mann des Mujhars zwar, aber gerecht, der Hale fast so gut kannte oder gekannt hatte wie ich, und der noch mehr von mir wußte. Frauen wie meine Mutter, die den Göttern dafür gedankt hatte, daß ein Mann wie Hale ihre kleine Tochter vor allen Übeln beschützte ... bis jetzt, doch nun war die Mutter tot und die Tochter nicht länger klein.

Aber die anderen würden es nicht zugeben, auch wenn sie es wüßten. Ihre blinde Ergebenheit für den Mujhar schloß das Licht von ihrem Geist aus.

Mein Herr Mujhar, du bist ein Narr ... und ich glaube, auch ein Wahnsinniger.

5

Hales Gesicht war aschgrau. Ich sprach seinen Namen ein-, zwei-, dreimal, aber er beachtete mich nicht. Er war jenseits von mir in Trauer gefangen, in einer so tiefen Erschütterung, daß etwas so Harmloses wie seine *meijha*, die ihn beim Namen rief, ihn nicht berührte. Denn gleichgültig wie sehr ein Krieger seine Frau liebte, das *lir*-Band hatte Vorrang.

Und nun war das Band gerissen.

»Tynstar«, sagte er tonlos, »Tynstar und sein *Götterfeuer*, das Blut von Asar-Suti.«

Die Härchen auf meinem Arm stellten sich auf. Es gibt vieles, was ich über die Ihlini nicht weiß, bis auf die Tatsache, daß sie wie mein Vater die Vernichtung der Cheysuli herbeisehnen.

Aber *Götterfeuer* kenne ich sehr wohl, das kalte, purpurrote Feuer, das sich durch Fleisch und Knochen frißt und selbst durch härtesten Stein. Das Blut von Asar-Suti, das aus der Unterwelt kommt.

Tynstar hatte Tara kaum berührt. Ein kurzes Streicheln, und sie war fast völlig verzehrt.

Es war kaum etwas von dem *lir* übrig geblieben, das Wenige war nur noch ein Zerrbild. Die Beine waren obszön verrenkt, verzerrt unter verdrehten Sehnen. Das Fell war geschwärzt, verkohlt, es stank nach Hexerei; selbst ich konnte es riechen. Die Ihlini hatten Hales *lir* getötet und mich meines Kriegers beraubt.

Ich berührte ihn sanft am Arm. »Hale, wenn wir hierbleiben, wird Tynstar auch uns finden.«

Er schien Tara nicht zu sehen, wie sie jetzt war. Er schien mich nicht zu sehen. Nur den Verlust seines Herzens, seiner Seele, seines Lebens.

Seine Stimme gehörte nicht ihm. »Du kennst den Preis, Lindir.«

Jawohl, ich kannte ihn. Ein Krieger, der seinen *lir* durch den Tod verlor, sah sich gezwungen, seinen Clan, sein Volk, sein Leben zu verlassen und sich einem obszönen Ritus auszuliefern, der Todes-Ritus genannt wurde. Denn allen Erzählungen nach war ein Krieger ohne sein *lir* nur ein halber Mann, der keine Zauberkraft mehr besaß, die Fähigkeit zum Gestaltwechsel verloren hatte, der zu langsamem, sicherem Wahnsinn verdammt war. Das würde kein Cheysuli hinnehmen. Und so marschierten Krieger wie Hale, die ohne *lir* waren, auf vielerlei Wegen vom Leben in den Tod.

»Wenn wir hierbleiben …«

»Dann geh doch.« Sein Blick irrte ohne festen Punkt umher. Er litt Schmerzen, das war allzu deutlich. Nicht nur Trauer und Seelenqualen, sondern auch Schmerzen seines Körpers. Ich war kein Cheysuli, ich konnte daher nicht verstehen, was hier vor sich ging. Aber ich sah die Agonie in seinen Augen, die Leere seiner Seele. Er war nicht länger der Hale, den ich kannte.

»Willst du zulassen, daß Tynstar uns auch tötet?« Ich krallte abgerissene Nägel in sein Fleisch und zerrte an ihm, versuchte, ihn zum Aufstehen zu zwingen, zur Flucht, zu irgendeiner Bewegung. »Bei allen Göttern, Hale, denk auch noch an etwas anderes als nur an Taras Tod ... denk an dein *Kind*, das den Löwenthron erbt oder Vorfahr des Kindes sein wird, das ...«

Er schüttelte mich ohne Mühe ab. »Geh«, sagte er. »Lauf doch, rette dich und das Kind. Aber ich kann nichts mehr tun.«

»Außer zu sterben?« Ich hätte ihn am liebsten geschlagen, seine plötzliche Gleichgültigkeit zerschmettert. »Bist du ein Narr, der sein Leben wegwirft, weil Tynstar seinen *lir* getötet hat? Ich weiß, was du mir über das Todes-Ritual erzählt hast, aber sicherlich liegt mehr Mythos als Wahrheit darin.« Ich packte ungestüm seine Hand. »Nachdem du mich aus Homana-Mujhar weggebracht hast und wir acht Jahre lang das Leben von Verfolgten geführt haben, nachdem wir töteten, um am Leben zu bleiben, nach all dem lehnst du plötzlich alle Verantwortung ab? Du sagst mir, ich soll gehen und drehst mir den Rücken zu. Hale, es ist dein Kind, das ich trage! Kannst du das nicht sehen? Kannst du nicht sehen, was deine Prophezeiung von dir verlangt?«

Er wirbelte mit unerwarteter Schnelligkeit herum, packte meine Handgelenke, hielt sie gegen seine Brust gepreßt und nahm mir damit jede Möglichkeit, mich zu wehren. »Lindir!« schrie er. »Nirgends in der Prophezeiung steht, daß ich lange genug lebe, um das Kind zu sehen!«

Ich starrte ihn fassungslos an. »Und *das* bringt dich zu deinem Entschluß?« Ich schüttelte bitter den Kopf. »Du Narr, du hast selbst gesagt, daß nicht die ganze Prophezeiung wiederhergestellt wurde, das einzelne Teile fehlen ... ohne genaue Kenntnis des Willens der Götter verurteilst du dich selbst zu Tode.«

Ich versuchte, mich seinem Griff zu entziehen, aber es gelang mir nicht. »Es tut mit leid, daß Tara tot ist, aber das bedeutet doch nicht, daß du auch sterben mußt! Bei den Göttern, Hale ...«

Und plötzlich war er in meinem Geist, schloß meine Gedanken aus, meine Worte, meine Empfindungen, schob sie alle an die Seite und ersetzte sie durch seine eigenen. Dies ist eine dritte Gabe der Cheysuli – Gestaltwechsel,

Heilkunst, Beherrschung des Geistes —, und nun setzte er sie gegen mich ein.

»Du wirst schlafen«, sagte er. »Eine Stunde lang, zwei … bis dahin wird es vorbei sein. Bis dahin wird Tynstar tot sein oder ich. Und du wirst in Sicherheit sein mit dem Kind, so daß du nach Hause zurückkehren kannst, nach Homana-Mujhar, um das Kind in Sicherheit und Geborgenheit zur Welt zu bringen. Für Homana und die Cheysuli.«

Er küßte mich, legte mich zwischen den Büschen nieder.

Dann war er fort.

Aus dem grauenvollen Schmerz heraus streckte ich die Hand aus, bekam einen Ärmel zu fassen und hielt ihn fest, zog an dem Arm, bis er starr wurde und ich mich daran ein Stück hochziehen konnte. »… Tynstar …«, keuchte ich. »Es war Tynstar … es waren die Ihlini …«

Ich erschlaffte, sank zurück, spürte, daß das Samtgewebe mit Juwelen besetzt war. Und da wußte ich es.

In acht Jahren war sein graues Haar noch eine Spur grauer geworden. Aber die glitzernden Augen waren dieselben. Sie und sein Stolz. Die übermächtige Überheblichkeit, die einen Mann in den Wahnsinn treibt im Namen des verletzten Stolzes.

»Es war Tynstar«, sagte ich. »Nicht Ihr letztendlich, mein Herr Mujhar … obwohl die Götter wissen, wie sehr Ihr es versucht habt.«

Seine Lippen waren fest zusammengepreßt. Sie teilten sich, als er sprach. »Ich bin froh darüber«, sagte er, »denn jetzt weiß ich, daß es schmerzvoll war.«

Mein eigenes Los war plötzlich erträglicher, das Kind still, als hätte es meinen Vater erkannt, die Blutszugehörigkeit erkannt, den ätzenden Haß, das Gift des Zornes.

Ich nahm die Hand von seinem Ärmel, wollte ihn nicht berühren. Dann fragte ich kläglich: »Was hatte er Euch getan … was hatte er Euch getan, das die Auslöschung einer ganzen Rasse rechtfertigte … die Zerstörung eines Königreiches?« Ich holte mühsam Luft, wollte das Kind ruhig halten. »Ellic wäre sicher mit einer anderen Braut zufrieden gewesen … Ihr seid sicher stark genug, unverwüstlich genug, um ohne einen Gefolgsmann an Eurer Seite Euer Leben leben zu können ... Ihr seid der Mujhar oder nicht? Der Löwe von Homana, nur in menschlicher Gestalt ...« Wieder rang ich nach Luft. »Auch Ihr habt Eure Gestalt gewechselt, habt Demut in Überheblichkeit, Menschlichkeit in Obszönität verwandelt ...«

»Genug!« schrie er. »Genug! Was ich getan habe, geschah zum Wohle von Homana, für mein Reich ... zum Wohle des Löwen, der so entehrt worden ist von einem Mann, einem Gestaltwechsler ...« Er brach ab, schwankte ganz deutlich auf des Messers Schneide zwischen Vernunft und Irrsinn und wäre um ein Haar gefallen. »Deine Qualen sind verdient«, sagte er schlicht, »und ich werde dir keine davon ersparen.«

»Einst habe ich Euch geliebt«, sagte ich. »Mehr als ich Hale geliebt habe und das Kind, das ich trage. Aber Ihr habt das zerstört. Ihr habt mir alles geraubt, was Ihr mir einst gabt, selbst das ...«

»Genug!« schrie er erneut. »Du wirst deine ganze Willenskraft brauchen, um dieses Kind zur Welt zu bringen, und solltest sie nicht mit Lügen vergeuden.«

Ich hätte ihn beinahe ausgelacht, wenn ich die Kraft dazu gehabt hätte. »Ihr wollt dieses Kind so sehr ... einen Sohn für den Löwen.« Ich schluckte, fühlte, wie der Schmerz über mich hinwegflutete, Brüste und Bauch zusammenkrampfte. »Aber was, wenn es ein Mädchen ist? Was ist, wenn ich Euch nach all diesen Jahren, all diesem Gram ein Mädchen schenke? Werdet Ihr von vorn anfangen, mein Herr? Werdet Ihr sie als Eheköder benutzen, die Bewerber einen nach dem anderen abwägen, bis Ihr denjenigen findet, der Euren Wünschen entspricht? So wie Ellic. So wie Bellam ...« Ich verstummte, denn jeder Versuch weiterzusprechen hätte mich zum Schreien gebracht.

Mit rauher Stimme schwor er einen Eid: »Wenn dieses Kind ein Mädchen ist, werde ich es den wilden Tieren ausliefern. Der Vater war eins — möge die Tochter erfahren, was das heißt!«

Heiße Tränen rannen meine Schläfen herunter, durchnäßten mein Haar, das schon vom Schweiß durchtränkt war. Aber ich konnte nicht sprechen, ihm nichts entgegensetzen.

6

Er war bereits tot, als ich ihn fand. Und allein, so furchtbar allein, ohne Leben, ohne *lir* ... alles was er jetzt besaß, war die Sicherheit, daß er nie die Grenze zum Wahnsinn erblikken noch sie betreten oder auf die andere Seite abrutschen würde, auf der Cheysuli wie Homaner ihre Würde und Menschlichkeit verloren.

Er hatte mir einmal erzählt, daß die Cheysuli nicht trauern, nicht in der Art wie die Homaner jedenfalls, die laut über einen Verlust wehklagen. Die Cheysuli sind ein verschlossenes Volk; sie zeigen wenig von sich, nur, wenn es unumgänglich ist. Der Tod war das nicht wert, in Abgeschiedenheit trauerten sie, so wie sie auch ihre Freude still auslebten, denn die Seele war nun ohne Hülle im Jenseits angekommen.

Ich würde also nicht laut klagen. Aber ich hatte auch keine Freude mehr.

Eine der Frauen rührte sich. »Mein Herr, das Kind kommt.«
Mein Vater verließ die Kammer.

7

»Versprich es mir«, flehte ich. »Versprich mir, daß du für seine Sicherheit Sorge tragen wirst, wenn es ein Mädchen ist.«

Torrins Gesicht war grau, als er mich durch die Korridore im Palast meines Vaters trug. Feuchtigkeit sickerte meine Beine hinab und tränkte die Hosen, die ich trug.

»Versprich es mir«, bat ich flehentlich. »Einen Jungen wird er behalten — er braucht ihn — aber ich fürchte für ein Mädchen ... ich schwöre, daß er verrückt genug ist, es zu töten.«

Torrin sprach immer noch nicht mit mir, er redete leise mit anderen, schickte sie alle voraus.

»Du kennst ihn«, beharrte ich. »Du weißt, daß er es tun wird.«

»Nein«, sagte er schließlich. »Das Kind ist nicht gefährdet durch Shaine. Ich schwöre Euch, Lindir, wenn er auch nur androht, dem Kind etwas zuleide zu tun, so werde ich es als mein eigen annehmen.«

Ich biß mir auf die Lippen. »Er wird dich entlassen.«

Sein Ton war sehr entschieden. »Ich werde von allein gehen.«

Tränen liefen über mein Gesicht. »Ich wünschte, Hale wäre hier«, flüsterte ich.

»Ich auch, Lindir. Und ich glaube Shaine auch, obwohl er das niemals zugeben würde. Nicht, um ihn zu töten, sondern um ihn in die Arme zu schließen; sie waren Brüder in allem, bis auf ihre Abstammung.«

»Bis ich ihn fortnahm.«

»Er ging von allein und nahm Euch mit. Und niemanden, der Euch zusammen sah, hat das überrascht. Nur Shaine.«

Der Schmerz wurde immer heftiger. »Ist Lorsilla freundlich?«

»Ja, Lindir, sie ist freundlich. Und ich schwöre Euch, daß sie mir helfen wird. Wenn das Kind ein Mädchen ist, so wird die Königin mir helfen, es wegzubringen.«

»Und wenn es ein Junge wird?«

Torrins Stimme war voller Grimm. »Ich werde hierbleiben, und wenn auch nur, um dafür zu sorgen, daß er sich des Löwen wert erweist.«

Ich lächelte unter Schmerzen. »Du klingst wie ein Cheysuli.«

»Wir sind alle gleich, denke ich. Geformt aus homanischem Lehm und von den Göttern gebrannt. Shaine ist ein Narr, wenn er anders denkt.«

»Werden wir den Krieg mit Solinde verlieren? Bellam hat jetzt Tynstar ... Tynstar und die Ihlini.«

Seine Arme hielten mich fest umfangen. »Ich glaube, wir werden den Krieg verlieren.«

Es war beinahe eine Erleichterung. »Nun, wenn das so ist ...« Ich seufzte und schwieg, zu müde zum Sprechen. Zu müde, um nachzudenken. »Hale würde sagen, das bereitet den Weg für den Mann, der alles zurückgewinnt ... und den Mann nach ihm, der der erste Cheysuli-Mujhar nach fast vierhundert Jahren sein wird.«

Andere Stimmen kamen näher: Was sie sagten, konnte ich nicht verstehen; sie sprachen mit Torrin. Ich schwamm in Fluten von Schmerzen.

Er legte mich auf das Bett nieder. Die Frauen drängten ihn hinaus. »Ihr habt mein Wort, Herrin. Jetzt ist es Zeit, Euren ganzen Willen darauf zu richten, ein gesundes Kind zu gebären.«

»Für den Löwen?«

»Für uns alle.«

Er hätte vielleicht noch mehr gesagt, aber die Frauen scheuchten ihn aus der Kammer.

Er ließ mich zurück, damit ich das Kind der Prophezeiung zur Welt bringen konnte: Hales Tochter oder seinen Sohn.

Ich vernahm den Schrei des Kindes. Fühlte, wie das Blut in einem Schwall aus mir herausströmte, heiß und schnell; es roch süß und dick. Niemand rührte sich, um es zu stillen.

»Ein Mädchen«, sagte eine Stimme. »Kein Junge, ein Mädchen.«

»Torrin!« schrie ich.

»Der Mujhar wird zornig sein.«

»Jemand muß ihm die Nachricht überbringen.«

Stille.

Dann: »Wer wird es dem Mujhar sagen?«

Viel zu viel Blut ... es dauerte jetzt nicht mehr lange ... »Torrin«, flüsterte ich. »Laßt Torrin die Nachricht überbringen.«

Die Stille war voller Mißbilligung.

Ich sammelte all meine Kräfte. »Wollt Ihr, daß ich es ihm sage?«

Die Frauen wußten es besser. Ich glaube, ich wußte es auch; die Toten reden nicht mehr.

Eine von ihnen hielt das Kind, es war ganz klebrig und blutverschmiert. Aber es hatte gesunde Glieder und eine kräftige Lunge. Der weiche Flaum war dunkel; ihre Augen konnte ich nicht sehen.

Nicht mehr lange jetzt ... ich streckte eine Hand nach ihr aus. »Ich möchte ...«

Originaltitel: Of Honor and the Lion
Copyright © 1989 by Jennifer Roberson
Deutsch von Karin Koch

Marion
Zimmer Bradley

Jäger der
Finsternis

Wie einer auf einsamem Weg
gehetzt, voll Angst und Not,
nur einmal wagt, den Kopf zu drehn
aus Furcht ihm folg' der Tod,
wohl wissend, daß ein grauser Feind
lang' hinter ihm schon droht …

Lythande lauschte auf das Geräusch der Schritte, die in dieser Nacht hinter ihr auf der Straße zu hören waren, immer
wieder von kurzen Momenten der Stille gefolgt, so daß sie
zunächst wähnte, es sei bloß das Echo ihres eigenen leichten Tritts. Schritt-Pause-Schritt, und dann nach kurzem
Zögern wieder Schritt-Pause-Schritt, Schritt-Pause-Schritt.

Sie war kurz stehengeblieben, um sich zu vergewissern,
ob sie sich täuschte, und hatte noch deutlich drei Schritte in
der Stille vernommen.:

Schritt-Pause-Schritt, Schritt-Pause-Schritt.

Kein Echo also, sondern jemand oder *etwas*, das ihr

folgte. In der Welt der Zwillingssonnen war Hexerei recht weit verbreitet, und in den meisten Fällen gehörte sie zur üblen Sorte. Während ihres Lebens, das dreimal die Spanne eines normalen Lebens umfaßte, war Lythande jeglicher Art von Magie begegnet; sie war Händler-Zauberer und lebte davon, war Adeptin des Blauen Sterns und fahrende Sängerin, und sie hatte schon früh in ihrem Leben erfahren, daß gute Magie weitaus seltener anzutreffen war als böse. Weil sie ganz besondere Instinkte entwickelt hatte, hatte sie so lange überlebt, und diese Instinkte sagten ihr jetzt, daß der Verfolger nichts Gutes im Schilde führte.

Sie hatte keine Ahnung, was es sein mochte. Die einfachste Erklärung war, daß irgendein Bewohner der letzten Stadt, durch die sie gekommen war, einen rein materiellen Groll gegen sie hegte und ihr mit üblen Absichten folgte, vielleicht hatte er einen konkreten Grund, vielleicht auch nicht. Möglicherweise hegte er nur ein tödliches Mißtrauen gegenüber Magiern oder der Magie im allgemeinen, eine Haltung, die in Alt-Gandrin durchaus nicht selten anzutreffen war, und hatte beschlossen, das Gesetz in seine Hände zu nehmen und den Ausübenden besagter Magie loszuwerden. Dies war nicht selten der Fall, und Lythande hatte sich schon zahlreichen Angreifern mit mörderischen Absichten gestellt, die die Magie beseitigen wollten, indem sie auf die denkbar wirkungsvollste Weise seinen Urheber aus dem Weg räumten. Mochte die Zauberkraft eines Magiers noch so mächtig sein, sie kam selten gegen ein Messer im Rücken an. Andererseits konnte man einem solchen Anschlag entsprechend begegnen, und in ihren drei Lebensspannen war Lythandes Rücken noch nie das Opfer eines Messers geworden.

Sie verließ daher die Straße, lockerte das erste ihrer beiden Messer – das einfache Messer mit dem weißen Knauf, dessen Aufgabe es war, mit den natürlichen Gefahren der Straße fertig zu werden: Straßenräubern, Mördern und Dieben. Sie wickelte sich in die grauen, wolkigen Falten ihres Magier-Mantels, wurde so zu einem Teil der Nacht selbst, einem bloßen Schatten, und lauerte auf den Urheber der Schritte, die auf sie zukamen.

Aber so einfach war es nicht. Schritt-Pause-Schritt — und die Tritte erstarben auf einmal; der geheimnisvolle Verfolger blieb ihr jedoch auf den Fersen. Lythande hatte auch nicht ernsthaft damit gerechnet, daß es so einfach sein würde. Sie zog erneut das Messer mit dem weißen Griff und stand dann reglos, konzentrierte sich mit eigens ausgebildeten Sinnen auf den Verfolger.

Was sie zunächst wahrnahm, war ein schwaches, elektrisierendes Vibrieren des Blauen Sterns, den sie zwischen den Augen trug, und ein leises, nicht allzu schmerzhaftes Prickeln in ihrem Schädel. *Hexengeruch*, stellte sie im stillen fest. Was immer nun folgen mochte, war weder so einfach erklärbar noch so leicht zu überwältigen wie ein Mörder mit einem Dolch.

Sie löste das Messer mit dem schwarzen Griff aus der Scheide an ihrer linken Seite. Dieses Messer war dafür gedacht, mit übernatürlichen Bedrohungen fertig zu werden, Geister zu bannen und ähnliche Phänomene von Phantomen bis hin zu Werwölfen; mit keinem anderen Messer hätte sie ihr eigenes Leben nehmen können, wäre sie seiner überdrüssig geworden.

Ein Schemen glitt mit ungleichmäßigen Schritten auf sie zu, und Lythande hob das schwarze Messer. Es schoß nieder; der Schimmer der Zauberklinge verlor sich im Schatten. Ein geisterhafter Schrei hallte aus dem Nichts, der nicht von der schemenhaften Gestalt auf der dunklen Straße auszugehen schien, sondern aus einem unglaublich weit entfernten Geisterreich herüberdrang und ihr das Blut in den Adern stocken ließ. Der Blaue Stern auf ihrer Stirn sandte Lichtblitze aus und jagte Wellen von Schmerz durch ihren Körper. Dann, als der Schrei in der Stille verhallte, kehrte der schwarze Griff ihres Messers in ihre Hand zurück, aber das fahle Mondlicht zeigte ihr, daß wirklich nur noch der Griff übrig war; die Klinge war bis auf einige wenige Tropfen von geschmolzenem Metall, die zur Erde fielen, vollständig verschwunden.

Die Klinge des Messers mit dem schwarzen Griff, das unzählige Geister und andere übernatürliche Wesen getötet hatte, war fort. Nach dem gräßlichen Schrei zu urteilen, hatte Lythande ihren Verfolger verwundet, aber hatte sie dieses Wesen endgültig gebannt, das ihre Zauberklinge verschlungen hatte? Alles, was eine derartige Macht besaß, bedrohte auf furchtbare Weise jegliches Leben.

Und wenn ihr schwarzes Messer es nicht getötet hatte, dann war es unwahrscheinlich, daß es durch einen Zauberspruch, einen Bannfluch oder ein magisches Ritual, dessen sie sich jetzt bedienen mochte, vernichtet werden würde. Sie hatte es in die Flucht geschlagen, aber sie hatte sich nicht endgültig von ihm befreit. Es gab kaum einen Zweifel — wenn sie ihren Weg fortsetzte, würde es ihr weiter folgen, und eines Tages würde es sie auf einer anderen einsamen Straße einholen.

Aber im Augenblick waren die Mittel zu ihrer Verteidigung erschöpft und ... Lythande starrte finster auf den schwarzen Griff und die zerstörte Klinge ... sie hatte sich ganz umsonst eines Schutzes beraubt, der sie nie zuvor im Stich gelassen hatte. Irgendwie mußte es ihr gelingen, die Zauberklinge zu ersetzen, bevor sie sich wieder bei Nacht auf die Straßen von Alt-Gandrin wagen konnte.

Für den Augenblick war es klüger, sich von der Straße fernzuhalten, obwohl sie viel zu weit gereist und viel zu lange unterwegs gewesen war, um irgend etwas zu fürchten, das sie in einer gewöhnlichen Nacht antreffen mochte. Begegnungen, wie sie ein Händler-Zauberer, besonders einer wie Lythande, normalerweise zu erwarten hatte, waren allerdings selten von der harmloseren Sorte.

Sie schritt also weiter in der Dunkelheit voran, lauschte auf den zögernden Tritt des Verfolgers hinter ihr. Sie hörte nur sehr vage und entfernt Geräusche, ein Hecheln und Knurren, das bewies, daß sie ihren Verfolger zwar nicht vernichtet, doch zumindest für eine Weile an einen anderen Ort vertrieben hatte. Ob er gebannt war oder es nur vorzog, einer leichteren Beute zu folgen, wußte Lythande nicht, und für den Augenblick kümmerte es sie auch wenig.

Das Wichtigste war für sie jetzt ein Ort der Geborgenheit.

Lythande war viele Jahre lang auf diesen Straßen unterwegs gewesen, und sie erinnerte sich daran, daß vor etlicher Zeit irgendwo in dieser Gegend ein Gasthaus gestanden hatte. Sie hatte sich nie dazu entschließen können, dort Unterschlupf zu suchen — unheimliche Gerüchte waren in Umlauf, über Reisende, die die Nacht in diesem Gasthof verbracht hatten und niemals wieder gesehen wurden oder in gräßlich veränderter Gestalt wieder aufgetaucht waren. Lythande hatte beschlossen, diesem Ort fernzubleiben; die Gerüchte gingen sie nichts an, und sie hätte nicht so lange in Alt-Gandrin überlebt, hätte sie nicht stets die wichtigste Überlebensregel beherzigt, die da lautete: Kümmere dich stets nur um deine eigene Sicherheit. In den seltenen Fällen, in denen Neugier oder Mitgefühl sie dazu verleitet hatten, sich in die Angelegenheiten anderer einzumischen, hatte sie meistens allen Grund gehabt, es nachher zu bereuen.

Möglicherweise lag es aber in der Natur ihres eigentümlichen Schicksals, daß es sie ausgerechnet hierhin geführt hatte, damit sie herausfand, was es mit diesen Gerüchten auf sich hatte. Sie spähte in die schwarze Tiefe der Straße — die nicht der kleinste Mondstrahl erhellte — und entdeckte in der Ferne einen schwachen Lichtschimmer. Mochte es das unheimliche Gasthaus sein, das Lagerfeuer eines Jägers oder die Wohnstatt eines Werdrachens — Lythande beschloß, dort Schutz vor der Nacht zu suchen. Der letzte Kunde, der sich ihrer Dienste als Händler-Zauberer bedient hatte — ein Mann, dem sie das Anwesen seiner Vorfahren von Geistern gesäubert hatte —, hatte sie mit mehr als genug Münzen versehen, um die Nacht auch im teuersten Gasthof zu verbringen; und wenn sie einmal keinen Auftrag bekam, mit dem sie eine Übernachtung bezahlen konnte, dann konnte sie sich als fahrender Sänger jederzeit eine Mahlzeit oder ein Bett verdienen, denn nicht sehr viele Sänger zogen in dieser Gegend umher.

Nach einer Weile hatte sich das diffuse Licht in eine brennende Laterne über einem bemalten Schild verwandelt, auf dem die Gestalt einer alten Frau zu sehen war, die ein

Schwein vor sich hertrieb. Auf dem Schild des Wirtshauses stand ›Zur Hexe und dem Schwein‹. Lythande kicherte leise, das Schild war zu komisch, aber es verwunderte sie, daß bei einem derart fröhlichen Bild keinerlei Musik im Innern des Hauses zu vernehmen war. Drinnen war es genauso still wie auf der unheimlichen Straße, an der überall Dämonen lauerten. Sie erinnerte sich augenblicklich wieder an die schaurigen Gerüchte über dieses Gasthaus.

Eine alte Geschichte machte die Runde, über eine Hexe, die es angeblich darauf anlegte, vorbeikommende Wanderer in Schweine und andere Gestalten zu verwandeln, aber Lythande konnte sich nicht mehr erinnern, wo sie die Geschichte gehört hatte. Nun, wenn sie, eine Adeptin des Blauen Sterns, einer gewöhnlichen Straßenhexe nicht mehr gewachsen war, dann hatte sie es nicht besser verdient. Lythande schulterte ihre Laute, barg den Griff ihres zerstörten Messers in einer der zahlreichen Taschen ihres Magier-Mantels und trat durch die halbgeöffnete Tür.

Die Helligkeit im Innern bestand nur im Kontrast zu der mondlosen Finsternis draußen: Das einzige Licht kam von einem Feuer, das mit einem trüben, wenig anheimelnden Flackern im Herd brannte. Um diese Feuerstelle herum hockten sonderbare Gestalten, die in dem dämmrigen Raum nur schemenhaft zu erkennen waren. Nachdem Lythandes Augen sich an das Dämmerlicht gewöhnt hatten, gewahrte sie die Umrisse von vielleicht einem halben Dutzend Männern und Frauen und einigen verwahrlosten Kindern. Alle hatten flache Gesichter und Nasen, die unleugbar an Schweine erinnerten. Aus dem Schatten erhob sich die große, schwere Gestalt einer Frau, in formlose Kleider gehüllt, die lose an ihr herabhingen und mit Flicken übersät waren.

Aha, dachte Lythande, *die Wirtin muß wohl die Hexe sein. Und bei diesen armseligen Kindern wird es sich um besagte Schweine handeln.* Im stillen bereitete ihr dieser Gedanke Vergnügen.

Mit unfreundlicher, schnaufender Stimme sprach die Hexe sie an: »Wer seid Ihr, Herr, daß Ihr Euch auf Straßen umtreibt, wo nichts sich regt zu dieser Zeit, was nicht Unhold oder Geist ist?«

Zuerst wollte Lythande entgegnen: Ein böser Zauber hat mich hierher getrieben; da draußen ist ein gräßliches Ding, das diesen Ort umschleicht! Aber es gelang ihr, statt dessen friedlich zu erwidern: »Weder Unhold noch Geist, nur ein fahrender Sänger, der wie Ihr von den Gefahren der Straße eingeschüchtert ist und den es nach einem Mahl und einer Unterkunft für die Nacht verlangt.«

»Sogleich, Herr«, erwiderte die Hexe, die plötzlich sehr ehrerbietig tat. »Kommt ans Feuer und wärmt Euch.«

Lythande schritt zwischen den kleinen Gestalten hindurch — ja, es waren Kinder, aber bei näherer Betrachtung wirkten sie noch schweineähnlicher, und ihre Grunzlaute und ihr Schniefen verstärkte diesen Eindruck noch. Lythande spürte einen instinktiven Widerwillen gegen die Art, wie sie sich an sie drückten. An das ›Herr‹, mit dem die Hexenwirtin sie willkommen geheißen hatte, war sie gewöhnt; Lythande war die einzige Frau, die zu den Geheimnissen des Ordens vom Blauen Stern vorgedrungen war, und als man sie als Frau entlarvt hatte (da hatte sie schon ihren Eid als Adept abgelegt, und der Blaue Stern strahlte zwischen ihren Augen), war sie bereits gegen das Schlimmste, das man ihr antun mochte, gefeit. Daher hatte der Meister des Sterns folgende Bestrafung für sie ersonnen:

So sei denn in alle Ewigkeit, was zu sein du gewählt hast; denn an jenem Tag, an dem ein anderer Mann außer mir dich als Frau erkennt, wirst du deine magische Kraft verlieren, und ein gewaltsamer Tod wird dein Schicksal sein.

So war Lythande länger als drei normale Lebensspannen hindurch als Händler-Zauberer die Straßen entlanggewandert, verdammt zu ewiger Einsamkeit, denn sie durfte ihr wahres Geschlecht keinem Mann entdecken. Sie konnte zwar eine weibliche Vertraute erwählen, sofern sie eine fand, der sie ihr Leben anvertrauen mochte, aber damit würde sie sie dem Druck der zahlreichen Feinde des Blauen Sterns aussetzen. Ihre erste Vertraute in dieser Hinsicht war gefangengenommen und gefoltert worden, und obwohl sie starb, ohne Lythandes Geheimnis zu verraten, hatte Lythande seither nie wieder gewagt, ein anderes Wesen in solche Gefahr zu bringen.

Was als bewußte Maskerade begonnen hatte, war nun ihr Leben geworden; keine einzige Geste oder Begegnung verriet, daß sie etwas anderes war als der Herr, der sie zu sein schien, ein großer, bartloser Mann mit glänzendem, blondem Haar, der den strahlenden Blauen Stern zwischen den hochgewölbten, rasierten Augenbrauen trug und unter dem Magier-Mantel in schenkelhohe Stiefel, Reithosen und geschnürtes Wams gekleidet war, das die muskulöse, breitschultrige Gestalt eines Athleten betonte — ein Mann durch und durch.

Die Hexenwirtin brachte in einem Krug ein Getränk und setzte ihn vor Lythande ab. Es duftete und dampfte heiß, offensichtlich erhitzter Wein, den sie mit Kräutern versetzt hatte. Lythande hob ihn an ihre Lippen, gab aber nur vor, zu trinken. Eines der zahlreichen Gelübde, das ihre Macht als Adeptin vom Blauen Stern besiegelte, bestand darin, daß sie von keinem Mann beim Essen oder Trinken gesehen werden durfte. Das Getränk roch köstlich, genau wie die Speisen, die irgendwo auf dem Feuer standen, und Lythande verfluchte nicht zum ersten Mal dieses Gesetz, das sie oft längere Zeit zu Hunger und Durst verurteilte. Sie war jedoch schon lange daran gewöhnt, und als sie an den sonderbaren Namen, den Ruf dieses Gasthauses und die uralte Geschichte über die Hexe und die Schweine dachte, da schien es ihr das beste, die Art von Speise und Trank, die man hier wohl bekommen mochte, zu meiden. Wenn sie sich recht erinnerte, so war es immer die Unersättlichkeit der Reisenden, die deren Schicksal besiegelt hatte.

Das gierige Schnüffeln der schweineähnlichen Kinder, falls es überhaupt Kinder waren, diente dazu, ihre Erinnerung aufzufrischen, und als sie den Geräuschen lauschte, verspürte sie schließlich weder Hunger noch Durst. Es war ihre Gewohnheit in derartigen Wirtshäusern, sich ihr Mahl allein auf ihrem Zimmer servieren zu lassen, aber sie beschloß, an diesem Ort davon Abstand zu nehmen. In den Taschen des Magier-Mantels führte sie einen kleinen Vorrat an getrocknetem Obst und Brot mit sich, und lange Übung ermöglichte es ihr, immer wieder in einem unbeobachteten Moment einen Bissen zu sich zu nehmen.

Sie setzte sich an einen der klobigen Tische nahe dem Feuer, mit dem Krug Wein vor sich, und tat hin und wieder so, als nähme sie einen Schluck. Dann fragte sie: »Was gibt's Neues, Freunde?«

Da sie die furchtbare Begegnung noch frisch im Gedächtnis hatte, rechnete sie damit, daß man ihr von einem Ungeheuer erzählen würde, das die Straße unsicher machte. Aber nichts dergleichen wurde ihr geboten. Statt dessen setzte sich ein wild aussehender Mann auf die Bank ihr gegenüber, hob seinen Krug Bier und sagte: »Auf Euer Wohl, Herr, es ist eine böse Nacht, um unterwegs zu sein. Wenn mich nicht alles täuscht, kriegen wir Sturm. Und ich habe mich als Junge und als Mann vierzig Jahre lang auf diesen Straßen herumgetrieben.«

»Ach wirklich?« sagte Lythande höflich. »Ich bin fremd hier. Sind die Straßen im allgemeinen sicher?«

»Ziemlich sicher«, knurrte er, »es sei denn, irgendwelche Leute kommen auf die Idee, Ihr könntet Juwelen bei Euch führen oder andere Wertgegenstände.« Er brauchte nicht mehr zu sagen, es gab überall Diebe, die den Eindruck bekommen konnten, daß einer nicht so arm war, wie er gerne erscheinen mochte, und ihn aufschlitzten, um sich davon zu überzeugen.

»Und Ihr?«

»Ich bereise die Gegend, wie es schon mein Vater getan hat. Ich bin ein Hundebarbier.« Er stieß die Worte heftig hervor. »Jedermann, der einen Hund ausstellen oder verkaufen will, weiß, daß ich das Beste aus dem Biest machen kann.« Irgend jemand hinter seinem Rücken kicherte; er richtete sich zu voller Größe auf und verkündete: »Das ist ein durchaus ehrenwerter Beruf.«

»Einer, der zu dir paßt«, stichelte ein Mann, der direkt

vor dem Feuer saß. »Hat meinem greisen Vater einen alten Hund mit Rachitis und Räude als gesunden Wachhund angedreht; der alte Köter hatte nicht mal mehr genug Kraft zum Bellen.«

»Ich handele nicht mit Hunden«, erwiderte der Angesprochene würdevoll. »Ich bereite sie nur für Ausstellungen vor …«

»Und natürlich bist du dir nicht zu fein dafür, eine Promenadenmischung in einen Rassehund zu verwandeln oder aus einem alten, räudigen Köter einen jungen mit glänzender Stirnlocke und langem Fell zu machen«, versetzte der Spötter ironisch. »Jedermann in diesem Land weiß, wenn er schlechtes altes Vieh loswerden will oder gestohlene Pferde mit falschen Brandzeichen versehen, dann gibt's da den alten Gimlet, den Roßtäuscher, der mehr üble Tricks drauf hat als jeder Zigeuner …«

»He, beleidige keine ehrlichen Zigeuner mit deinen Vergleichen«, sagte ein dunkelhäutiger Mann, der auf einer Kiste am Feuer saß und eifrig aus einer Holzschüssel eine köstlich duftende Suppe löffelte. Er trug einen goldenen Ring im Ohr, der ihn als Angehörigen dieser verleumdeten Rasse auswies. »Wir handeln im ganzen Land mit Pferden, von hier bis Nordwander, und ich möchte den Mann sehen, der behaupten kann, er hätte jemals von einem Mitglied meiner Sippe ein schlechtes Pferd bekommen.«

»Du bist also Gimlet, der Hundebarbier, nicht wahr?« fragte einer von den Einheimischen, ein schäbiger, schielender Geselle. »Dich habe ich gesucht. Erinnerst du dich nicht an mich?«

Der Hundebarbier setzte ein abweisendes Gesicht auf. »Tut mir leid, mein Freund.«

»Ich hatte eine Hündin, die letztes Jahr dreizehn Welpen warf«, erklärte der neu Dazugekommene grimmig. »Eine gute Hündin, sie war der Stolz und die Freude meiner Familie, seit sie ein Welpe war. Du sagtest, du würdest ihr einen Trank mischen, so daß sie genug Milch hätte, um den ganzen Wurf zu füttern.«

»Jeder, der mit Hunden zu tun hat, lernt auch ein wenig

von der Kunst des Veterinärs«, erklärte Gimlet. »Ich kann auch Kühe dazu bringen, daß sie mehr Milch ...«

»Oh, ich zweifle nicht daran, daß du auch eine Gans beschlagen kannst, wenn du das sagst«, meinte der andere.

»Worüber beschwerst du dich also, Freund? Hat sie nicht den ganzen Wurf ernährt?«

»Ja doch, das hat sie«, gab der Mann zu. »Und ein paar Tage lang war es eine reine Freude, zuzusehen, wie jeder einzelne der kleinen Welpen an ihren Zitzen hing. Dann kam mir jedoch in den Sinn, sie mal zu zählen, und siehe da, es waren nicht mehr als acht Junge übrig.«

Gimlet unterdrückte ein Grinsen.

»Ich hab' nur gesagt, daß ich es einrichten kann, daß die Hündin ihre ganze Brut füttern kann; wenn ich dabei die Kümmerlinge weggenommen habe, die wenig Nutzen bringen, ohne daß du dir die Mühe machen mußtest, sie zu ertränken ...«, begann Gimlet.

»Versuch ja nicht, dich da herauszureden«, polterte der andere und ballte die Fäuste. »Wie du es auch drehst und wendest, du schuldest mir etwas für fünf gute Welpen.«

Gimlet blickte in die Runde. »Mag es sein, wie es will«, lenkte er ein. »Vielleicht können wir morgen etwas tun. Ich wäre nie auf den Gedanken gekommen, daß du dich wegen der Kümmerlinge, die keine Hündin aufziehen könnte, so kleinlich zeigst. Ja, hättest du eine kinderlose Frau oder junge Tochter gehabt, die irgendwas zum Verhätscheln brauchte und ganz wild darauf war, ihnen Puppenkleider anzuziehen, das wäre etwas anderes gewesen. Sonst waren sie kaum der Mühe wert, das hätte dir jeder bestätigt. Aber hier hast du meine Hand drauf.« Er streckte die Hand mit einem derartig freundlichen, offenen Lächeln aus, daß Lythande ihren Spaß daran hatte. Wenn sie zwischen dem Gauner und dem Bauerntölpel zu wählen hatte, so schlug sie sich immer auf die Seite des Gauners, denn sie war ein ewiger Wanderer wie er.

Der Hundebesitzer zögerte eine Weile, aber schließlich schüttelte er die dargebotene Hand und rief nach einem Krug Bier für die ganze Gesellschaft.

In der Zwischenzeit war die Hexenwirtin, die herumgelungert hatte, um zu sehen, ob es zum Kampf kam und jetzt ein bißchen enttäuscht wirkte, neben Lythande stehengeblieben.

»Herr, werdet Ihr ein Zimmer für die Nacht brauchen?«

Lythande überlegte. Dieser Ort gefiel ihr nicht besonders, und sie wußte genau, wenn sie hier die Nacht verbrächte, so würde sie kein Auge zumachen. Auf der anderen Seite war die finstere Straße draußen nicht anziehender für sie geworden, jetzt, da sie die Wärme des Feuers verspürt hatte.

Abgesehen davon hatte sie ihr Zaubermesser verloren und wäre ohne Schutz auf der dunklen Straße.

»Ja«, sagte sie schließlich, »ich möchte ein Zimmer für die Nacht.«

Man wurde sich über den Preis einig — weder besonders gering noch übertrieben hoch —, und die Wirtin fragte: »Soll ich Euch eine Frau für die Nacht besorgen?«

Diese Frage gehörte zu dem lästigen Teil einer Reise in männlicher Verkleidung. Was immer ihre romantischen Wünsche sein mochten, Lythande verspürte kein Bedürfnis nach der Art von Frauen, die in den Dorfkneipen auf reisende Kunden warteten, ohne eine Wahl zu haben. Sie wurden gewöhnlich in dieses Gewerbe verkauft, sobald ihnen Brüste wuchsen, manche auch schon vorher. Dennoch war es nicht üblich, diese Art von Dienst zurückzuweisen, und eine Ablehnung konnte die erprobte Maskerade gefährden, auf der ihre Macht aufbaute.

An diesem Abend war ihr jedoch nicht nach ausführlichen Erklärungen.

»Nein, danke. Ich bin müde von der Reise und wünsche zu schlafen.« Sie suchte in ihrem Mantel nach ein paar Münzen. »Gib das dem Mädchen für seine Mühe.«

Die Hexe verbeugte sich. »Wie es Euch beliebt, Herr. Frennet! Führ den edlen Herrn in das Südzimmer.«

Ein hübsches Mädchen, hochgewachsen und mit seidigem Haar, das zu kunstvollen Locken gedreht war, erhob sich vor dem Kamin und winkte; ihr wohlgeformter Arm war halb von seidenen Tüchern verhüllt. »Hier entlang, wenn's beliebt, Herr«, sagte sie, und Lythande stand auf und zwängte sich zwischen Gimlet und dem Hundebesitzer hindurch. Mit angenehmer, weicher Stimme wünschte sie der Gesellschaft eine gute Nacht.

Die Treppe war alt und wacklig und führte mehrere Stockwerke hinauf, doch mußte sie vor vier Generationen früherer Besitzer einmal sehr imposant gewesen sein, überlegte Lythande. Jetzt hingen überall Spinnenweben, und die oberen Stockwerke sahen aus, als seien sie noch immer der Schlupfwinkel von Fledermäusen. Von einem der Pfosten auf dem Treppenabsatz erhob sich ein dunkler Schatten, schlug mit den Flügeln und schrie krächzend: »*Guten Abend, meine Damen! Guten Abend, meine Damen!*« Das Mädchen Frennet hob den Arm, um den Vogel zu verscheuchen.

»Diese verfluchte Dohle! Sie ist der Liebling von Madame, Herr, beachtet sie gar nich'«, sagte sie gutmütig, und Lythande war froh über die Dunkelheit. Es war unter der Würde eines Adepten vom Blauen Stern, von einem dressierten Vogel Notiz zu nehmen, mochte er auch noch so gut sprechen können.

»Ist das alles, was er sagen kann?«

»O nein, Herr, das Biest hat einen ziemlichen Wortschatz, aber seht Ihr, Herr, man weiß nie, was es sagen wird, und manchmal kann es einen schon erschrecken, wenn man nicht damit rechnet«, erklärte Frennet und öffnete die Tür zu einer großen, dunklen Kammer. Sie ging hinein und zündete einen Kandelaber an, der neben einem Himmelbett mit vier mächtigen Pfosten stand. Die Dohle flatterte durch die Tür und krächzte: »*Geht dort nicht hinein, edle Frau! Geht dort nicht hinein, edle Frau!*«

»Lassen Sie mich eben den Vogel verjagen, Herr«, sagte Frennet, nahm einen Besen in die Hand, wedelte mit ihm herum und versuchte, die Dohle die Treppe hinunterzuscheuchen. Dann fiel ihr ein, daß Lythande noch immer in der Tür stand.

»Es is' alles in Ordnung, Herr, Ihr könnt jetzt hereingehen. Laßt Euch nicht von ihr bange machen. Sie ist nur ein dummer Vogel.«

Lythande war abrupt stehengeblieben, nicht so sehr wegen des Vogels, sondern weil der Blaue Stern zwischen ihren Augen ein scharfes Prickeln auf ihrer Haut verursachte.

Der Hexengeruch, dachte sie und wünschte sich Hunderte von Wegstunden von der ›Hexe und dem Schwein‹ entfernt. Ohne ihr Zaubermesser war sie nicht bereit, auch nur einen Moment, geschweige denn die ganze Nacht, in einem Raum zu verbringen, der dermaßen nach bösem Zauber roch.

Sie sagte freundlich: »Ich traue den Omen nicht, mein Kind. Könntest du mir nicht ein anderes Zimmer zeigen, in dem ich schlafen kann? Schließlich ist das Gasthaus kaum belegt, also sei ein gutes Mädchen und gib mir ein anderes Zimmer.«

»Ich weiß nicht, was die Herrin dazu sagt«, meinte Frennet zögernd, während der Vogel schrie: »*Sei ein gutes Mädchen! Sei ein schlaues Mädchen!*« Dann lächelte sie: »Aber was sie nicht weiß, wird sie nicht stören. Hier entlang bitte.«

Es ging ein weiteres Stockwerk hinauf, und Lythande fühlte, wie das Vibrieren des Blauen Sterns, *der Hexengeruch*, langsam schwächer wurde und schließlich erstarb. Die Zimmer auf diesem Flur waren kleiner und hell erleuchtet, und in eine dieser Kammern führte sie Frennet.

»Mein eigenes Zimmer, Herr, Ihr könnt gern die Hälfte meines Bettes haben, wenn es Euch nichts ausmacht. Ich meine, ich habe Euch sagen hören, Ihr wollt keine Frau, aber Ihr habt mir ein Trinkgeld gegeben und …« Sie verstummte, schluckte und sagte entschieden, während ihr Gesicht sich mit Röte überzog: »Ich weiß nicht, warum Ihr wie ein Mann reist, Herrin. Aber ich denke, Ihr habt Eure Gründe, und es geht mich auch nichts an. Aber Ihr seid in gutem Glauben hergekommen für eine Übernachtung, und ich glaube, Ihr habt ein Recht darauf und sonst nichts.« Das Mädchen errötete, und sie wirkte sehr verlegen. »Ich habe halt keinen Eid oder so was geschworen, daß ich meinen

Mund halte über das, was hier passiert, und ich will nicht Euern Tod auf dem Gewissen haben, das ist alles.«

»Meinen Tod?« fragte Lythande. »Wie meinst du das, Kind?«

»Na ja, jetzt stecke ich drin, aber Ihr habt ein Recht, es zu wissen, Herrin − Herr − edler Fremder. Leute, die hier schlafen, kommen nicht mehr als Menschen zurück. Habt Ihr die kleinen Kinder unten gesehen? Sie sind erst halb verwandelt; bei Kindern wirkt der Trank nicht so gut. Ich habe gesehen, daß Ihr Euren Wein nicht getrunken habt; wenn sie also jetzt kommen und Euch in den Stall treiben wollen, dann seid Ihr immer noch ein Mensch, und sie werden Euch töten − oder Euch in die Nacht hinausjagen, wo der Jäger der Finsternis Euch holen wird.«

Schaudernd erinnerte sich Lythande an das Wesen, das ihr magisches Messer zerstört hatte. Das also war der Jäger der Finsternis.

»Was ist dieser Jäger der Finsternis?« fragte sie.

»Ich weiß es nicht, Herrin. Nur, daß er hinter den Leuten her ist und sie in eine andere Welt schleppt, das ist alles, was ich weiß. Niemand ist je zurückgekommen, der erzählen konnte, was geschah. Ich höre sie nur immer schreien, wenn es hinter ihnen herschleicht.«

Lythande blickte sich in dem kleinen, bescheidenen Zimmer um. Dann fragte sie: »Woher wußtest du, daß ich eine Frau bin?«

»Keine Ahnung, Herrin, das weiß ich eben. Ich werde es nicht der Herrin sagen, das verspreche ich.«

Lythande seufzte. Vielleicht war das Mädchen telepathisch begabt; sie hatte schon vor langer Zeit festgestellt, daß ihre Verkleidung für Männer undurchschaubar war, aber daß es immer einige Frauen gab, die sie merkwürdigerweise erkannten.

Jetzt war daran nichts mehr zu ändern, es sei denn, sie wäre gewillt gewesen, das Mädchen zu töten, aber das kam für sie nicht in Frage.

»Achte darauf, denn mein Leben hängt davon ab«, sagte

sie nur. »Aber vielleicht brauchst du auch dein Bett nicht an mich abzutreten; kannst du mich ungesehen aus dem Haus bringen?«

»Ich glaube schon, Herrin, aber es ist eine unfreundliche Nacht, wenn man draußen sein muß und der Jäger der Finsternis ist unterwegs; ich würde Euch nicht gern schreien hören, wenn er hinter Euch her ist.«

Lythande ließ ein freudloses Kichern hören. »Vielleicht würdest du *ihn* schreien hören, wenn ich hinginge, *ihn* zu holen«, sagte sie. »Ich denke, er war es, den ich vorhin getroffen habe.«

»Ja, Herrin, er treibt die Leute hierher, denn er will sie haben und dann ihre Seelen rauben. Ich meine, wenn sie in Schweine verwandelt sind, dann brauchen sie ihre Seelen auch nicht mehr, oder? Und der Jäger der Finsternis nimmt sie dann.«

»Nun, mich wird er nicht kriegen«, versetzte Lythande kurz. »Und dich auch nicht, wenn ich es verhindern kann. Ich bin mit diesem Wesen zusammengetroffen, bevor ich hierher kam; er hat mein Messer genommen, und ich brauche daher ein neues.«

»Da sind jede Menge Messer in der Küche, Herrin«, sagte Frennet. »Ich kann Euch hinbringen.«

Gemeinsam stahlen sie sich die Treppe hinunter, Lythande bewegte sich wie ein Geist in der Stille, was schon viele Leute dazu gebracht hatte, zu schwören, sie hätten gesehen, wie sie sich in Luft auflöste. Im Schankraum hatten sich die meisten Gäste zur Ruhe begeben, und die Adeptin vernahm nur seltsam grunzende Laute. Lythande vermutete, daß sie alle im Morgengrauen in den Koben getrieben, ihre Seelen dem Jäger der Finsternis überlassen und ihre Körper als Würste oder Braten wieder auftauchen würden. Als sie an der Küche vorbeigingen, sah Lythande darin die Wirtin — die Hexe. Sie hackte Kräuter; der durchdringende Geruch erinnerte Lythande an das Aroma des Getränks, von dem sie glücklicherweise nicht gekostet hatte.

Warum war das Böse über dieses Land hereingebrochen? Ihr empfindsames, durch magische Kräfte verfeinertes Gehör konnte jetzt einen Schritt im Dunkel vernehmen, ein leises Herumschleichen: der Jäger der Finsternis. Sie konnte das Böse spüren, das von ihm ausging und in der Schwärze der Nacht das Haus umkreiste und auf Seelen wartete. Aber wie – und warum – war ein menschliches Wesen, auch wenn es einen Hexe war, dazu gekommen, mit einem so gräßlichen Wesen der Verdammnis gemeinsame Sache zu machen?

Im Tempel des Sterns hatte es geheißen, daß die Tiefen von Ordnung und Chaos unergründlich seien. Und mit Sicherheit war der Jäger der Finsternis ein Wesen aus den tiefsten Abgründen des Chaos. Lythande hatte als Pilger-Adeptin den heiligen Eid geschworen, die Ordnung für immer aufrechtzuerhalten und gegen das Chaos zu verteidigen, bis hin zur letzten Entscheidungsschlacht am Ende der Welt.

»Es gibt einige Dinge«, vertraute sie Frennet an, »die ich lieber nicht vor der letzten Schlacht am Ende der Welt antreffen würde, in der die Ordnung das Chaos besiegen wird. Und ganz besonders nicht den Jäger der Finsternis; doch die Wege des Chaos nehmen keine Rücksicht darauf, ob es mir gerade genehm ist, jetzt mit ihm zusammenzutreffen; so brauchte ich mich wenigstens nicht am Ende der Welt mit ihm auseinanderzusetzen.« Sie trat leise in die Küche, und die Hexe hob den Kopf.

»Ihr? Ich dachte, Ihr schlaft schon, Magier. Ich schickte Euch sogar das Mädchen ...«

»Gebt dem Mädchen keine Schuld; sie tat, was Ihr verlangt habt«, sagte Lythande. »Ich wußte es bisher selbst nicht, aber ich mußte hierherkommen in dieses Gasthaus ›Zur Hexe und dem Schwein‹, um die Welt von einem Schweinekoben des Chaos zu reinigen. Und jetzt bist du an der Reihe, deinem eigenen gräßlichen Gehilfen zum Fraß vorgeworfen zu werden.«

Sie bewegte die Hände, murmelte eine Beschwörung,

und die Hexe stürzte auf allen vieren nach vorn, grunzte und schnaufte. Lythande spürte, wie das riesige, grauenvolle Wesen draußen im Dunkel langsam näher kam, und machte Frennet ein Zeichen.

»Öffne die Tür, mein Kind.«

Frennet riß die Tür auf, und Lythande schob das grunzende Etwas über die Schwelle nach draußen. Sie hörten einen verzweifelten Schrei, halb tierisch, aber furchtbarerweise auch halb menschlich, dann vernahmen sie ein zufriedenes Schmatzen, das Lythande einen Schauder über den Rücken jagte.

»Es ist ja gar nichts mehr von ihr übrig, Herrin.«

»Sie verdient es, als Würstchen zum Frühstück serviert zu werden, bestreut mit ihren eigenen Kräutern«, sagte Lythande ungerührt, indem sie auf die Überreste der Hexe blickte, aber Frennet schüttelte den Kopf.

»Da hätte ich wirklich keinen Appetit, Herrin.« Die Dohle flatterte in die Küche und schrie: »*Schlaues Mädchen! Schlaues Mädchen! Sei ein gutes Mädchen!*«, und Lythande sagte: »Wenn ich könnte, würde ich diesem Vogel am liebsten den Hals umdrehen. Aber erst muß ich mit dem Jäger der Finsternis fertig werden; die Hexe hat sicher nicht ausgereicht, um seinen Hunger zu stillen.«

»Vielleicht nicht, Herrin«, meinte Frennet, »Ihr habt sie besiegt, aber könnt Ihr auch ihn besiegen? Er wird mehr Verlangen nach Eurer Seele haben als nach der alten Hexe, denn Ihr müßt wirklich eine mächtige Zauberin sein.«

Lythande hatte daran ernsthaften Zweifel; die Wirtin war alles in allem nur ein kleines Übel gewesen. Aber in früheren Zeiten hatte Lythande es verschiedentlich mit einigen sehr mächtigen Gegnern zu tun gehabt, obwohl sie selten so mächtig und grauenerregend waren wie der Jäger. Und der hatte bereits ihr magisches Messer erbeutet. Hatte der Zauber darin ihn überhaupt geschwächt?

In einer langen Reihe hingen die Messer an der Wand, und Frennet nahm das längste herunter und hielt es ihr hin, aber Lythande schüttelte den Kopf und ließ ihre Hand sorgsam an der Reihe der Messer entlanggleiten. Die meisten waren nur für den materiellen Gebrauch geschmiedet, und sie glaubte nicht, daß irgendeins davon gegen den mächtigen Zauber aus dem Chaos taugen würde.

Der Blaue Stern zwischen ihren Augen vibrierte, und sie hielt inne, versuchte die Quelle der magischen Warnung herauszufinden. War es nur, weil sie draußen in der Düsternis des Hofes den unverkennbaren Schritt des Jägers der Finsternis hörte?

Schritt-Pause-Schritt.

Schritt-Pause-Schritt.

Nein, die Ursache lag näher. Es war … Lythande drehte vorsichtig den Kopf, dann hatte sie es herausgefunden. Auf dem Hackbrett lag es; die Hexe hatte dort die magischen Kräuter kleingeschnitten, die die Unvorsichtigen in Schweine verwandelten. Langsam hob Lythande das Messer auf; es war ein einfaches Küchenmesser mit langer, scharfer Klinge, auf der überall der grünliche Saft der Kräuter klebte.

Aus der Tasche ihres Magier-Mantels holte Lythande das übriggebliebene Stück ihres eigenen Messers – das kunstvoll gearbeitete Heft war über und über mit magischen Runen verziert – und betrachtete es seufzend. Sie war immer stolz auf die gefällige Form ihres magischen Werkzeugs gewesen, und hier hatte sie nur die Ausstattung einer Herdhexe, bestenfalls gut für Küchenzauber. Schließlich warf sie das zerstörte Messer zu den Küchenabfällen.

Frennet klammerte sich an sie. »Oh, geht nicht dort hinaus, Herrin! Er ist immer noch da und wartet auf Euch.«

Und die Dohle, die vor dem Herd herumflatterte, krächzte: »*Geht nicht hinaus! Oh, geht nicht hinaus!*«

Sanft entzog sich Lythande den Armen des Mädchens. »Du bleibst hier«, sagte sie, »du hast keinen magischen Schutz, und ich kann dir keinen geben.« Sie zog die Kapuze ihres Magier-Mantels tief in die Stirn und trat in den nebelverhangenen Vorhof hinaus.

Er war da, sie spürte, wie er lauerte, sie umkreiste, hin-

155

und herschlich, sein Hunger war fast greifbar wie ein riesiges, geiferndes Maul, das unersättlich zu sein schien. Sie wußte, daß er nach ihr gierte, ihren Körper, ihre Seele, ihre Magie verschlingen wollte. Wenn sie nur ein Wort sagte, konnte sie sich damit seiner Macht ausliefern. Das Messer fest in der Hand, lenkte sie ihre Schritte langsam im Kreis, immer der Bahn der Sonne entlang, trotz der tiefen Dunkelheit. Wenn sie dieses Wesen aus der Finsternis so lange aufhalten konnte, bis die Sonne aufging, mochte die Helligkeit allein es vernichten. Andererseits war Mitternacht kaum vorüber, und sie verspürte keine Lust, dieses grauenvolle Wesen bis Sonnenaufgang in Schach zu halten, selbst wenn sich ihre Macht der seinen gewachsen zeigen sollte.

Also mußte es schnell erledigt werden ... und da sie ihr eigenes Zaubermesser verloren hatte, konnte sie nur hoffen, daß die Waffe der Komplizin dieses Dämons ihr ebenso gute Dienste leisten würde. Allein im Nebel, fühlte Lythande ihren Körper trotz der umhüllenden Wärme des Magier-Mantels von eisigen Strömen umflossen – oder war das nur die Todesangst, die sie gefrieren ließ? Frennet stand fröstelnd im Licht, das durch die Tür fiel, und beobachtete Lythande lächelnd, als hätte sie unbegrenztes Vertrauen in sie.

Fühlen sich Männer so, wenn ihre Frauen sie bewundern? Es gab keinen Zweifel daran, daß das Wesen sich erst auf das Mädchen stürzen würde, wenn sie versagte, und dann auf die Dohle, und keine von beiden hatte den Tod oder die Vernichtung ihrer Seele verdient. Das Mädchen war unschuldig und die Dohle nur eine stumme Kreatur ... oder eher eine harmlose Kreatur, denn stumm war sie nicht; sie schrie immer noch wirres Zeug.

»Bei meiner Seele, er kommt! Er kommt! Geht nicht da 'raus!«

Und der Jäger kam. Der Blaue Stern zwischen ihren Augen brannte wie glühende Kohlen. Warum, im Namen aller Götter, die jemals waren oder nicht waren, hatte sie bloß unbedingt Magier werden wollen? Nun war es Jahre zu spät, sich diese Frage zu stellen. Sie umklammerte mit der Hand den rauhen, hölzernen Schaft des Messers und stach heftig in die noch tiefere Düsternis, die den Jäger der Finsternis umgab, der lauernd über ihr hing und den ganzen Wirtschaftshof überschattete.

Sie war sich nicht sicher, ob der gräßliche Schrei, der um die ganze Welt hallte, tatsächlich von dem nebelhaften, dunklen Wirbel ausging, der den Jäger der Finsternis umtobte; sie wurde von einem wütenden Sturm ergriffen, der sie von den Füßen riß, mitten hinein in den düsteren, feuchten Nebel. Ihr blieb genug Zeit für einen gespenstischen Augenblick des Grauens – angenommen, die Kräuter auf der Klinge verwandelten den Jäger der Finsternis in einen mächtigen Keiler des Chaos? Wie sollte sie dann damit fertig werden? Aber diese Klinge hatte der Komplizin des Jägers der Finsternis gehört, sie war behaftet mit der Magie des Bösen; sie stieß sie in das Herz des Wesens und klammerte sich, hin- und hergerissen von den Wirbelwinden des Chaos, daran fest.

Schließlich vernahm sie einen Laut wie ein Seufzen. Sie stand im Hof, und Frennets Arme hielten sie eng umschlungen.

Die Dohle kreischte: »*Er ist fort! Er ist fort! Oh, braves Mädchen, braves Mädchen!*«

Er war fort. Der Hof war von dem bösen Zauber befreit, nur der Nebel lastete jetzt auf den verfallenen Steinen. In der Küche hinter Frennet bewegte sich ein Schatten; Lythande ging hinein und sah das plumpe Gesicht und die untersetzte Gestalt von Gimlet, dem Hundetäuscher, der sich, zum Aufbruch bereit, seinen Mantel übergeworfen hatte.

»Ich habe die Wirtin gesucht«, brummte er. »Hier ist es mir zu laut, zu viel Gerenne in den Räumen. Und da ist das Mädchen. Du«, fuhr er Frennet an, »wo ist deine Herrin? Ich dachte, du solltest mir Gesellschaft leisten.«

Frennet versetzte ungerührt: »Ich bin jetzt meine eigene Herrin, mein Herr, und ich bin nich' mehr käuflich, jetzt nicht mehr. Was die Herrin angeht, weiß ich nicht, wo sie steckt. Du kannst losziehen und nach ihr fragen an den Toren des Himmels, und wenn du sie da nicht findest, dann weißt du ja, wo du suchen mußt.«

»Dann hat man mich um deinen Dienst betrogen!«

Lythande griff in die Taschen ihres Magier-Mantels. Sie reichte ihm eine Münze.

»Hier. Jetzt bist du bei dem Handel sehr gut weggekommen, da gibt es keinen Zweifel, aber das gelingt dir ja immer. Frennet kommt mit mir.«

Gimlet starrte sie an und steckte dann die Münze ein, die — das konnte Lythande an seinem erstaunten Gesichtsausdruck erkennen — die größte war, die er jemals zu sehen bekommen hatte.

»Nun gut, Herr, wenn Ihr es sagt. Ich muß wieder zu meinen Hunden. Ich wüßte nur gern, ob ich vorher noch ein Frühstück bekommen kann.«

Lythande wies auf die Stücke Fleisch, die an der Küchenwand aufgehängt waren. »Zumindest findet Ihr hier Schinken im Überfluß.«

Er blickte auf, schluckte und wandte sich schaudernd ab. Dann schlurfte er hinaus in die Dunkelheit, und Lythande winkte dem Mädchen.

»Laß uns jetzt gehen.«

»Kann ich wirklich mit Euch kommen?«

»Eine Weile zumindest«, sagte Lythande. Das Mädchen hatte es verdient. »Beeil dich und pack alles zusammen, was du mitnehmen willst.«

»Nichts von hier«, erwiderte sie. »Aber was ist mit den anderen Gästen?«

»Sie werden wieder zu Menschen werden, jetzt, da die Hexe tot ist«, erklärte Lythande. »Schau her.« Und in der Tat nahmen die Schinken der Wand eine schaurige und vertraute Form an, die nichts mehr mit Schweinefleisch gemein hatte. »Laß uns verschwinden.«

Sie wanderten Seite an Seite die Straße entlang, der aufgehenden Sonne entgegen, und die Dohle flatterte hinterher und krächzte: »*Guten Morgen, edle Damen! Guten Morgen, edle Damen!*«

»Bevor die Sonne aufgegangen ist«, kündigte Lythande an, »werde ich diesem Vogel den Hals umdrehen.«

»Jawohl«, stimmte Frennet zu, »oder Ihr bringt ihn mit Eurer Magie zum Schweigen. Darf ich Euch noch fragen, warum Ihr in Männerkleidung herumreist, Herrin?«

Lythande lächelte und zuckte die Schultern.

»Warum nicht?«

Originaltitel: The Walker Behind
Copyright © 1987 by Marion Zimmer Bradley
Deutsch von Karin Koch

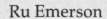

Ru Emerson

Die Wahl
der Liebe

Vor vier oder fünf Tagen hatten Fürst Ilforics Schergen und Steuereinnehmer die Gegend verlassen. Liatt hätte also inzwischen längst erleichtert aufatmen können wie Jahno, als er sie am Horizont verschwinden sah. Sie hätte sie auch bereits vergessen können wie die anderen Dorfbewohner, deren Klatsch sich schon wieder anderen Dingen zugewandt hatte.

Aber es war nicht die kleine Gruppe in Samt gekleideter Adeliger mit den Soldaten im Gefolge gewesen, die Liatt in Unruhe versetzt hatte. Im Gegensatz zu Jahno war ihr klar, daß der Fürst sein Augenmerk nicht auf einen alternden Hauptmann richtete, der eigenmächtig seinen Abschied vom Heer genommen hatte – nicht nach zehn Jahren. Nein, wenn Ilforic an Jahno hätte ein Exempel statuieren wollen, dann hätte er nicht so lange damit gezögert, ihn zu suchen. Zwei Jahreszeiten nach ihrer Rückkehr in Jahnos Heimatdorf war eine kleine Abordnung Soldaten erschienen, die eine Menge Fragen gestellt hatte. Aber sie hatte nicht wirklich streng ausgesehen, und seitdem waren auch keine Soldaten mehr gekommen.

Nein. Liatt hatte erst begonnen, sich Sorgen zu machen, nachdem die Schergen sich in die nächsten Dörfer durch den Südzipfel des Großen Waldes aufgemacht hatten. *Arme zerbrechliche Bürschchen. Jetzt werden ihre Nasen nicht mehr beleidigt*, dachte sie ironisch. Wie erstaunlich empfindlich doch adlige Nasen zu sein schienen. Schon beim Geruch der Schweine, die die alte Dame Husa hinter ihrer kleinen Taverne hielt, waren sie eiligst in das kleinere Rifik aufgebrochen, um sich dort im zweitbesten Gasthaus im Umkreis Unterkunft zu suchen. Nun, das würde Jahnos jüngerem Bruder eine Zeit lang den Mund stopfen. Madda — nein, der nicht. Es gab nichts, was Jahnos Mutter, die alte Hexe, lange zum Schweigen brachte.

Mechanisch verrichtete Liatt ihre morgendlichen Hausarbeiten; ihre Gedanken verweilten immer noch bei der kleinen Abordnung und den merkwürdigen Geschehnissen, die sich ereigneten, nachdem die Soldaten wieder abgereist waren.

Zunächst war es schon einmal seltsam, daß Abgesandte des Fürsten hierher kamen; so etwas war schon seit fünf Jahren nicht mehr passiert. Vielleicht wollte Ilforic sein kleines Königreich wirklich straffer regieren. Das hatten jedenfalls die Soldaten gesagt. Trotzdem war Liatt froh, ihnen aus dem Weg gehen zu können. Sie hatte Angst, einer könnte unter den Spuren so vieler Jahre des Kampfes und der Arbeit die Ähnlichkeit erkennen; so hielt sie sich im Hintergrund, wenn sie der Abordnung begegnete. Ansonsten blieb sie zu Hause mit der Entschuldigung, daß ihre beste Zuchtkuh vor dem Kalben stünde.

Mit geübter Hand strich sie gedankenvoll über das gelbbraune Fell der Kuh. Noch immer keine Anzeichen für die Geburt. Liatt hatte das Kalb bereits für einen guten Preis versprochen; sie brauchte das Geld auch dringend. Ihre beste Hündin war im Winter gestorben, und sie mußte das Tier bald ersetzen. Die Kuh war jetzt bis zum Winter ihre einzige Geldquelle.

Nun, es *war* wirklich seltsam. Es gab so gut wie keine Angelegenheiten, die von einem Gericht abgehandelt werden mußten. Und die Adligen, die dem Gericht vorstanden, sahen nicht nur höllisch gelangweilt aus, sondern waren es wohl auch – das zumindest beklagte Liatts Schwägerin. Die Steuern wurden immer im Gasthaus von Dame Hulse abgeliefert, von wo sie der Bote des Fürsten am Ende des nächsten Monats auf seiner monatlichen Durchreise mitnahm. Es gab also eigentlich keinen Grund, eine Abordnung, um die Steuern einzutreiben, loszuschikken.

Vielleicht war sie ohne Grund besorgt. Jahno sagte ihr das jedenfalls immer, wenn es ihm in den Sinn kam. Für ihn mochte das auch angehen, denn sein einziges Vergehen war das unerlaubte Verlassen seiner Einheit; und das war nichts im Vergleich mit dem, was sie im Laufe ihres bewegten Lebens getan hatte.

Seit Fürst Ilforics Leute wieder abgereist waren, suchten sonderbare und scheußliche Träume sie heim; sie hatte auch das Gefühl, unten im Wald nahe dem Bach beobachtet zu werden. Dann die Sache mit dem Vogel, der durch den Kamin heruntergeflattert war und auf dem Herd sitzen blieb, bis Jahno ihn einfing und hinauswarf. Er behauptete, er hätte das bösartige Funkeln in den Augen des Tiers nicht gesehen. Ein armer Unschuldiger hätte es auch nicht erwartet; wohl aber sie, und er beschuldigte sie, zuviel Ale an den Eintopf zu geben.

Die Abordnung selbst konnte nicht nach einer vierzigjährigen Frau, einer schroffen Erscheinung mit harten Gesichtszügen und Händen, die die Klinge zu führen verstanden, Ausschau gehalten haben. Aber daß jemand, der mit der Abordnung mitgereist war, es tat, wußte sie genau. Aber warum und in wessen Auftrag?

Nicht mehr ganz jung, klein, dunkel, mit starken Händen – das konnte eine jede Frau im Dorf mittleren Alters sein. Als weiteres Merkmal Narben von Schwert und Messer – doch die Wahrscheinlichkeit, jemanden zu finden, war recht gering. Finster starrte Liatt ihre Hände an, mit denen sie die Flanken der Kuh rieb. Eine lange, weiße Narbe, gezackt und an der breitesten Stelle fast einen Finger breit, lief den linken Handrücken entlang bis über das Handgelenk. Eine weitere Narbe — weniger auffällig — lief schnurgerade über alle vier Finger der rechten Hand. Es waren alte Narben — *bevor ich lernte, richtig zu kämpfen —*, aber so auffällig wie verschiedenfarbige Augen. Oder rotes und blondes Haar an diesem Ende der Welt. Wenigstens fiel sie nicht auf, denn ihr Haar war so schwarz und dicht wie das der einheimischen Frauen — so schwarz wie Jahnos Haar.

Ihre Augen waren dunkler, braun im Vergleich zu Jahnos dunkelblauen Augen, aber auf die Entfernung nicht zu unterscheiden. Die Frauen des Dorfes sahen einem Adligen nicht in die Augen.

Ein leises Geräusch brachte sie wieder in die Gegenwart zurück. Sie griff sofort zu dem Dolch, den sie am Gürtel trug. Einen Augenblick später hatte sie die Ursache des Geräusches entdeckt: Ein Vogel hatte sich in die Scheune verirrt und flatterte durch die Unzahl von Balken und Querbalken zu dem Loch im Dach. Er schaffte es schließlich.

Liatt ließ den Dolch zurück in die Scheide gleiten und ging hinaus. Sie beschattete die Augen gegen die frühe Morgensonne und beobachtete, wie der Vogel davonflog. In der Luft kreiste er dreimal über dem Haus und drehte dann ab.

Der Vogel sah aus wie ein gewöhnlicher Spatz. Aber er hatte drei Kreise um das Haus gezogen, und sie spürte einen starken Nachklang der Kraft.

Sie lehnte sich an die Scheunenwand und kaute auf ihrer Unterlippe. Plötzlich fiel es ihr wie Schuppen von den Augen. »Ein Hexenmeister hat ihn geschickt, ich erkenne den Geruch. Ah, zur Hölle, Kolos! Bist du es wieder?« Keine Antwort. Nur ihr Atem und die Kuh, die sich unruhig im Stall hin und her bewegte, waren zu hören. Sie entfernte sich von der Scheune und ging in das kleine Haus, das sie und Jahno teilten, und zum erstenmal in den zehn langen Jahren kümmerte sie sich nicht um die Bedürfnisse ihrer Tiere. Im Augenblick gab es wichtigere Dinge als eine Kuh: Dolche.

Recht ausfallend fluchte sie den ganzen Weg von der Scheune zum Haus, ging die Treppe hinauf zu dem kleinen Verschlag, wo sie hinter Streifen getrockneten Fleisches und hinter Körben mit Apfelhutzeln persönliche Dinge aufbewahrte. Immer noch fluchend, zog sie die kleine Kiste heraus und warf den Deckel zurück. Dann nahm sie das in ungegerbtes Leder geschnürte Paket und öffnete es. »Alpträume, und Jahno behauptet, sie kämen von einem zu stark gewürzten Braten oder von zuviel Ale! Ha! Seltsame kleine Dinge passieren in der Scheune, und er will mir weismachen, meine *Augen* würden schlecht.« Sie verfluchte Jahno in einem Atemzug mit Kolos, während sie die Vielzahl von Klingen, Schneiden und Gurten ordnete.

Mit der Kleidung, die sie jetzt trug, konnte sie noch nicht einmal die Hälfte ihrer Ausrüstung verstecken. Aber es mußte auch so gehen. Sie mußte trainieren, auch wenn ihre alten Kampflederhosen für allerlei Gesprächsstoff sorgen würden. Und zweifellos würde man sie sehen. »Verdammtes engstirniges Bauernvolk! Verdammter engstirniger Bauerntölpel von Ehemann! Verdammter, elender Kolos, du hast absichtlich so lange gewartet! Als ich dreißig war, konntest du mich nicht kriegen, also hast du zehn Jahre gewartet; möge dein jüngster Sohn deiner überdrüssig werden und dir Säure ins Bad schütten!« Währenddessen verschwanden zwei Messer im linken Ärmel und zwei im rechten. Flüche murmelnd suchte sie die anderen Messer aus, verstaute eines im linken Stiefel, eines an der Innenseite und zwei am rechten Stiefel. Eines befestigte sie im Kragen am Nacken – es war immer noch sehr unbequem, dort ein Messer zu tragen.

Auf das Gehänge, das noch weitere vier Messer aufnahm, mußte sie im Augenblick verzichten; das Hemd, das sie immer trug, öffnete sich nicht weit genug und war auch zu eng, um ein paar Dolche zu verstecken.

Dann richtete sie sich auf, musterte sich und fluchte von neuem: »Wie lächerlich, meine Brust ist größer geworden; ich würde mich verletzen, wenn ich versuche, einen Dolch aus dem Hemd zu ziehen. Verdammt sollst du sein, Kolos, möge dein nächster Fluch auf dich zurückfallen!«

Mit einem tiefen Seufzer ging sie schwerfällig die Treppe hinunter und zur Hintertür hinaus. Jahno war drüben im Dorf und half der lieben Madda beim Schafscheren — Liatt hatte nie etwas damit zu tun haben wollen. *Wanzen im Fell; Zecken und solches Zeug. Pfui!* Es störte sie nicht, daß Jahno immer noch wie ein kleiner Junge sprang, wenn Madda rief; heute wollte sie ihn ohnehin nicht in der Nähe haben. Sie sah sich um, schlich durch die Scheune und hinaus in die Wälder.

Zwei Stunden später fluchte sie immer noch leise. Hände und Arme taten ihr weh. Während der zehn Jahre der Sorge um ihre Kühe und Hunde und der Gartenarbeit hatte sie zwar ihre Stärke erhalten, aber nicht die richtigen Muskeln trainiert. Schließlich zerrte sie einige Messer aus der schlanken Pappel, die sie als Ziel gewählt hatte — und die vier aus dem Schlamm, die ihr Ziel verfehlt hatten —, und zog die Stiefel aus, um sich in den vorbeifließenden Bach zu stellen.

Sie bückte sich und schöpfte sich zwei Handvoll Wasser ins Gesicht und zwei über den Hinterkopf. »Na schön.« Sie stieß geräuschvoll die Luft aus, legte die Hände in den Rücken und massierte sich. »Bist nicht ganz aus der Form, was? Aber auch nicht gut! Einer von diesen Burschen, die Kolos gewöhnlich anheuert, könnte dir jetzt leicht den Garaus machen.« Keine sehr beruhigende Vorstellung. Zweifellos heuerte Kolos noch immer diese üblen Kerle an, die für ihn das Schwert führten, aber wenn ihn sein Glück nicht verlassen hatte, dann konnte er sich die *guten* leisten.

Wenn sie allerdings heute noch weitermachte, waren ihre

Hände morgen zu steif für die Arbeit — und das hatte keinen Sinn. Mit einem müden Seufzer schüttete sie sich noch mehr Wasser über den Nacken, japste, als es ihr über den Rücken rann, und watete ans Ufer. Die Stiefel trug sie zurück, sie hatte sich nie was daraus gemacht, mit nassen Füßen in die Stiefel zu schlüpfen.

Durch das dichte Unterholz, das sich am Bachufer entlangzog, schob sie sich zurück und blieb stehen, um sich den Schlamm von den Beinen zu wischen, als leise Geräusche ihre Aufmerksamkeit erweckten: Diesmal brachte sie sich mit einem schmalen Dolch in jeder Hand in Kampfstellung.

Jahno sah sie blinzelnd an, trat unfreiwillig zurück und wäre fast gestürzt. Sie steckte einen der Dolche wieder zurück in die Scheide und packte ihn am Arm. Lachend stützte sie ihn. »Bei den kleinen grünen Göttern, ich bin gar nicht so langsam damit, was?«

»Hu — Götter, Li, was machst du nur hier draußen?« Jahno befreite sich aus ihrem Griff. Schon vorhin, als er sie erblickt hatte, was er bleich geworden. »In der Scheune hab' ich dich nicht gefunden, und da dachte ich, du seist vielleicht hinuntergegangen, um zu baden, und — o Götter, Li! Wenn dich jemand so gesehen hätte!«

»Wenn mich jemand gesehen hätte, dann hätte er unser Land unbefugt betreten, nicht wahr? Ich hatte doch wohl schon vor Jahren klargestellt, daß das hier unser Teil des Baches ist. Ich möchte mich nicht unter den Augen des halben Dorfes waschen.« Sie ließ das andere Messer an seinen Platz zurückgleiten, wischte sich das nasse Haar aus der Stirn und rümpfte die Nase. »Weil wir gerade vom Wasser und vom Baden reden, du riechst nach Schaf, Jahno.«

Auch er sah nicht sehr froh aus. »Ich weiß, ich muß mich waschen, und später wirst du meinen Rücken nach Zecken absuchen müssen. Tut mir leid, Li.«

Sie haßte es, Jahno von Zecken zu befreien. Sie suchte Stück für Stück seine blasse Haut ab und berührte die Zecken mit einem glühendheißen Stab, um sie herausziehen zu können. Selbst wenn seine Neffen ihr diese beschwerliche Arbeit abnahmen, mußte sie noch einmal nachsehen, denn die Söhne des Gastwirts waren noch zu jung, um die Zeckenplage ernst zu nehmen. Liatt und der Heilkundige des Dorfes hatten Jahno einmal während eines Anfalls von Zeckenfieber gepflegt, und das eine Mal hatte ihr gereicht. Außer Jahnos Pflege hatte sie auch noch ihre und seine Haushaltspflichten am Hals gehabt — keine leichte Arbeit, und seine Neffen kamen selten genug, um in Jahnos Haushalt zu helfen.

Natürlich nahm man nicht an, daß sie verwandt waren. Jahno war wohl während der ersten Jahre ein Gejagter gewesen, und darum hatte sein jüngerer Bruder Eghen Jahnos rechtmäßigen Platz im Gasthaus eingenommen, und so schlug Jahno nun Brennholz und arbeitete für den Dorfschmied.

Zecken, dachte sie erschöpft. »Also? Was ist mit dir?« Jahno stand immer noch da und starrte sie an, als sähe er sie zum erstenmal.

»Ich hab' dich was gefragt, und du hast mir keine Antwort gegeben, Li.« Er deutete nervös auf ihren rechten Ärmel, wo die Dolche verborgen waren. »Seit zehn Jahren hast du diese Dinger nicht benutzt. Warum jetzt?«

»Später. Nicht hier draußen, ja? Außerdem — du weißt ja gar nicht, ob ich sie in den zehn Jahren nicht mal herausgenommen habe. Nur eben nicht in deiner Gegenwart.« Ihre Füße waren jetzt trocken und einigermaßen sauber, deshalb setzte sie sich auf den Holzklotz, über den er gestolpert war, und zog sich die Stiefel an. Der linke Stiefel ließ sich recht schwer anziehen, die Dolchscheide behinderte sie. *Verdammt.* Deswegen humpelte sie leicht. »Ich bereite Badewasser für dich im Waschzuber.«

»Ich brauche kein …«

»Wenn du heute nacht auf dem Fußboden schlafen willst, dann brauchst du sicher weder Wasser noch Seife. Wenn du aber bei mir schlafen willst — doch das habe ich dir schon einmal gesagt, nicht wahr?«

»Hast du«, gab er seufzend zu. »Kein Schaf. Tut mir leid, Li. Offen gestanden, ich mag den Schafsgeruch auch nicht besonders, mochte ihn eigentlich noch nie. Ich bin nur müde, und Baden hört sich nach mehr Arbeit an, als es wert ist. Ich möchte nur noch etwas zu essen und dann ins Bett.«

»Du schläfst besser, wenn du sauber bist. Hat Madda dir nichts zu essen gegeben?« Sie versuchte, nicht gereizt zu klingen. Aber nach Jahnos Miene zu schließen war ihr das nicht gelungen. Er verzog das Gesicht und zuckte die Achseln.

»Irgendwas, schon vor Stunden. Was Madda eben so unter Essen versteht. Ich dachte schon daran, im Gasthaus haltzumachen, aber ich war zu dreckig, und Eghens letztes Faß Ale war ein wenig sauer. Weiß nicht, warum er nicht bei Vaters Art des Brauens bleibt.«

»Deine Art ist jedenfalls besser. Ich zapf' dir einen Krug. Es gibt frisches Brot; die Frau des Böttchers hat es mir gegen Eier eingetauscht.« Sie gab ihm einen freundlichen Klaps und lächelte flüchtig. »Geh und wasch dich. Das kalte Waser fühlt sich herrlich an. Wir sehen uns später zu Hause. Hast du nach der Kuh gesehen?« Er schüttelte den Kopf. »Ist Kedru mit dir heimgekommen?« Jahno verdrehte die Augen. »Na?«

»Wenigstens das hat er geschafft«, erwiderte er.

Sie seufzte. Er mochte die meisten ihrer Hunde; aber aus irgendeinem Grund ärgerte er sich ständig über diesen letzten Sproß der armen toten Michat. »Hat er sich heute danebenbenommen?« Er schüttelte wieder den Kopf. »Er ist jung und muß noch trainiert werden.« Jahno schüttelte wieder den Kopf und verzog sich durchs Unterholz zum Bach. Sie hörte ihn aufschreien, als er in das kalte Wasser stieg.

Es war kühl in den Wäldern, sogar an den seltenen Fleckchen, wo die Sonne schien. Bevor sie eine Lichtung betrat, sah sie auf. Sie fühlte sich beobachtet, aber sie konnte niemanden entdecken, und der Vogel — nun, wenn er irgendwo in den Bäumen saß, konnte sie ihn nicht sehen.

Was bist du, ein Angsthase? schalt sie sich. Vorsichtig ballte sie die Hände, streckte sie dann und preßte die Handflächen aneinander. Schon wund, das war schlecht.

Die Kuh würde sich ihrer Last entledigen, so wie sie, spät am Abend oder morgen in aller Frühe. Liatt streichelte sie kurz auf ihrem Weg durch den Stall.

Im Hof, zwischen Scheune und Haus, rannte ein dunkles Fellbündel auf sie zu, warf sich ihr entgegen und japste freudig. Liatt packte das Tier am dicken Nackenfell. Dann kniete sie sich hin. »Was hab' ich dir beigebracht, hm? Etwa, mich so anzuspringen? *Nicht springen*!« Der Hund wackelte kurz mit den Ohren. Mit seiner langen roten Zunge fuhr er ihr übers Gesicht. Sie schlug halbherzig nach ihm. Kedru versuchte sie wieder anzuspringen, aber ohne Erfolg, denn sie hatte den Griff an seinem Nacken verstärkt und ihn weggezerrt.

»Wachhund, ha! Hast nicht den Grips dazu, was?« Ein unglaublich einfältiges Hundegrinsen lag um Kedrus Maul, und seine Zunge hing heraus. »Komm, wir machen Jahno ein Bad, ja?« Und als der Hund auf das einzige Wort, das er verstand, reagierte und zögerte, lachte sie. »Nicht für dich, Dummkopf! Für Jahno!« Das war sehr verwirrend, kein einziges Wort, dem ein junger Hund folgen konnte, aber der Klang der Stimme war ermutigend. Kedru tapste hinter Liatt her und sprang ein paar Schritte zurück, als sie ihm einen Klaps gab, weil er nach ihren Fersen geschnappt und sie damit beinahe zu Fall gebracht hatte.

Hirnloser Welpe, dachte sie. Er war dunkelbraun und schwarz wie Michat und hatte ihr freundliches Lächeln, das ihre Art so beliebt machte – aber nichts von Michats Intelligenz. Aus diesem Grund waren Michats Welpen vor allem verkauft worden – sie hüteten das Haus oder die Kinder, die man zum Beerenpflücken geschickt hatte, oder die Herden. Einer von Michats früheren Welpen half dem blinden Spielmann Jessamyn, wenn er auf Hochzeiten und Festgelagen sang. Nun, Kedru war wirklich nicht einer von Michats gescheitesten Welpen, aber er war noch jung.

Aus der Zisterne im Hof füllte sie den Zuber, entfachte

die Glut in der Asche wieder zu einem Feuer. Wenn sie das Brot auf die Ofenbank legte, war es nachher warm, und der Bratenrest schmeckte auch kalt dazu, im Gegensatz zu Maddas ekligen kleinen Pasteten, mit denen sie die Männer abfütterte. Die törichte Frau glaubte tatsächlich, vornehm zu sein, aber die Pasteten waren selbst für Damen zu klein, und niemand konnte sie je davon überzeugen, daß es die Qualität des Fleisches verschlechterte, wenn man es klein schnitt und in Sauce ertränkte. Liatt glaubte felsenfest, daß Madda Jahnos Vater auf dem Gewissen hatte, indem sie ihm eine Lammpastete zu essen gab.

Sie rief Kedru zu, hinauszugehen, und zu ihrer Überraschung gehorchte er. Dann schloß sie die untere Tür hinter ihm. Sie traute ihm noch nicht über den Weg, denn im vergangenen Monat hatte er ein Brot von der Ofenbank verschwinden lassen.

Als Jahno später barfuß, ohne Schuhe und Hut und mit tropfnassen Haaren zurückkehrte, dampfte das Wasser, und das Brot verbreitete einen köstlichen Duft.

»Du hast mir immer noch keine Antwort gegeben«, bemerkte er. Obwohl es noch recht früh am Tage war, hatte Liatt die Lampe entzündet, um genau sehen zu können, ob sie auch alle Zecken erwischt hatte. Jahno, der noch feucht vom Bad war, bekam überall eine Gänsehaut, als die kühle Abendluft über ihn hinwegstrich.

»Antwort?«

»Ach, komm schon, Li. Die Messer und Dolche. Was hast du da draußen getrieben?«

»Geübt. Irgendwas geht da vor«, erwiderte sie. Er wollte sich umdrehen, aber sie packte ihn am Arm und schob ihn zurück. »Halt still, ich bin fast fertig.«

»Hoffentlich.« Es kostete ihn einige Mühe, bei der kühlen Luft und ihrer Berührung nicht zu schaudern. »Irgendwas stimmt nicht?«

»Denk nach, ja?«

»Hm.« Er nahm das Handtuch, das sie ihm reichte,

wickelte es um sich und ging zur Tür, um sein Hemd und den weichen Hut zu holen, und warf dann beides in den Waschtrog. »Diese Abordnung. Die Soldaten haben etwas gesucht!« Er ging zum Tisch und setzte sich, noch immer in das Handtuch gewickelt. Er stellte Brot und Fleisch beiseite, um einen guten Schluck Ale nehmen zu können. »Hatten wir nicht endgültig entschieden, daß sie nicht mehr nach mir suchen?«

»Das tun sie auch nicht und taten es nie. Das glaube ich jedenfalls.« Sie lächelte ihn an. »Gebrauchst immer noch deinen Verstand. Das gefiel mir immer an dir.«

»Was?« Er biß mit seinen immer noch starken, weißen Zähnen ins Brot und betrachtete sie. Im Licht der Lampe erschien ihr Gesicht wieder so, wie es vor vielen Jahren gewesen war. Die Zeit hatte ihre hohlen Wangen gefüllt und die fein modellierten, hohen Wangenknochen, die sie in den ersten Jahren als Fremde gekennzeichnet hatten, verschwinden lassen. Sie war nur hübsch, wenn sie einmal lächelte.

Er begriff nur selten, was hinter diesem Lächeln vor sich ging — oder hinter dem ernsten Gesicht, das sie ihm und dem Dorf gewöhnlich zeigte. Noch weniger verstand er, warum sie vor zehn Jahren beschlossen hatte, ihre Gesellschaft zu verlassen und mit ihm zu gehen. Ihn hatte man zwei Jahre über seine Pflichtzeit hinaus bei der Truppe behalten; *sie* aber hatte keinen Grund, warum sie hätte gehen wollen. Sie war Hauptmann einer Söldnertruppe gewesen, er nur Anführer in einer großen Reitereiabteilung.

Davor war sie jedoch noch mehr gewesen. Er vergaß es meistens — absichtlich. Bevor sie zur Söldnertruppe ging, war sie eine *Assassine*, eine Mörderin, gewesen. Noch öfter aber vergaß er, daß sie einst auch die Tochter eines Herzogs gewesen war; sie wollte nicht, daß er sich daran erinnerte und es überhaupt wußte. Aber das war leichter zu vergessen. Liatt hatte ganz und gar nicht ausgesehen, wie man sich eine Dame mit dreißig Jahren vorstellte, und jetzt — nach zehn Jahren auf dem Land — sah sie noch weniger einer Dame gleich.

172

Tief im Inneren erschauerte er immer noch bei dem Gedanken daran, wie er sie am Nachmittag angetroffen hatte. In all den Jahren, in denen er sie nun kannte, hatte er nie – auch nicht zufällig – ihren gezückten Messern gegenübergestanden. Nie hatte sie ihm das Gesicht gezeigt, das sie beim Töten trug.

»Dein Verstand.« Liatts Antwort brachte ihn wieder in die Gegenwart zurück. »Dörfler haben sonst keinen, bewerben sich auch nicht zur Reiterei. Du hattest ihn und hast ihn auch ab und zu gebraucht.« Ihr schwaches Lächeln erlosch. »Nein, es geht nicht um dich, glaube ich.«

»Du glaubst nicht …«

»Unterbrich mich nicht, jetzt versuche *ich*, zu überlegen. Zu lange Zeit habe ich mir keine Gedanken mehr gemacht, jetzt finde ich es anstrengend. Warum kommt eine Abordnung hierher? Warum all die anderen Dinge?«

»Ich dachte, wir hätten beschlossen …«

»Du hast beschlossen, ich nie, das weißt du. Du warst nicht hier, als der Vogel heute in die Scheune flog. Er hat mich dreimal umkreist, Jahno. Er hat spioniert, wie der andere.«

»Li, bei allem, was heilig ist!«

»Es gibt nicht viel Heiliges, Jahno, und jetzt hör mir zu, ja? Glaubst du, ich hätte mir da draußen keine Feinde geschaffen, bevor ich mich der Armee des Fürsten anschloß?« Schweigen. Jahno widmete sich dem Fleisch und seinem Bier und warf ihr dabei finstere Blicke zu. »Nicht einfach nur hier und da einen Feind; bei einem oder zwei bräuchte ich mir keine Sorgen machen. Und dann einen verdammten Hexenmeister. Habe ich dir mal von Kolos erzählt?«

»Kolos?« Im Laufe der Jahre hatte sie ihm verflixt wenig erzählt, aber das wollte er ihr jetzt nicht vorwerfen, dann würde er nun nichts Neues erfahren. »Nicht, daß ich wüßte.«

»Lebte für gewöhnlich in Kalinosa. Drüben auf der anderen Seite des Meeres in Jaddeh, ein wenig südlich von …«

»Weiß schon, wo Kalinosa ist. Schließlich wurden wir beinahe dorthin geschickt, um mit den Jadders aufzuräumen. Weißt du es nicht mehr?«

»Nun ja, eine Zeit lang habe ich in Kalinosa gelebt. Und hier und da war ich einigen Leuten zu Diensten. Also hat Kolos nach mir geschickt, als es ihm einfiel, daß er ein bestimmtes Juwel bräuchte. Er *behauptete*, es wäre sein Edelstein, aber natürlich ahnte ich auch damals schon die Wahrheit. Ich vermutete, er wollte dieses Ding stehlen lassen und drückte es nur vornehmer aus. Damals war er noch ziemlich vorsichtig, denn er hatte noch nicht die Fähigkeiten, die er dann zu entwickeln begann.« Ihr Blick war in die Ferne gerichtet. Sie biß kleine Stückchen von ihrem Brot ab und spülte sie mit Jahnos Ale hinunter.

»Fähigkeiten?« Er befürchtete zu wissen, was sie damit meinte. Und ihre Antwort bestätigte seine Befürchtungen.

»Hexenmeister. Nicht nur ein wenig harmlose Zauberei, sondern echte Hexerei. Üble Zeitgenossen, diese Hexenmeister, und er war einer von der ganz üblen Sorte, obwohl er erst die Hälfte gelernt hatte. Gebrauchtes Spielzeug, Amulette und Zaubersprüche.« Sie überdachte ihre Worte noch einmal. »Hat er jedenfalls damals. Im Gegensatz zu angeborener Fähigkeit oder natürlicher Begabung. Na, zurück zu dem Juwel. Es wurde von einem Mitglied der Priesterschaft von Kalinosa aufbewahrt, aber ich kam an den Stein heran.« Natürlich, dachte Jahno säuerlich. »Und holte ihn!« Sie stellte den Wein beiseite, ließ einen Dolch aus einer nicht sichtbaren Scheide gleiten und balancierte ihn auf dem Finger. Jahno wandte den Blick ab. Mit Dolchen hatte er sich nie richtig anfreunden können; er hatte ein bißchen Schwertkampf gelernt, weil man darauf bestanden hatte. Unzählige Stunden hatte er mit dem Bogen zugebracht und gelernt, von einem galoppierenden Pferd aus einen Speer zu schleudern. Nie hatte er diese kleinen Klingen für einen Nahkampf gebraucht. Und der Gedanke daran verursachte ihm leichte Übelkeit.

»Mit denen habe ich kaum je gekämpft«, bemerkte Liatt. »Getötet schon. Wenn man so klein ist wie ich, läßt man sich nicht auf Messerkämpfe ein, dazu ist meine Reichweite zu kurz, und außerdem bin ich nicht so kräftig wie ein ausgewachsener Mann, jedenfalls nicht, wenn er durchtrainiert ist. Das weißt du ja, Jahno. Ich werfe die Dolche, und zwar für gewöhnlich aus einem Versteck heraus. Wo war ich stehengeblieben?«

»Kolos«, erwiderte er.

»Ach ja, Kolos. Ich – ich bin kein verdammter Hexenmeister, aber allmählich bekommt man ein Gespür für bestimmte Dinge. Ich wußte, er sagte über den wahren Eigentümer des Edelsteins nicht die volle Wahrheit, also stand auch einiges dafür, daß er nicht die Wahrheit in bezug auf den Gebrauch des Steines sagte. Nur eine Kleinigkeit erzählte er mir; ein Gegenstand, auf den er seine Kraft stützen und so das gebrauchen kann, was er gelernt hatte. Aber ich hatte ein oder zwei Freunde, denen ich vertrauen konnte. Das Schlimmste war die Priesterschaft; der Stein gehörte dem Tempel von Shioh – so ein Fruchtbarkeitskult, um das Korn wachsen zu lassen. Nonnen und Priesterinnen.« Ihre Stimme hatte wieder den ausdruckslosen Ton, den sie für gewöhnlich an den Tag legte, wenn sie über Religion jeglicher Art sprach. »Sie kannten die Fähigkeiten des Steins nicht, hatten ihn aber lange Zeit bei sich bewahrt.«

»Was hatte es denn mit dem Stein auf sich?«

»Weiß nicht. Wohl das, was Kolos damit anfangen konnte – in jedem Falle etwas Unerfreuliches, da bin ich sicher. Die Priester hatten etwas gleichermaßen Unerquickliches im Sinne. Also erleichterte ich sie um den Stein, brachte ihn zurück zu seinen ursprünglichen Hüterinnen und versuchte, ihnen eindrücklich klarzumachen, den Stein nicht mehr für den Feldsegen zu verwenden.« Sie zuckte mit den Schultern und trank ihr Ale aus. »Wahrscheinlich hab' ich sie nicht überzeugt; die verdammten Nonnen meinen, sie seien frei von Schmerz und Unglück. Aber die verfluchte Göttin hatte sie ja auch nicht beschützt, als der Stein das erstemal gestohlen wurde, oder?«

»Wohl nicht. Was hat Kolos dann gemacht?«

»Als er nicht bekam, was er wollte? Wahrscheinlich

kriegte er einen Anfall und tötete ein paar seiner hübschen Knaben. Ich weiß, daß er meine Nachricht bekommen hat; ich habe ein paar Tage lang gebraucht, um sie aufzusetzen. Dann heftete ich sie an einem seiner zweibeinigen Haustiere fest.« Sie seufzte. »Damals war ich noch jünger und noch nicht so aufgeschlossen«, fuhr sie mit einem Grinsen fort. »Und auch nicht besonders vernünftig. Denn die Nachricht, die ich ihm hinterließ, schrie förmlich nach Schwierigkeiten. Aber ich konnte der Versuchung nicht widerstehen, und außerdem war ich nicht nur gut, sondern auch verrückt. Ich ließ ihn wissen, daß er sich das nächstemal einen hirnlosen Straßenräuber nehmen sollte und daß ich ihm das schuldig gewesen sei für seinen Versuch, mich so zu benutzen.«

»Und?«

»Und dann? Ach, schließlich bekam ich eine Antwort, über Freunde von Freunden, die besagte, daß Kolos ein wenig — aufgebracht sei. Und daß ich in einer anderen Stadt oder besser in einem anderen Land untertauchen solle, bis sein Zorn sich wieder abgekühlt habe.

Etwa ein Jahr später bekam ich dann sogar eine Nachricht von Kolos persönlich. Nur daß er sich meiner und des Juwels erinnere, und wenn er ihn habe, dann würde er sich auch um das andere kümmern. Zeit zähle für ihn nicht. Du dachtest, *ich* könnte nachtragend sein, Jahno.« Aber als er widersprechen wollte, lachte sie. »War nur ein Scherz, mein Mann.« Sie warf einen finsteren Blick in ihren leeren Krug. Jahno nahm ihr den Krug aus der Hand, füllte ihn nach und schnitt ihr noch eine Scheibe Brot herunter, denn Liatt hätte bestimmt nicht einen ihrer funkelnden Dolche an einem gewöhnlichen Stück Brot stumpf werden lassen. »Ich denke mir, er hat genau das getan, Jahno. Er hat abgewartet.«

»Ich — äh«, begann Jahno und beugte sich mit aufgestützten Ellenbogen vor. Mit dem Kinn auf den Händen dachte er nach. »Ich weiß nicht, Li. Wenn er wirklich die ganze Zeit hinter dir her war — warum jetzt?«

»Vielleicht hat er mich jetzt erst gefunden. Aber das

glaube ich nicht. Ich denke, er hat erst vor kurzer Zeit begonnen, nach mir zu suchen. Weil eine vierzigjährige Frau leichter zu töten ist als eine dreißigjährige. Meinst du nicht?«

Eigentlich wollte er es nicht fragen, aber er konnte nicht anders. »Also, was — was willst du jetzt tun?«

»Tun? Ich weiß nicht.« Sie ließ ihren Dolch in die Scheide zurückgleiten; er war verschwunden, als hätte es ihn nie gegeben. »Üben. Bereit sein. Er ist als nächstes am Zug, oder nicht?« Sie spülte den Rest Ale hinunter, stellte den Krug zurück und stand auf. »Aber jetzt werde ich dein Hemd ins Wasser stecken, dann nach meiner Kuh sehen und vielleicht ein bißchen schlafen. Ich bleibe die Nacht über bei der Kuh.«

Zwei Tage später vernichtete Liatt den Dämon.

Sie war schon früher am Tag im Stall gewesen, um nachzusehen, ob es der Kuh und ihren beiden Kälbern gutging; eine Stunde später drang entsetztes Muhen und das schrille Gebell des Hundes bis zu ihr in den Wald, und sie hetzte wie um ihr Leben zurück.

Drinnen im Stall war es dämmerig, und im ersten Moment sah sie nur Sonnenflecken. Sie blinzelte heftig und schob sich vorsichtig in den Schatten, wobei sie achtgab, nicht in die Nähe der Kuhhufe zu kommen. Etwas kauerte in der entfernten Ecke des Stalles und zischte leise. Kedru warf sich ständig gegen die halb offene Tür an der Hausseite. Das hatte das Wesen wahrscheinlich abgelenkt, sonst hätte es sie erwischt, bevor sie es wahrgenommen hätte.

Der Dämon. Seit zehn Jahren oder mehr hatte sie keinen mehr gesehen; aber sein Aussehen ließ keine Zweifel, auch nicht der schwach wachsartige Geruch, der unweigerlich von ihnen ausging. Er hockte auf drei von seinen vier Beinen und hatte den langen Schwanz hinter sich aufgerollt. Die flachen gelben Augen lagen in seinem platten Gesicht, fast dreieckig über dem Maul mit scharfen Zähnen. Er sah mehr als alle anderen einer Schlange ähnlich. Nun wartete er darauf, daß sie zuerst etwas tat. *Ungewöhnlich*. Aber auch sie konnte sich höfischer Sitten bedienen, wenn er es konnte. Sie grüßte ihn mit dem Dolch in der linken Hand.

»Seid gegrüßt, Sklave«, flüsterte sie. Kedrus irres Gebell übertönte fast ihre Stimme, aber der Dämon hatte gute Ohren. Er lächelte sie an, wobei er eine Reihe unerfreulicher Reißzähne entblößte, und beugte sich vor.

»Seid gegrüßt, edle Frau. Kolos sendet Euch seine besten Wünsche und hofft, daß die vergangenen Jahre zu Eurem Besten waren.« Mit der freien Klaue holte er bereits zu einem Schlag gegen ihren Kopf aus, worauf sie überkreuz beide Messer hervorzog, zweimal die Hände drehte und sie gezielt durch die Luft sausen ließ; die Klingen durchtrennten die unsichtbaren Fesseln, die ihn an den Willen des Hexenmeisters gebunden hatten, und der Dämon lag nun aufgelöst zu ihren Füßen auf dem Stroh.

Der Gestank war fast unerträglich; auch *das* hatte sie vergessen. Er erstickte ihre Gedanken und benahm ihr fast den Atem. *Bring die Kuh raus, die Kälber zuerst, in den Pferch hinter dem Stall. Dann mach sauber.* Sie schüttelte sich und wich vor dem Haufen aus Gliedern, Kopf und Rumpf und dem blaugrünen Blut zurück, das das Stroh verklebte. »Li? Ich habe gehört — oh, Götter, was ist das für ein Gestank?« Jahno war schon im Stall, bevor sie sich zu ihm umdrehen und ihn wieder hinausschieben konnte. Er packte sie am Arm, starrte auf das Monstrum am Boden, dann taumelte er zur Seite und übergab sich.

»Ein Dämon«, bemerkte sie knapp, als er sie wieder hören konnte. »Verschwinde. Ich kümmere mich darum. Bring die Kuh hinaus und mach sie im Schatten fest; die Kälber kommen von selbst.«

»Ich?« Mit zittriger Hand wischte er sich über die Stirn. »Ich wische meinen Unrat selbst auf.«

»Kümmere dich nicht drum. Bring lieber die Kuh hinaus, bevor sie sich verletzt. Paß auf ihre Beine auf!« fügte sie scharf hinzu, als Jahno fast ein Ohr verlor, weil die Kuh ausschlug. Liatt durchquerte den Stall, um den Spaten zu holen, der draußen an der Wand lehnte. »Geh«, befahl sie ihrem Hund. »Ist alles gut.« Sie sog tief die frische Luft ein und hielt den Atem an, als sie wieder in den Stall hineinlief.

In Windeseile grub sie ein Loch für den Dämon und warf ihn mit dem klebrigen Stroh hinein. Jahno kam vorsichtig durch die Scheune wieder zurück, als sie gerade mit dem Spaten seinen Unrat nach draußen brachte. »Tut mir leid.«

»Warum?« erwiderte sie. »Ich bin überrascht, daß mir nicht selbst übel wurde. Es gibt kaum etwas, das schlimmer riecht als ein toter Dämon.« Sie brachte den letzten Rest Erbrochenes nach draußen, warf es in das Loch und begann, es aufzufüllen. »Zurück, Hund! Das ist nichts für dich!« Sie warf einen Blick auf Jahno. »Wenn du mir helfen willst, dann hol mir ein paar Holzklötze oder große Steine, die wir drauf setzen, sonst gräbt der Hund das Unwesen aus, frißt es und spuckt es wieder aus.« Jahno wurde bleich und schluckte. Dann sah er den Welpen finster an. Kedru schlich sich nahe genug heran, um zu schnuppern und zu wittern, was immer da auch war, aber gleichzeitig behielt er wachsam Liatt und den Spaten im Auge.

»Du hast ja reizende Manieren, du Hund«, bemerkte Jahno säuerlich und machte sich auf die Suche nach etwas, um das Loch damit zu sichern.

Als er schließlich mit einem großen Eichenklotz zurückkehrte, war Liatt verschwunden. Er rannte ins Haus zurück, denn er war sich sicher, wohin sie gegangen war.

Mißvergnügt stellte er fest, daß er recht hatte. Liatt kniete vor der Kiste auf dem Dachboden, in der sie all die Dinge aus ihrem früheren Leben verwahrte. Neben ihr auf dem Boden lagen die schweren Reithosen mit den dicken Wildlederverstärkungen an den Knien sowie das Hemd und das ärmellose Lederwams. Als er die Treppe hinaufging, schüttelte sie den Harnisch aus. Er sah seinem Brustpanzer überhaupt nicht ähnlich; es war überhaupt kaum ein Panzer: ganze drei konvexe Ovale, die von einem kleinen Stück verstärktem Kettengeflecht zusammengehalten wurden. Das Ganze war gerade groß genug, um ihr Herz zu schützen. Er nannte es einmal ein Möchtegern-Panzerhemd.

»Liatt, du kannst nicht gehen.«

Sie setzte sich auf die Fersen zurück, den Rücken ungebeugt und den Blick starr an die Wand gerichtet. »Nein? Dies war ja nicht die erste Begegnung in diesem kleinen Gefecht. Er überbrachte mir Kolos' Grüße — oder vielmehr seine Herausforderung.«

»Er wird dich töten!«

»Das kann er auch hier — und dabei wird auch das halbe Dorf vernichtet. Und dieser Gedanke gefällt mir nicht. Ich habe nie hierher gepaßt, Jahno, aber ich hatte nie etwas gegen die Menschen hier. Es war ja nicht ihre Schuld, daß ich nicht eine von ihnen sein konnte.« Und weil sie ihn und seine Gedanken kannte, wandte sie sich um, warf die Waffen auf den Harnisch und sah ihm in die Augen. »Nicht wegen dem, was du denkst. Das war ein anderes Mädchen aus einer anderen Zeit. Nicht ich. Ich wünschte, du hättest es nie erfahren.«

»Daß du von adliger Abkunft bist? Die Tochter eines Herzogs?« Sie nickte seufzend. »Ich denke nie daran, ehrlich, Liatt!«

»Ich habe dir auch nie einen Grund dafür gegeben«, erwiderte sie unfreundlich, aber ihr Mund deutete ein Lächeln an. »Es war all das andere — dazwischen. Die meisten dieser Frauen haben das Dorf nie verlassen. Und ich glaube, keine vier von ihnen kennen die Bedeutung des Wortes ›Wahl‹. Ich bin nicht wie sie, das weißt du, Jahno. Als ich zweiunddreißig war, habe ich drei verschiedene Länder gesehen, das große Meer dazwischen und getötet — nun ja, mehr Menschen, als ich mich erinnern kann.« Mit einem Achselzucken wandte sie sich wieder der Kiste zu. »Wir haben nicht viel gemeinsam, die Dorffrauen und ich. Oder auch die Männer, um genau zu sein. Außer dir, nicht, daß du dir nun Gedanken machst.«

»Mach' ich nicht«, erwiderte er leise, aber er tat es doch, und sie wußte es. »Aber du kannst nicht einfach rausgehen und diesen Kolos suchen, Liatt!«

»Ich will ihn nicht suchen. Ich weiß, wo er sein kann. Er

will mich, Jahno. Und er wird dafür sorgen, daß ich ihn finde. Aber ich muß gehen. Das siehst du doch ein.«

»Dann gehe ich mit dir.«

»Nein, das ist zwecklos, Jahno. Es ist nicht dein Kampf.«

»Ich kann dich nicht einfach so gehen lassen!«

»Jahno, es gab einmal einen Schwur zwischen uns, weißt du noch?« Sie hatte ihre Stimme nicht erhoben, aber sie klang viel energischer als er. »Keine Bindungen und Ansprüche an den anderen, wie es sonst üblich ist, wenn man heiratet. Nichts von diesem Unsinn ›schützen und beschützt werden‹. Ich erinnere mich daran, Jahno. Ein Eid, weißt du nicht mehr?«

»Dies ist nicht …«, begann er.

»Kolos ist meine Sache, nicht deine.«

»Liatt — verdammt noch mal!« schrie er plötzlich mit hochrotem Gesicht. »Du hast eine Kuh, den Garten, der eingehen und vertrocknen wird! Da ist noch … wie soll ich denn allein mit allem fertig werden?« Schweigen. »Und außerdem — du hast dich zwar selten genug im Dorf sehen lassen, aber es wird keinen Tag dauern, bis alle wissen, daß du weg bist! Was soll ich ihnen erzählen?«

»Das überlasse ich dir«, erwiderte Liatt kühl. Sie holte dunkle Stiefel heraus und betrachtete sie zweifelnd. Jahrelang hatten ihre Füße nicht mehr in solch schweren Stiefeln gesteckt, sicher würde es ziemlich unbequem werden. »Sag ihnen doch, ich sei zu Besuch bei meiner Mutter.«

Jahno lachte säuerlich. »Genausogut könnte ich gleich zugeben, daß ich dich umgebracht und deine Leiche unter dem Holzklotz draußen vergraben habe. Erinnernst du dich noch an Ridian im Herbst vor zwei Jahren?«

Liatt sah ihn belustigt an. »Ich bezweifle, ob irgend jemand in *diesem* Dorf glauben wird, du hättest mich getötet! Allerdings würden sie sofort die Wälder nach frischen Grabspuren durchkämmen, wenn du verschwunden wärst, Jahno.«

»Sehr witzig, Liatt!« Er kochte vor Zorn, weil er wußte, daß er verloren und sie ihn in Gedanken bereits verlassen hatte. »Sie werden wissen, daß du Männerkleidung angelegt hast und durch das Land ziehst; man wird behaupten, daß die Abordnung des Fürsten dich wieder auf den Geschmack nach deinem alten Leben gebracht hat, und ich kann mich im ganzen Umkreis in keiner Kneipe mehr blikken lassen! Und Madda, o Götter, was wird nur Madda denken?«

»Das Schlimmste, wie immer«, erwiderte Liatt ungerührt. Sehr behutsam fingerte sie in den Stiefeln herum, vertrieb aus einem eine Spinne und zog die wollenen Fußgamaschen heraus, die sie in den Stiefelspitzen aufbewahrt hatte. Ihr alter Umhang wies ein kleines Loch an der Schulter auf, und sie hatte keine Zeit, es zu flicken. Aber wenn sie Glück hatte, dann brauchte sie keinen Regenschutz. »Madda wollte mich nie als Tochter, und damit liefere ich ihr eben nur wieder Futter für ihre böse Zunge.«

»Li, du bist ungerecht!«

»Jahno, du kennst sie ja besser als ich, und du weißt selbst genau, daß sie es nicht gerade bedauert hat, als du damals nach Hause geschlichen kamst und dich verstecktest und dein Gasthaus so an deinen Bruder fiel statt an dich!«

Das brachte ihn für einen Augenblick zum Schweigen. Er war sich darüber im klaren, und das war ihm zuwider. »Tut mir leid«, sagte Liatt.

»Ist schon gut! Liatt, bei allen kleinen grünen Baumgöttern, du bist zu alt, um dich auf eine so alberne Suche zu begeben.«

Sie hielt mitten in einer Bewegung über der Kiste inne, legte den Kopf auf die Seite; schließlich drehte sie sich zu ihm um und entgegnete: »Ich bin vierzig, alt genug, um nicht mehr auf eine alberne Suche zu gehen. Und das hier ist keine. Eine alberne Rolle habe ich gespielt, als ich noch jung und dreist war; ich hätte entweder Kolos seinen verfluchten Stein geben oder ihn umbringen sollen. Und keines von beidem habe ich getan. Nenne es also einfach eine ungute Wahl. Oder nimm einfach an, ich würde eine Schuld begleichen. Nein«, fügte sie hinzu, als er zu einer Bemerkung ansetzte, »sag es nicht noch einmal. Du kannst nicht an meiner Stelle oder mit mir gehen. Du hast mich an alles erinnert, was hier der Obhut bedarf; das kannst du besser als ich, und ich habe noch ein oder zwei Asse im Ärmel, die du nicht hast.«

»Messer?« erkundigte er sich müde.

»Ein paar Dinge, die ich außer Kämpfen und Töten gelernt habe. Ein, zwei Zaubersprüche, einen besonderen eigenen magischen Trick.« Sie wandte sich wieder der Kiste zu und tastete sorgfältig deren Boden ab. »Jahno?« Ihre unvermittelt leise Stimme machte ihn nervös; diesen Augenblick hatte er erwartet, seit er über den Hof ins Haus gehetzt war.

»Äh – Liatt?«

»Jahno, wo ist mein Schwert?«

»Schwert?« Sie wandte ihm immer noch den Rücken zu. Jetzt war sie ganz still. Es kostete ihn die größte Mühe, den Mund zu halten und nicht irgendwelchen Unsinn zu plappern.

»Es befand sich hier ganz unten in der Kiste. Also, wo ist es?«

Er antwortete seufzend: »Im Gasthaus. Hängt zusammen mit meinem über dem Kaminsims. Eghen meinte, die Wände bräuchten einen Schmuck, als er hörte, daß die Abordnung im Anmarsch war. Es war einfach keine Zeit mehr für Flaggen ...«

Seine Stimme versagte, als Liatt die Kiste schloß und sich neben ihrer alten Kampfausrüstung niederließ. Unvermittelt sah sie sehr erschöpft aus.

»Jahno, lieber, süßer Jahno. Weißt du, was du da angerichtet hast? Dieses Schwert – *mein* Schwert übrigens – ist eine höchst ungewöhnliche Waffe. Vielleicht sogar einzigartig. Weißt du noch, wie ich dir davon erzählt habe? Dein Schwert ist wie alle andern auch. Aber meines dagegen! Genausogut hättest du Kolos eine Nachricht von mir schicken können, wo ich zu finden bin!«

»Nein!« protestierte er schwach. Sie nahm währenddessen ihre Sachen und wandte sich zur Leiter. Vor ihr rannte er hinunter und hielt die Leiter, als sie hinunterstieg. Sie ließ ihre Last auf den Tisch fallen, an den sie sich schließlich mit geschlossenen Augen lehnte.

»Wenn ich doch nur gewußt hätte, was du tust — na, egal. Als sie die Klinge gesehen haben, mußten sie ja herausfinden, daß ich hier bin. Zweifellos hat er bereits nach mir gesucht, und das hat ihm die Suche erleichtert. Wenn einer aus der Abordnung Kolos' Mann ist — ich hab' dir doch von dem Vogel erzählt?« Er nickte, stellte aber fest, daß sie ihn gar nicht ansah.

»Hast du«, antwortete er dann.

»Also hat er ein paar Tage Vorsprung, mehr nicht.« Sie musterte ihn kühl und abschätzend. »Du mußt für mich das Schwert von Eghen zurückholen. Jetzt gleich.« Er machte den Mund auf, schloß ihn gleich wieder, und Liatt, die wie immer seine Stimmung spürte, lachte säuerlich. »Sag nichts, laß mich raten. Du hast ihm die beiden Schwerter, deines und meines, *geschenkt*. Stimmt's? Weil man sie nicht mehr benutzte ...«

»Ich dachte nicht ...«

»O Götter! Hol mir Ale, mein lieber Mann, ja? Und laß mich bitte selbst nachdenken!« Sie ließ sich auf den Stuhl fallen. *Lieber Mann*, ging es Jahno finster durch den Kopf, als er den Krug brachte und ihn ihr in die Hand schob. *Könnte ein gutes Zeichen sein, daß sie mich wenigstens noch nicht restlos in die Ecke gestellt hat*. Nicht, daß das etwas ausmachen würde, wenn sie sich auf diese Fahrt machte; dieser Hexenmeister würde sie in Stücke reißen und sie als Häufchen Teile zurücklassen — wie dieses Wesen, das er geschickt hatte. Unvermittelt stand Jahno das alles überdeutlich vor Augen. Er schluckte schwer und holte sich selbst auch ein Bier.

»Bei jedem anderen könnte ich sagen, es sei ein Mißverständnis gewesen, und bitten, das Schwert wieder zurückzugeben«, überlegte Liatt laut. »Aber dein Bruder — es wäre schon schlimm genug, daß ich ein Geschenk zurückfordern würde, das du gemacht hast, aber es ist auch noch mein Schwert, das Schwert einer Frau ...« Ein schwaches Grinsen huschte über ihr Gesicht. »Er würde einen solchen

Anfall bekommen, daß deine Neffen dein Gasthaus viel zu früh erben würden, meinst du nicht?« Jahno schloß die Augen. »Also muß ich es zurückstehlen«, schloß Liatt finster, aber ihre Augen funkelten. Jahno bemerkte es; er setzte sich auf und sah sie mit großen Augen an.

»Man wird dich erwischen, Liatt!«

»Ha.« Sie trank ihr Bier aus und schob den Krug weg. »Ich habe schon gestohlen, als dein Bruder noch an Maddas Brust lag! Ich wette mit dir, die merken noch nicht mal, daß das Schwert weg ist, wenn du es ihnen nicht sagst. Und ihr Wachhund? Ich habe Khia selbst abgerichtet. Worum sollte ich mir Sorgen machen? Außerdem, was wollen sie schon machen, wenn Ich weg bin?«

Jahno schuttelte den Kopf. »Und wie willst du zu einem Pferd kommen? Unseres kannst du nicht nehmen. Tut mir leid, Li, aber das brauche ich hier. Das weißt du ja.«

»Ich werde kein Pferd brauchen.«

»Dann brauchst du ja mindestens eineinhalb Jahre, bis du zu Fuß die Wälder durchquert hast!« bemerkte er.

»Nicht unbedingt.« Und zaghaft setzte sie hinzu: »Ich bin Treppenformer.« Sie sah fast verlegen aus. »Das war die Gegenleistung dieser Priesterinnen, als ich ihnen den vermaledeiten Stein zurückgebracht hatte.« Hart ergriff sie Jahnos Hand. »Nun sieh mich nicht so an! Schließlich ist mir ja kein drittes Ohr gewachsen oder etwas ähnliches, nicht wahr? Es ist nur ein bißchen Kräuterzauber, keine echte Magie, weißt du?«

Treppenformer? Das raubte ihm fast den Atem und machte ihn sprachlos. Im Osten, wo er die meiste Zeit gekämpft hatte, waren darüber die wildesten Geschichten im Umlauf. Dort gab es immer noch eine Menge Zauberer von der einen und anderen Sorte, und zwar so viele, daß sie wie Kaufleute Gilden bildeten, so erzählte man sich. Magie wie das Treppenbauen war selten. Zumindest hatte er sie nie zu Gesicht bekommen. Dazu, so hieß es, brauchte man bestimmte Kräuter und Sprüche, damit konnte ein Mann oder eine Frau Treppen so fest wie echte in die Luft hinausbauen. Und in einer bestimmten Höhe, über Bäumen, Flüssen und Städten, sagte man, konnte der Treppenformer dann mit den Wolken segeln, schneller, als ein Mensch laufen konnte. Jahno hatte nie richtig an Treppenformer geglaubt, weil es einfach unmöglich geklungen hatte. Und nun – seine Liatt?

Im Moment fühlte er sich tatsächlich beraubt; die Frau, mit der er seit zehn Jahren Tisch und Laken geteilt hatte, die ihn ernährt hatte – und die er ernährt hatte –, die mit ihm gegen Armut und Feindseligkeit gekämpft hatte, diese Frau war nun verschwunden. Eine Fremde saß ihm nun gegenüber, hielt seine Hand und sah ihn mit Besorgnis an. Aber sie war in Gedanken schon auf ihrer Reise, sie wollte einen Hexenmeister mit seinen eigenen Waffen bekämpfen. Nie hatte er erkannt, wie sehr er sie verlor.

»Ich mache mich besser bald auf den Weg, bevor Kolos wieder einen Dämon findet und ihn schickt. Der nächste könnte Erfolg haben; dieser eine war so überzeugt von seiner eigenen Stärke und glaubte, sich als erster hervortun zu können. Das nächstemal kann ich mich vielleicht nicht vorbereiten, bevor er angreift. Dann könntest du mich ganz sicher begraben, Jahno; wenn ich nicht statt dessen dich begraben muß.« Sie drückte kurz seine Hand, dann ließ sie ihn los.

Zu seinem Entsetzen spürte er, wie ihm Tränen in die Augen traten, und mit schroffer Stimme sagte er dann: »Du hast dich entschlossen zu gehen, dann geh! Aber alle Götter sollen mich verdammen, wenn du diesen verflixten Köter hier bei mir zurückläßt!«

Es begann zu dämmern, als Liatt sich aus dem Bett stahl, das sie mit Jahno teilte. Sie fröstelte ein wenig in der frischen Morgenluft. Rasch und leise zog sie sich an und behielt dabei immer Jahno im Auge, obwohl sie sich eigentlich nicht wirklich sorgte, daß er aufwachen könnte, denn sie hatte ihm in den letzten Krug Bier ein Schlafmittel gegeben, und jetzt schnarchte er sanft. Sie schlich auf Zehenspitzen zum Herd, wo sie sich niederließ und sich Wollstreifen eng um die Füße wand. Die Stiefel waren wirklich eng, aber mit den Wollstreifen war es erträglich. Das Hemd war am schlimmsten, denn es schnürte die Brust ein, aber der Lederharnisch wurde an der Seite geschlossen und machte daher keine Schwierigkeiten. Sie verbarg die Rüstung unter ihrem Umhang.

Jahno wachte nicht auf, als sie die schwere Wolldecke wegzog und ihn auf die Stirn küßte. Dann schlich sie wieder durchs Zimmer, packte ihre Sachen, ihren alten Hut und den Umhang und trat leise durch die Tür, die leise quietschte, als Liatt sie aufstieß. Jahno murmelte etwas im Schlaf und warf sich auf den Rücken.

Draußen im Hof stellte sie ihre Sachen ab und überlegte. In einer knappen Stunde würde der Morgen anbrechen, und sie wollte bis dahin schon im Wald sein, draußen auf der Lichtung, wo Jahno und seine Vettern für den nächsten Winter Brennholz schlugen. Sie brauchte einen freien Platz für ihr Vorhaben. Schließlich hatte sie schon seit zehn Jahren nicht mehr geformt. Und auch Kedru bildete zweifellos ein Problem.

Es blieb also keine Zeit, alles auf einmal zu erledigen. Der Hund kam auf sie zu, setzte sich neben sie und gähnte herzhaft. »Schon gut«, flüsterte Liatt. »Komm mit. Aber leise!« Sie raffte ihren Umhang zusammen und machte sich auf den Weg zum Marktplatz.

Das Gasthaus lag im dunklen Schatten. Sie setzte sich auf die Treppe, zog die Stiefel aus, die sie auf ihre Ausrüstung fallen ließ, und packte den Hund im Genick. »Paß auf«, zischte sie ihm ins Ohr. Kedru saß mäuschenstill da; sie konnte nur hoffen, daß er ihre Worte verstanden hatte und leise sitzen blieb.

Im Innern der Schenke war es noch dunkler, aber unter einer dicken grauen Ascheschicht glimmte noch etwas Glut, die ihr den Weg durchs Zimmer wies. Schnüffelnd kam Khia vom Herd auf sie zu, schob ihre lange Schnauze in Liatts Hand und winselte leise, aber auf einen Wink hin verstummte sie gehorsam. Da hing das Schwert, und sie rückte eine Bank zurecht, um es von der Wand zu nehmen.

Gerade noch rechtzeitig erinnerte sie sich daran, die Bank wieder an ihren Platz zu bringen, nachdem sie das Schwert eingesteckt hatte — sie wollte nicht, daß Jahno von seiner herzlosen Familie noch mehr Elend ertragen mußte.

Wunderbarerweise hielt Kedru draußen bei ihren Sachen immer noch Wache und verhielt sich still. Er jaulte auch nicht zur Begrüßung, als sie aus der dunklen Tür auftauchte. Er heftete sich nur an ihre Seite, als sie die Stiefel wieder anzog, ihre Sachen zusammenpackte und sich mit ausgreifenden Schritten auf den Weg nach Westen machte. Sie erreichten bald den schmalen Pfad, folgten ihm im ersten graublauen Licht des Tages bis zu dem Kahlschlag, den Jahno gefällt hatte.

Mitten in einem großen Wald war ein solcher Kahlschlag immer ein unschöner Anblick; und jetzt, zu dieser frühen Morgenstunde, war er sogar ausgesprochen häßlich: umgelegte und sterbende Bäume, ein riesiger und täglich anwachsender Haufen von Zweigen und Ästen, die sich die Leute mitnehmen konnten — aber nichts, um ein ordentliches Feuer die Nacht über in Gang zu halten. Der Boden war zertrampelt, wo Ochsen oder Pferde hintereinander geschirrt worden waren, um das Holz wegzubringen.

Im Westen der Lichtung fand sie einen Platz, wo der erste Sonnenstrahl hinfallen würde; dort wollte sie warten. In der Zwischenzeit mußte sie jedoch einige Sachen anlegen und Kedru vertauen.

Der Hund war ganz und gar nicht mit dem Geschirr aus Tuch und Leder einverstanden, das sie vor einigen Jahren für seine Mutter gefertigt hatte; sie mußte ihn erst mit einem Klaps zur Ordnung rufen, bevor er stillhielt, und auch dann noch drehte er den Kopf hin und her, um mit den Zähnen unter den Brustriemen zu gelangen. Aber damit hätte er sofort aufgehört, wenn er es tatsächlich geschafft hätte: Michat hatte einmal den Unterkiefer unter den Riemen gebracht und seitdem nie mehr versucht, das Geschirr auf diese Weise loszuwerden.

Liatt versetzte ihm noch einmal einen Klaps und hieß ihn sich niederlegen. Dann holte sie die Dolche hervor, um die

Messer an ihrem Körper zu verteilen. Dann legte sie die Rüstung an: Sie war aus Bronze, alt, aber gut geschmiedet und fein verarbeitet.

Dann das Schwert: Sie spürte vertraute Vorfreude, die ihr Herz schneller schlagen ließ, als sie den Griff packte und es herauszog. Es war eine einfache Waffe. Von seiner Größe war es eher für den Sohn eines Adligen gefertigt worden, nicht als Übungswaffe, die er unter der Aufsicht seines Lehrers geschwungen hätte, sondern von der Art, die man wie seine Kleidung trug. Die feine Silberarbeit am Handschutz war mit zwei schönen Edelsteinen besetzt. Auch die Klinge selbst war wundervoll: Sie schimmerte noch immer triumphierend, obwohl sie so lange nicht mehr gebraucht worden war.

Sie vermochte nicht zu sagen, was sie zu dem Schwert hingezogen hatte, als sie es dieser Lady damals abgeluchst hatte — von Familienschatz hatte die Lady gesprochen, und daß sie kein Recht hätte, sich seiner zu entledigen, aber Liatt hatte darauf bestanden; und Ehrenschulden waren schließlich Ehrenschulden. In der Schwertscheide hatte sich eine stattliche Anzahl Goldmünzen befunden; als die Lady erst einmal überzeugt war, erwies sie sich als recht großzügig.

Aber das Schwert *hatte* sie auf sich aufmerksam gemacht, dessen war sich Liatt sicher. Sie vermutete auch, daß das Schwert ein paar kleine Eigenarten hatte, fast wie einen eigenen Geist oder ein Eigenleben. Auf irgendeine Weise linderte es Schmerzen und Kummer, die Qualen, die sie als Schwertkämpferin ganz zu Anfang ihrer Ausbildung hätte spüren müssen, denn dieses Schwert war ihr erstes und einziges. Sie hoffte, daß es am Schwert lag: eine solche Gabe würde einer ungeübten Schwertkämpferin in mittleren Jahren sehr zustatten kommen.

Und noch etwas hatte sie sich immer fragen müssen: Sie war sich ganz sicher, daß der Schwertgriff mehr als einmal ihre Hand führte und den nötigen Schwung verlieh.

Und noch etwas Besonderes war an der Waffe. Liatt zog das Schwert aus der Scheide, fuhr froh über die Klinge, drehte sie dann herum und drückte auf zwei kleine Ziernägel auf jeder Seite des Quergriffes. Ein Stilett fuhr aus dem Knaufende. Ein weiterer kleiner Nagel sorgte dafür, daß es wieder in den Griff glitt. Zweimal hatte sie davon Gebrauch gemacht, als sie in einem Nahkampf das Schwert nicht benutzen konnte.

Den kleinen Beutel mit Münzen wog sie in der Hand ab. Geld aus ihrer Viehzucht und für die Kälber und Hunde, die sie in den letzten Jahren verkauft hatte. Gold war nicht darunter, aber genügend gutes Silber, um sie, wenn sie so weit kam, über den Salzigen See zu bringen.

Über den Salzigen See mußte sie sich fahren lassen, denn über Wasser konnte sie nicht gehen. Die Priesterinnen hatten damals gesagt, daß ein wahrhaft tugendhafter Mensch so etwas schaffen könnte, und sie war alles andere als tugendhaft. Sie konnte schon von Glück sagen, wenn sie die Treppe so hoch bilden konnte, um über den Großen Wald zu gelangen. Noch mehr Glück hätte sie, wenn sie auch noch die Nordwüste überqueren könnte. Die Winde, die Hitze, der Sand, all das hatte eigenartige Auswirkungen: Der Weg selbst war im allgemeinen stabil, wenn die Treppe die richtige Höhe gewonnen hatte, aber er konnte an den falschen Stellen sehr schwierig werden. Und wenn Kolos dort draußen auf sie wartete, dann konnte er es ihr nur so zum Spaß noch schwerer machen.

Sie konnte nicht sicher sein, ob Kolos noch dort war, aber sie wollte dort mit der Suche beginnen. Natürlich könnte sie in den Hafenstädten am Salzigen See, der eigentlich nur ein großer Arm des richtigen Meeres war, etwas von Kolos erfahren.

Wahrscheinlich mußte sie aber überhaupt nicht nach ihm suchen, denn, wie sie Jahno schon erzählt hatte, Kolos wollte ja, daß sie auf ihn aufmerksam wurde, und dafür würde er bestimmt sorgen.

Nach kurzer Überlegung steckte sie das Schwert in seine Scheide zurück, rückte den Harnisch zurecht und holte ein festes Seil heraus. Aus dem einen Ende formte sie eine

Schlinge, die sie mit Leder umwickelte, das andere befestigte sie um Kedrus Hals. Im Augenblick war sie selber nicht sehr froh bei der Vorstellung, in die Luft hinaufzusteigen und über die Bäume zu gehen; und dem Hund würde das überhaupt nicht gefallen. Sie warf ihm einen müden Blick zu, während sie innerlich Jahnos Sturheit und die Dummheit des Hundes verfluchte. Der Hund sah zu ihr auf. Sie tätschelte ihm unsanft den Kopf und strich seine Ohren zurück. Er grinste sie leise hechelnd an. »Verflixter dummer Köter«, sagte Liatt. Der Hund verdrehte den Kopf und leckte ihre Hand, und sie streichelte ihm den Hals.

Die ersten Sonnenstrahlen berührten die Baumwipfel über ihnen. Zeit, sich fertigzumachen; sie mußte bereits unterwegs sein, wenn die Männer zur Arbeit hierherkamen. Sie griff in ihre Gürteltasche und zog ein kleines, wildledernes Päckchen heraus, dessen goldenes Blattmuster kaum verblichen war. Mit dem Ellbogen schob sie den Hund weg, als er daran schnüffeln wollte, legte das Päckchen auf den Holzklotz hinter sich und öffnete es vorsichtig. Das Räucherwerk duftete scharf, eine Ecke war schwach versengt, aber das hauchdünne Leinenpapier darunter war unberührt von Asche oder dem dunklen Rosa des Räucherziegels. Sie nahm Feuerstein und Zunder, entzündete die Ecke und entfaltete das Papierchen. Mit einem Finger hielt sie den losen trockenen Inhalt des Papiers — ein winziges Pappelblatt, ein einzelner flüchtiger Löwenzahnsamen und ein gedrehter Flügelsamen eines Ahorns —, während sie den Text auf dem Papier las. Das dauerte seine Zeit, denn es lag schon lange zurück, daß sie sich mit den vielfältigen Zeichen auf dem Papier befaßt hatte. *Zu lange. Ich habe einmal aus Freude daran gelesen, und hier habe ich mich lebendig begraben.*

Heftig schüttelte sie den Kopf, legte das Papier wieder zusammen und bog den Kopf zurück, um den aufsteigenden Rauch einzuatmen. Der Duft erfüllte sie, machte ihr den Kopf ganz leicht und fröhlich wie nach dem dritten Glas alten Weines in einer Mittsommernacht. *Schwindlig*, ermahnte sie sich, aber es war das Räucherwerk, das wirkte, und ein plötzliches Verlangen nach Freiheit. Sie sog ein zweites Mal den Rauch tief ein und zog dann die Hundenase nahe an den Rauch heran. Kedru zappelte nur kurz, setzte sich dann zurück und leckte sich die Lefzen, während sie weiter das Räucherwerk mit dem kleinen Stück Wildleder einatmete. Bereit. Oder jedenfalls so bereit, wie sie sein konnte. Die Sonne erhellte nun den Boden vor ihr und würde jeden Moment ihren Kopf berühren, wenn sie stand. Sie wickelte das Päckchen wieder ein und verstaute es in dem Beutel an ihrem Gürtel.

Die Sonne wärmte ihr Gesicht und Hände. Sie wickelte die Hundeleine um den Zweig eines gefällten Stammes und befahl ihm zu bleiben, wo er war. Dann murmelte sie: »Ayetha. Lidaw. Esham.« Sie hob den rechten Fuß und senkte ihn langsam wieder. Ein Stück über dem Boden, etwa in der Höhe ihres Knies, traf er auf Widerstand. Ein Glühen umhüllte sie. Dies war der schwierige Teil; wenn sie erst einmal an Höhe gewonnen hatte, sollte es nicht mehr allzu schwer sein. Kedru winselte leise. »Still«, befahl sie. Er gehorchte, sah ihr aber ängstlich zu, wie sie auch den linken Fuß nachzog. »Ayetha. Lidaw. Esham.« Eine zweite Stufe schimmerte schwach in den ersten Strahlen der Morgensonne. Sie trug Liatts Gewicht, als wäre sie aus Stein. Liatt formte noch drei weitere Stufen, dann kehrte sie zurück, um den Hund zu holen. Nun hatte sie das Gefühl dafür, das Vertrauen, daß sie auch den Rest formen konnte – immerhin noch einmal zwanzig Stufen, denn die Bäume standen hier sehr hoch.

»Kedru. Komm.« Sie ertastete sich den Weg nach unten. Kedru winselte wieder und legte sich flach auf den Bauch, die Schnauze im Dreck und die Ohren angelegt; in seinen braunen Augen stand nackte Angst. Sie seufzte und hockte sich hin. »Kedru.« Der Hund weigerte sich zu gehen; er hätte die Leine wegzerren können, aber wenn das hieß, dorthin zu gehen, wo Liatt war, ließ er es lieber bleiben. Sie trat auf festen Boden und ließ die Hand durch die Schlaufe der Leine gleiten. »Komm.« Aber er schien mit dem Boden verwachsen zu sein; er sah sie jammervoll an, rührte sich nicht von der Stelle. »Gesegnet seien alle Götter, daß du noch jung bist und nicht so schwer«, meinte sie finster und hob ihn in ihre starken Arme.

Kedru strampelte heftig. Aber er gehorchte, als sie ihm mit der freien Hand einen Klaps gab. »Halt still!« Er sah sie von der Seite an, leckte sich die Lefzen und drückte sich an sie.

Es war nicht einfach, Treppen zu formen, die Worte dafür zu sprechen und gleichzeitig einen Hund in den Armen zu halten, der auch genug Gewicht hatte, um sie aus dem Gleichgewicht zu bringen. Nach der Formung der zehnten Stufe ging es ein wenig leichter; das lag zum Teil an der Sonne, zum Teil an der leichten Brise, die durch die Bäume strich und ihr durchs Haar fuhr und Kedrus dickes Nackenfell sträubte. Andererseits war es auch Übung: Bei der zwanzigsten Stufe ging es fast so geschwind, wie sie die Stufen beschritt.

Ohne größere Mühe erreichten sie die Höhe der Baumwipfel. Liatt trat von der Treppe auf den eigentlichen Weg, setzte den zitternden Kedru zu ihren Füßen ab und mit einem leisen »Leshan« löste sie den Weg hinter sich wieder auf. Das Dorf lag noch im Schatten; Jahno erwachte wahrscheinlich gerade und las ihre Nachricht: »In Liebe, Liatt. Ich komme zurück.« Kurz und bündig. Ihr fielen keine Worte des Trostes für ihn ein, die sie leicht hätte niederschreiben können; und er war ohnehin nicht sehr belesen. Außerdem hatte sie zum Schreiben nur die Tischfläche und ein Stück geschwärztes Holz aus dem Kamin zur Verfügung gehabt.

Es war ein klarer, wolkenloser Spätsommermorgen; das kam ihr zustatten. Aus ihrer Perspektive sah der Große Wald eigenartig aus: Bäume, wohin man sah; im Süden verschwanden sie viele Tageritte bei der Tundra und den Eisfeldern. Im Norden sah man Berge oder eine kleine Hügelkette. Fast nur Wald. Sogar aus den Lüften konnte sie die Wüste nicht sehen, weil sie zu weit entfernt war, und im

Westen war das Meer ihrem Blick entzogen, weil die Bergkette die Sicht verbarg. Ein paar Gipfel waren sogar noch schneebedeckt; ihr eigener Fluß wurde vom Schmelzwasser dieses Schnees gespeist.

Der Wind schwoll über den Bäumen an, und warm schien ihr die Sonne ins Gesicht, als sie sich nun nach Norden wandte.

Zunächst kämpfte Kedru noch gegen sie, denn er war nervös, weil er seine Füße auf unsichtbaren Boden setzen mußte. Entschlossen heftete Liatt den Blick auf den nördlichen Horizont. Die Aussicht von bodenloser Höhe herab hatte ihr nie sonderlich gut gefallen, und bei der Geschwindigkeit, mit der sie sich dahinbewegten, wurde ihr schwindlig, wenn sie die Baumwipfel unter sich vorbeiziehen sah. Da der Hund allmählich seine Angst verlor, hatte Liatt alle Hände voll zu tun: Unter sich entdeckte er Vögel und gelegentlich in den Baumwipfeln Eichhörnchen, die erbost hinter den Eindringlingen herkeckerten.

Die Leine hielt den Hund fest, aber er erkannte ihren Sinn nicht. Ein heiserer Schrei von einem kleinen und schnellen Tier, dem er nachsetzte, riß Liatt fast von den Füßen, und sie brauchte sehr lange, bis sie ihn wieder zur Ruhe gebracht hatte.

Die erste Nacht lagerten sie tief in den Wäldern auf einer kleinen Lichtung, die Liatt erst nach einiger Zeit ausfindig gemacht hatte, doch sie brauchte einen freien Platz für den Abstieg sowie für den Aufstieg am nächsten Morgen. Zum Glück gab es in der Nähe Wasser; sie hatte zwar eine Flasche mit Wasser dabei, und im Gepäck des Hundes befand sich noch eine zweite, aber sie verabscheute abgestandenes warmes Wasser und trank es nur, wenn es sich nicht vermeiden ließ.

Kedru war fast genauso erschöpft wie sie, und nur die Anwesenheit des Hundes hielt sie lange genug wach, um ein Feuer zu entzünden und sich und dem Hund etwas zu Essen zu machen. Sie knetete ihre Hände, während sie wartete, bis ihr Tee gezogen hatte: sie waren noch steif, aber es ließ sich ertragen. Himmel, das mußte ja so kommen, nachdem sie den ganzen Tag mit diesem dummen Hund gerungen hatte!

Sie nahm ihm das Gepäck ab und kratzte ihm den Rükken, dann machte sie ihn von der Leine los. Sie befürchtete nicht, daß er davonlaufen könnte, denn in einer so fremden Umgebung würde er wohl nicht das einzige verlassen, was ihm vertraut war.

Die Nahrung belebte sie wieder so weit, daß sie zum Fluß zurückgehen und sich waschen konnte. Die Kühle des Wassers machte sie noch ein wenig munterer, und sie zog das Schwert und machte eine Serie von Übungen, die sie als erstes gelernt hatte. Ihre Geschicklichkeit überraschte sie; in all den Jahren, die sie mit Jahno gelebt hatte, hatte sie ihre Dolche kaum und das Schwert überhaupt nicht angerührt, zunächst aus Angst, sich zu verraten, später dann hatte sie einfach keine Zeit mehr dafür gehabt und auch nicht neuen Klatsch über ihre Vergangenheit heraufbeschwören wollen.

Sie hatte in der ganzen Zeit nicht einmal an Übungen gedacht, aber ihre Arme und Finger hatten nicht viel vergessen.

Eines aber war sicher: Wenn sie erst einmal in Urfu war, mußte sie ein wenig Geld für einen Kampfpartner opfern. Sie besaß einfach nicht die nötige Schnelligkeit, und gegen die Luft zu kämpfen war nicht die richtige Vorbereitung für einen Kampf gegen die Mörder von Kolos.

»Was für eine Vergeudung«, brummte sie mißmutig. Als sie das erstemal mit Kolos zu tun gehabt hatte, war er von ausgezeichneten Schwertkämpfern umgeben gewesen, alles junge und herrlich aussehende Männer. Zwei von denen, die sie recht früh ins Jenseits befördert hatte, hatten *ihr* Herzklopfen verursacht. Vielleicht war es ihnen ebenso ergangen; Kolos kaufte seine Knaben aufgrund ihres Aussehens und ihrer Figur — nicht aufgrund ihrer Vorzüge.

»Hübsche Jungen. Doch die Zeiten ändern sich. Zehn Jahre lang habe ich mich mit dem gleichen Mann zu Bett gelegt, in der Tat eine Veränderung.« Beim Klang ihrer Stimme spitzte Kedru die Ohren. Von seinem Platz am

Feuer kam er zu ihr herüber und schob energisch seine Schnauze in ihren Arm. »Und heute abend lege ich mich mit einem dummen jungen Köter nieder. Wird immer besser, was?« Kedru wedelte mit dem Schwanz. Lachend schloß sie ihn in die Arme. Ihr Gelächter wurde von den Bäumen ringsherum gedämpft. »Besser als mancher, den ich hatte, freiwillig oder nicht, Hund.«

Sie versetzte ihm einen Schubs und stand auf, um sich den Umhang um die Schultern zu ziehen. »Komm.« Er kuschelte sich mit dem Kinn an ihr Knie, eine ungewohnte Gelegenheit, die er aber wahrnehmen wollte, wenn sie es ihm gestattete. »Paß auf«, fügte sie hinzu und schickte ein kurzes stilles Gebet zur Göttin des Juwels, daß entweder ihr eigenes inneres Ohr scharf genug oder der Hund einmal wachsam war.

Oder noch besser — daß es keinen Grund zur Wachsamkeit geben möge.

Noch drei weitere Tage reisten sie auf diese Weise. Am ersten Morgen war sie mit so steifen Gliedern erwacht, daß sie eine Stunde brauchte, bis sie die Treppe formen konnte. Nach dem ersten Tag machte Kedru keine Schwierigkeiten mehr, obwohl ihm auch der zweite und dritte Hauch des Räucherwerks nicht zusagte. Und er neigte immer noch dazu, alle Tiere zu jagen, die klein genug waren, um vor ihm zu flüchten.

Am zweiten Tag kamen sie sehr weit, bis zu den Hängen der Drachenhöhen, da sie außer den Wiesen im Süden keine Lichtung mehr finden konnte. Der Boden war unter dünnem Bewuchs ausgesprochen felsig, aber nahe dem Waldrand gab es reife Beeren. Sofort knabberte Kedru an den unteren Zweigen alle Früchte ab und ließ ihr nur die an den oberen Zweigen übrig. Aber es blieb noch genug für sie und die Hornissenschwärme, die sich an den überreifen Beeren gütlich taten. Sie fütterte ihm eine Handvoll reife Früchte, zog Dornen aus seinem Maul und füllte eine der Wasserflaschen mit Beeren.

Zum Schlafen wurde es sehr kühl, denn von den schnee-bedeckten Höhen wehte beständig ein eisiger Wind heran. Aber die Sonne wärmte sie, und die Treppe war schnell geformt.

Der Umweg, den sie um den Drachen herum machen mußte, war ein angenehmer Weg. Kedru spielte nur einmal verrückt und brachte sie beinahe zu Fall, als er einen Bären sah, der über die geröllbedeckten Höhen strich.

Wie sie an diesem Abend abstiegen auf eine weite Wiese am Ufer eines breiten, seichten Flusses, glaubte sie, das Binnenmeer zu sehen und dahinter das blaßgoldene Schimmern der Wüste.

Am Spätnachmittag des darauffolgenden Tages erreichten sie den Rand der Wälder. Der Fluß wand sich nach Osten und verlor sich im Sumpf und Marschland, ein Arm folgte dem Pfad, der aus der nördlichen Begrenzung des Großen Waldes heraus zu einer schmalen Brücke führte und dann weiter zu einer kleinen Stadt.

Ein Wachtposten mit einem polierten Brustpanzer aus Bronze stand am einen Ende der Brücke. Die Stadtväter hatten wahrscheinlich nicht die Mittel gehabt, ihn eine richtige Schwertführung erlernen zu lassen, aber seine Pike war gut geschmiedet, mit einer schweren Wurfklinge in der Mitte und an der Seite gebogene, flügelförmige Schneidklingen. Drei bunte Wimpel flatterten direkt unter der *Korsiken-klinge*. Der *korsikische* Stil war entstanden, als Liatt begonnen hatte, mit den Messern zu lernen, und damals waren sicher die Waffen gekauft worden, die die Wache benutzte. Aber modisches Beiwerk hin oder her, töten konnten sie noch allemal.

Die Pike senkte sich vor ihr und versperrte ihr den Weg. Liatt bedeutete dem Hund, sich neben sie zu setzen. »Ich komme aus dem Süden und möchte hier tauschen.«

»Tauschen? Was gegen was?«

»Geht das nicht nur mich etwas an? Oder ist in den letzten Jahren die Grenze hier gefährlich geworden?«

Er musterte sie schweigend. Schließlich zuckte er die Achseln. »Hier nicht, noch nicht jedenfalls. Drüben gibt's

Ärger.« Mit dem Kopf wies er auf das Nordufer des Salzsees. »Seid Ihr schon zuvor einmal nach Virith gekommen?«

»Einmal, vor langer Zeit. Ich habe Münzen für eine Fahrt nach Urfu und für Fleisch und ein Zimmer für mich und meinen Hund.«

»Münzen.« Er dachte einen Augenblick nach. Wut erfüllte sie wegen der Art und Weise, wie er sie ansah, denn sie wußte, welche Art Gedanken er hegte. Eine Bäuerin, in mittleren Jahren und ein wenig einfältig. »Den Stadtvätern würde es nicht gefallen, wenn ich so zu Euch spreche, einer Besucherin von Virith, aber Ihr seid eine Frau und noch dazu allein – nun ja, ein Wort unter uns. Euer Hund scheint kaum mehr als ein Welpe und damit kaum Schutz für Euch zu sein. Wenn Ihr Münzen dabei habt, dann paßt lieber ein bißchen darauf auf. In unseren Mauern gibt es ein oder zwei Langfinger.«

Oder ein paar hundert, wenn Virith noch die gleiche Hafenstadt ist wie früher, dachte sie. »Danke für Eure Warnung, ich werde Vorsicht walten lassen«, erwiderte sie und ging, Kedru nahe bei sich, an ihm vorbei. Sie überlegte kurz, was der Wächter wohl gesagt hätte, wenn sie vor ihm ein Messer gezückt hätte. *Bedaure lieber den erbärmlichen Kerl, der mich um mein Geld erleichtern will, wenn du schon jemanden bedauerst*, sagte sie im stillen zu dem Wächter.

Endlich fand sie ein Zimmer; vernünftigerweise hatte sie auf einem Zimmer bestanden, dessen Fenster zu schmal war für einen Mann, um hindurchzusteigen. »Seltsam, Hund, draußen in den Wäldern hatte ich weniger Angst«, erklärte sie Kedru. Das Zimmer selbst war ordentlich und das Bett halbwegs sauber. Schon vor Sonnenuntergang ging es im Schankraum hoch her, und es kostete sie zwei Münzen, damit man ihr und dem Hund das Essen aufs Zimmer brachte.

Die Wirtstochter kam mit heißem Fleisch und Brot und einer dunkelroten Wurzelknolle mit zerlaufenem, weißem

Käse. Dazu zwei Krüge Bier und einen mit Wasser. »Dann braucht Ihr nicht an der Treppe um mehr Bier nach mir rufen«, erklärte das Mädchen. Liatt gab ihr eine Kupfermünze als Trinkgeld und erhielt dafür die Information, wie man zu den Docks gelangte, wo Liatt eine Reisegelegenheit nach Urfu suchen konnte. Und den Namen eines Gasthauses in Urfu, dessen Wirt Liatt vertrauen konnte und wo man sie, wenn sie die Namen des Mädchens und seines Vaters nannte, gut aufnehmen würde.

In dieser Nacht kam sie wegen des Lärms, der von unten heraufdrang, nicht zur Ruhe, und dann wegen der Stille, in der sie das Knacken von Regalen und Ofenbänken eines fremden Hauses hörte. Sogar mit zwei großen Krügen Bier fiel ihr das Einschlafen schwer – das Bier war im übrigen noch schlechter als das von Eghen.

Schließlich fiel sie doch in Schlaf. Aber er brachte ihr keine Erleichterung, denn Kolos wartete auf sie. *Habe ich Euch also aus Eurem Versteck aufgescheucht, edle Dame.*

Dieser Titel gebührt mir nicht, erwiderte sie zornig, *und den Ort, an dem ich lebte, kann ich nicht Versteck nennen, nicht wahr?*

Das Gelächter durchfuhr sie; scharfe schwarze Augen ganz in ihrer Nähe suchten ihren Blick. Anstelle seines früheren Bartes war er nun rasiert, *Eitler Bastard.* Der fehlende Bart machte ihn auch nicht jünger. *Ihr weicht meinem Blick aus, edle Dame; ist das nicht unhöflich?*

Wenn ich noch unhöflicher sein könnte, dann wäre ich es. Ich fühlte mich wohl dort, wo ich war. Und du hast es verdorben.

Er lachte wieder, laut und anhaltend; sie schlug um sich und drehte sich hin und her, und Kedru neben ihr leckte sich die Lefzen und winselte. *Allzeit höflich, edle Dame! Ihr habt Euch nicht geändert, nicht wahr? Außer*, fügte er mit seidenweicher Bosheit hinzu, *daß Ihr älter geworden seid.*

Glaub nur daran, wenn's dir gefällt.

Vielleicht werde ich das. Aber ein Rat von mir: Vergeudet nicht mehr Zeit, als Ihr habt; ich bin ebenfalls älter geworden und ungeduldig. Damit war er verschwunden. Liatt rollte sich auf die andere Seite, sie war wach und nervös.

Einen Augenblick lang schloß sie die Augen und atmete heftig ein und aus. Kedru sprang aufs Bett und warf den Kopf in ihre Hand. Ganz allmählich, viel zu langsam, beruhigte sich ihr Herz wieder. Dann zwang sie sich aufzustehen und entzündete die Kerze auf dem Tischchen neben dem Waschbecken. Sie ging lautlos zum Fenster, während sie dem Hund bedeutete, sitzen zu bleiben. Sie lauschte angestrengt, öffnete schließlich die Fensterflügel und blickte über die Dächer zum Wald und zum untergehenden Mond.

Sie schloß das Fenster wieder und ging zur Tür, um sie zu prüfen. Danach kehrte sie wieder zum Bett zurück. »Ein Alptraum, Hund. Hätte mich aber davon nicht so beeindrucken lassen sollen. Vielleicht werde ich alt.« Kedru spitzte kurz die Ohren; dann schob er die Schnauze wieder unter ihre Hand. Mit einem Lächeln strich sie ihm über den Kopf, dann stand sie auf, um die Kerze zu löschen. Kedru wartete, bis sie es sich bequem gemacht hatte; dann suchte er sich selbst ein Plätzchen an ihrem Rücken. Wie Jahno. Nun ja, er war nicht Jahno, aber der verflixte kleine Köter war besser als nichts. Sie hörte, wie er einmal tief und halb schnarchend Luft holte, grinste flüchtig und schloß die Augen.

In den Docks roch es nach Fisch; am Morgen zuvor waren die Fischer mit ihrem Fang zurückgekehrt. Liatt hatte schon so lange nichts mehr mit Hafen und Fischen zu tun gehabt, daß der Gestank für sie eine ständige Bedrohung beim Frühstück war, aber dringend notwendige Dinge beschäftigten sie jetzt mehr als die Träume der vergangenen Nacht. Sie mußte ein Fährschiff finden, wenn möglich noch heute, spätestens aber für den nächsten Tag, und zwar eine Fähre, die sie am Ostufer entlang hinauf nach Urfu brachte.

Sie ärgerte sich über eine Reise von mindestens zwei Tagen in einem ziemlich alten Kahn. Aber die Schiffe, mit denen sie eigentlich gerechnet hatte, die schlanken Segler, die einst die zwanzig Wegstunden über das Binnenmeer zwischen Virith und Urfu gesegelt waren, waren seit acht Jahren verschwunden. Und die heutigen Schiffe schafften die Strecke über das Binnenmeer nicht an einem Tag, und keiner der Kapitäne war dumm genug, es in zwei Tagen zu versuchen. Wenn man erst einmal im Norden und Süden die Küste aus den Augen verloren hatte, konnte man sich leicht verirren, und seit einiger Zeit kamen die Stürme mit beunruhigender Plötzlichkeit.

Ihr blieb keine Wahl. Sie mußte mit einem der kleinen Kähne fahren mit seinen Zwillingsrudern und den beiden dreieckigen Segeln. Über Nacht würde man ein- oder zweimal am Ufer anlegen. Sie war wütend über die Zeitverschwendung, während sie doch wußte, daß es keine schnellere Möglichkeit gab; sie konnte nicht auf dem Wasser gehen, und zu Pferd bräuchte sie dreimal so lange bis nach Urfu, weil sie das Binnenmeer umgehen mußte.

Die Wirtstochter hatte ihr erzählt, daß es drei Fähren gebe: Die *Wildjäger* mußte im Augenblick auf dem Weg von Norden sein, die *Woge* befand sich gleichfalls auf der See, doch hatten heftige Winde ihre Großsegel reißen lassen. Mit anderen Worten, Liatt blieb nur die *Fahrtwind*. Liatt lehnte sich eine Weile in den Schatten zurück und beobachtete, wie Nikosan und sein Schiffsjunge Kisten und Ölkrüge in Holzgestellen ausluden, wie er Scherze wechselte mit den Bediensteten der Kaufleute, die auf ihre Ware warteten. Er und der Junge – ein Neffe, noch bartlos und nicht ganz erwachsen – luden die Last, dann wurde der Junge zum Bug beordert, um in der Takelage zur Hand zu gehen.

Während beladen und Frachten gelöscht wurden, tauchten zwei Männer auf, die mit Nikosan sprechen wollten; der eine trollte sich, mit finsterer Miene vor sich hinmurmelnd, nach langer und zäher Verhandlung. Der andere, ein großer Mann mit einem Soldatenumhang, bezahlte für seine Überfahrt und besiegelte die Abmachung mit einem Handschlag. Nur Liatt sah seinen Gesichtsausdruck, als er dem kleinen Kahn den Rücken kehrte, um sein Gepäck zu holen: Er wischte seine Hände an den rauhen Brettern des

Verschlags ab, an dem sie lehnte; dann verschwand er. Offensichtlich war Nikosan nicht reinlicher, als er aussah. Die Wirtstochter hatte sie gewarnt, aber gesagt, daß er vertrauenswürdig sei.

Nun, das eine schloß ja das andere nicht aus. Sie hatte schon Leute getroffen, die sauberer als ein Opferlamm waren, dafür aber von wenig ehrbarer Gesinnung; und der Gerber im Dorf war der ehrenhafteste Mann, den sie kannte – aber in seine Nähe konnte sie erst, wenn er gebadet hatte.

Sie streckte sich, befestigte die Hundeleine und überquerte die Schiffsplanke. »Schiffsführer. Passage nach Urfu – was kostet das?«

Er bemerkte schon die Stimme, bevor er sie ansah; und als er sich umdrehte, grinste er. Ihr Anblick – klein, nicht mehr ganz jung und allein – verstärkte sein Grinsen noch. »Für Euch selbst? Keine Münzen.« Einen Augenblick mußte sie überlegen, was er meinte. Der gesunde Menschenverstand meldete sich rasch und nachdrücklich: *So knapp an Münzen bist du nun wirklich nicht! Außerdem hast du noch Jahno, könntest du ihm je erzählen, wie du deine Überfahrt dem Kapitän bezahlt hast, indem du sein Bett mit ihm teiltest? Willst du's versuchen?* O Götter, sie würde nie wollen, daß er das wußte.

Nikosan bemerkte, daß sie nachdachte, und grinste sie an. Sie trat an ihn heran, in jeder Hand ein kurzes Messer. Mit einer Klinge berührte sie leicht seinen grinsenden Mund. »Vielleicht überlegt Ihr Euch das noch mal, Schiffer? Ich für meinen Teil würde nicht das Vergnügen haben, mit einer Frau zu schlafen, deren engste Verbündete Dolche sind. In der Tat würde ich noch nicht einmal wünschen, sie zu verärgern.«

Assassine. Mit fast komischer Bestürzung schlug sich diese Erkenntnis in seiner Miene nieder. Er schluckte. »W-w-war keine Beleidigung, nicht beabsichtigt, das schwör' ich!« stammelte er.

»Hab' ich auch nicht so aufgenommen. Der Preis?« drängte sie, als er vor ihr zurückwich. Sie ließ die Messer wieder zurückgleiten, und er nannte ihr den Preis: drei Kupfermünzen und einen Silberling, was sie mit einem verdrossenen Lachen beantwortete. Hier bewegte sie sich auf sicherem Boden, denn obgleich sie schon seit einigen Jahren nicht mehr mit seinesgleichen gehandelt hatte, so hatte sie doch ihre Fähigkeiten im Dorf und bei den Märkten ausgefeilt. Schließlich einigten sie sich auf einen Silberling und eine Kupfermünze extra, wenn sie an den beiden Abenden von ihm etwas zu Essen wollte. Für sie und den Hund gab es eine Ecke auf dem Deck zum Schlafen.

Er streckte die Hand aus, und sie ergriff sie und erwiderte seinen festen Druck. »Seid in einer Stunde an Bord; ich warte nicht.« Bevor sie antworten konnte, war Nikosan schon halb die ziemlich abgestoßene Planke hinauf und rief seinen Jungen. *O Götter*, dachte Liatt angewidert und rieb sich die Handfläche an der Hose ab; sie war nicht so schwarz, wie sie sich anfühlte, nur ölig und sandig. *Ich hätte ihn in den Salzsee werfen und abseifen sollen, bevor ich seine Berührung hätte ertragen können*! Diese Vorstellung hob ihre Laune beträchtlich.

»Bei den goldenen Glocken von Xirian, das kann doch niemals Liatt sein!« Beim Klang dieser Stimme fuhr Liatt herum und griff sofort nach den Dolchen. Der erste Fahrgast Nikosans war wieder zurückgekehrt mit seinen Habseligkeiten und einem Freund – einem Freund, dessen Stimme und Gesicht vertraut waren. Er lachte, ließ die Hand auf ihre Schulter fallen und schüttelte sie. »Es gibt nur eine Frau von dieser Größe, mit solchem Haar und dieser Haltung! Heilige Xirian, du warst so lange weg, ich dachte schon, du seist tot!« Ihr fiel keine passende Erwiderung ein; statt dessen stand sie da, lächelte ihm zweifelnd zu und versuchte, zu dem ausgeprägten und sonnengebräunten Gesicht den richtigen Namen zu finden. »Jahno – ihr beiden seid doch zusammen verschwunden, wie geht's ihm?«

»Bin seit zehn Jahren mit ihm verheiratet«, erwiderte sie zögernd. Er sah sie mit großen Augen an, und nun, da sie ihn an diesem dummen Gesicht mit den Kulleraugen erkannt hatte, grinste sie ihn an. »Hör auf damit, Elgan! Oder sollte ich sagen — Elegance persönlich?«

»Verheiratet! Das hätte ich nie gedacht! Unsere Liatt?«

»Eure, ha!« gab sie zurück. »Ich war nie irgend etwas von dir, mein Süßer!«

»Na ja — die Liatt der Truppe, und das warst du, das kannst du nicht abstreiten! Du hast uns in zwei Schlachten angeführt, als Vaikro starb, oder nicht?« Er ließ seine Sachen fallen, packte seinen Begleiter und zog ihn heran. »Wirghen, ich habe dir doch schon so oft von ihr erzählt. Liatt.« Sie schüttelte dem anderen Mann die Hand, der sie wachsam beobachtet hatte. »Das ist mein Freund Wirghen — schüttle der Dame die Hand, sei nicht unhöflich, Mann!«

»Nenn mich nicht ›Dame‹, Elgan! Und welche Lügen hast du diesem Mann wohl aufgetischt? Sieh dir sein Gesicht an! Ich beiße nicht, Wirghen«, fügte sie hinzu, als sie die Hand wieder zurückzog. »Und was Jahno anbelangt — nun ja, jemand mußte doch aufpasen, daß er nicht in Schwierigkeiten geriet, nicht wahr?«

»Wahrscheinlich. Er zog sie ja immer an, hatte ein Talent dafür, wie immer man das nennen will.« Er ergriff sie wieder an der Schulter und umarmte sie. »Du siehst aus wie eine Frau mit einer Mission. Wohin führt dich dein Weg? Können wir dir bei etwas helfen?«

»Ich dachte, du wolltest weiterhin in des Fürsten leichtem Sold stehen?«

Er lachte. »Wollte ich — und das bin ich auch. Ich habe das Kommando über die Kaserne vor Urfu; der Dienst gibt genügend Münzen, um einer Kaufmannstochter in der Stadt den Hof zu machen.«

Liatt lachte. »*Kapitän* Eleganz, ich bin beeindruckt! Nun, ja, es gibt da etwas, was du für mich tun könntest; heute abend, wenn wir abgelegt haben.« Sie zog das Schwert aus der Scheide. »Erinnerst du dich daran? Seit einigen Jahren lag es nur in einer Kiste. Ich selbst bin gut in Form, aber die Klinge braucht ein wenig Übung.« Und als Elgan sie wieder mit staunenden Augen ansah, gab sie ihm einen Klaps auf die Hand, wie sie zuvor schon Kedru einen Klaps verabreicht hatte. »Zweifellos könnte ich dir damit immer noch das Lebenslicht ausblasen, aber ohne Stil.«

Elgan schmunzelte. »Was ist denn aus den Messern geworden?« Er trat einen Schritt zurück, und sein Begleiter taumelte keuchend an die Wand des Verschlages, als sie aus verborgenen Scheiden zwei Dolche zückte. »Hast sie noch, sehr gut, Liatt!«

»Sie taugen nur bei bestimmten Kämpfen etwas. Ich habe das Gefühl, ich werde das Schwert brauchen.« Liatt seufzte. »Spann mich nicht auf die Folter, Elegance, ja oder nein? Ich bezahle natürlich dafür, was immer du ...«

»Willst du mich beleidigen?« erwiderte Elgan steif. »Ich pfeife auf Bezahlung. Vielleicht lerne ich noch was von dir, Frau, du hältst niemanden zum Narren! Mein junger Freund hier lernt möglicherweise auch noch dazu. Also heute, wenn wir abgelegt haben. Aber auf einem Schiff von dieser Größe werden wir uns sicher schon vorher begegnen.«

»Ohne Zweifel. Ich bin schon spät dran. Ked und ich brauchen noch Lebensmittel. Komm, Hund.«

»Du kannst mit uns essen, wenn du willst.«

»Ha. Würzt du immer noch alles mit diesen kleinen roten und grünen Pfefferkörnern? Ich kenne deine Vorstellungen von Essen, Elegance, und mein armer verglühter Magen auch.« Sein Gelächter folgte ihr und dem Hund den ganzen Weg das Dock entlang.

Am ersten Abend legten sie eine Stunde vor Sonnenuntergang an einem kleinen Hafen an. Einer der Passagiere, ein Halbwüchsiger, der eine junge Ziege hinter sich herzerrte, verließ hier das Schiff. Dafür stiegen zwei Frauen in der dunklen blauen Kleidung der elduranischen Priesterinnen zu. Belustigt bemerkte Liatt, wie der Fährmann der jüngeren der beiden sehnsüchtig nachstarrte, aber keinen Versuch unternahm, *ihnen* die Überfahrt für einen Gefallen zu gewähren. *Sei fair, Liatt; ein armes Geschöpf wie er kann sich wahrscheinlich gar keinen anderen Weg vorstellen, eine Frau ins Bett zu kriegen. Er wußte ja auch nicht, wer du bist, als er dir das Angebot machte.*

Das Dock lag am Ufer eines Flusses, der im Frühling und Hochsommer schnell und weit dahinströmte; jetzt aber war er seicht und träge. Der Schiffsjunge trug die Eimer ziemlich weit flußaufwärts, damit das Trinkwasser nicht salzig war. Der Kapitän ließ sich mit seinen Kohlebecken und zwei Schüsseln mit Fleisch und Gemüse am Dock nieder. Mit knurrendem Magen schlenderte Liatt in Elgans Gefolge das Dock entlang. Sie bedauerte bereits die Ausgabe der Kupfermünze: Das Essen, das sie dafür erworben hatte, würde nicht annähernd so gut schmecken wie die Fleischspießchen des Kapitäns.

Kedru winselte, als sie ihn am Ende des Docks festband. Sie gab ihm einen Klaps, und er legte sich auf den Bauch. Dann sah er sie jammervoll an. »Still. Und bleib liegen!« Das würde zwar nicht lange vorhalten, aber so konnte er sich auch nicht davonmachen.

Er heulte fast die ganze Zeit, während sie und Elgan fochten, aber sie achtete nicht darauf: außer ihrem Schwert und das ihres Gegners hatte nun nichts mehr eine Bedeutung. Sie hörten erst auf, als es zu dunkeln begann und er ihre Deckung durchbrach und ihren Ärmel aufschlitzte. »Unfair. Ich konnte dich nicht sehen!« rief sie, als sie zurücktrat und das Schwert hinwarf.

Elgan lachte. »Unfair! Bestimmt nicht in einem richtigen Kampf ...!«

Liatt schnaubte empört. Sie straffte die Schultern, Kopfschmerzen stünden ihr bevor, wenn sie sie nicht rasch mit ein paar Tropfen von Jahnos Tinktur bekämpfte. Eine Rückenmassage würde helfen, aber sogar Elgan, trotz seiner Kaufmannstochter, könnte ein solches Ansinnen mißverstehen.

Am nächsten Morgen schmerzten ihr alle Knochen, und sie war deswegen recht schlecht gelaunt. Aber Elgan erinnerte sich noch recht gut an ihre Launen: Er und seine Begleitung ließen sie bis nach dem Mittagessen allein. Als am Abend angelegt wurde, hatte sie ihre Stimmung soweit im

Griff, daß sie wieder mit ihm trainieren konnte, und wenn sie nicht genau die Schwertkämpferin war, die sie sein wollte – nun, dann war sie nie eine gewesen. Außerdem beschützte sie das Schwert. Doch war sie damit auch gut genug, um einen rachsüchtigen Hexenmeister und seine Kohorten zu schlagen? Die Zeit würde es zeigen. Zumindest war sie sehr zuversichtlich, als sie in Urfu eintraf.

Am Pier verließ sie Elgan und seine Freunde, nachdem Elgan ihr die Richtung zu dem Gasthaus, das die Wirtstochter in Virith ihr empfohlen hatte, und einen Stall gezeigt hatte, wo sie ein für die Wüste trainiertes Pferd kaufen konnte. Da sie den Kommandanten der Stadtgarnison kannte und sich auf ihn berufen konnte, konnte sie auf dem Rückweg sicherlich ihr Pferd wieder verkaufen, um zu Jahno zurückreisen zu können.

Jahno. *Kleine grüne Götter, Jahno.* In den letzten paar Tagen hatte sich so viel ereignet, war ständig etwas passiert, gab es Neues zu sehen und zu hören, da schienen nun Jahno und das Dorf bereits zehn Jahre in der Vergangenheit zu liegen. Und doch verspürte sie ein sonderbares Gefühl, wenn sie an ihn dachte. *Jahno, bei allem, was einem heilig ist, ich könnte fast schwören, daß ich dich vermisse!*

Eine Händlerin riet Liatt, dem Hund am Bauch die Haare zu trimmen. Hier herrschte für einen Hund, der für die kalten Winter im Wald gezüchtet worden war, das falsche Klima, aber er fühlte sich sicher nicht unbehaglicher als sie; wäre sie ihrem ersten Impuls gefolgt, hätte ihn da draußen schon in der ersten Stunde der Hitzschlag getroffen. Für sich selbst kaufte sie einen dunklen, praktischen Burnus. Sand rieselte in die offenen Schuhe, aber sie waren dennoch wesentlich besser zu tragen als die dicken Stiefel. Den schwereren Teil der Ausrüstung ließ sie im Stall zurück, dafür überließ ihr der Stallmeister – eine Bekanntschaft Elgans vom Spieltisch – das Pferd. In der Tat ein ungewöhnlicher Handel, den sie Elgan zu verdanken hatte. *Besser, er denkt nicht an Dankbarkeit*, dachte sie grimmig. Zuviele Jahre in einem sittsamen Dorf hatte ihr den Blick verstellt auf das, was für sie einst selbstverständlich gewesen war:

Frauen ohne Barschaft bezahlten manchmal mit ihrem Körper. Die meisten Männer akzeptierten das, ohne von den Frauen schlecht zu denken — und ebenso handelten die Frauen, wenn sie zu einem solchen Geschäft gezwungen waren. Liatt selbst war recht häufig auf einen solchen Handel eingegangen. Aber irgendwie, seit Jahno ihr wie ein quälender Stich im Kopf saß, konnte sie sich nicht dazu überwinden, obwohl ihre Käufe ihre Barschaft gefährlich schmelzen ließen.

Die Landkarte war ein teurer Posten, aber absolut notwendig, denn auf ihr waren alle Quellen und Wasserläufe eingezeichnet. Die Garnison kümmerte sich nicht um die nördliche Wüste, aber einer von Elgans Männern, der zwar die Karte selbst nicht kannte, verbürgte sich für den Zeichner. Damit mußte sie sich zufriedengeben.

Zwei Tage brauchte sie für ihre Vorbereitungen, und sie war nervös und unsicher, ob sie alles nur hinauszögerte. Aber in Wahrheit reiste sie von jetzt an ins Blaue hinein.

Kedru brauchte eine Weile, bis er sich an das Pferd gewöhnt hatte — er mochte den Geruch des Gaules, den Geruch von Liatts Sachen und von ihren Decken nicht. Liatt wußte selbst nicht genau, ob *sie* den aufdringlichen Kamelgeruch, der dem bestickten Polster entstieg, mochte. Aber sie konnte nur hoffen, daß der leichte Wind anhielt. Das Pferd wiederum war es nicht gewohnt, einen Hund um sich zu haben; zum Glück hegte es keinen offensichtlichen Widerwillen gegen Hunde. Zu lange schon war Liatt nicht mehr geritten, und ihr und Jahnos Tier war kein Streitroß. Auch dieses Pferd war kein Schlachtroß, aber es taugte für den Weg, der von Urfu nach Norden führte, und trotzte Hitze, Sonne und Wind.

Fast den ganzen Tag ritt sie durch Sand und vereinzelte Flecken mit grauem, niedrigem Gras. Hin und wieder sah sie ein oder zwei Büsche; vereinzelt gab es auch Krüppelweiden, die eine von den unregelmäßigen Wasserfluten ausgewaschene Rinne markierten. Es war heiß, aber trokken, das machte die Hitze erträglich. Fast den ganzen Nachmittag lang ruhten sie sich im Schatten eines Sandsteinblockes aus. Später stieg Liatt hinauf, sah aber nichts außer Wüste – und Urfu, das jetzt allerdings klein und schmutzig aussah, ein Haufen weiß verputzter Lehmhütten mit roten Dächern am Ufer des gewaltigen Salzigen Sees.

Sie brauchte eine Weile, um die Landmarken auszumachen, die sie zur ersten Quelle führten. Die Dunkelheit war fast schon hereingebrochen, als sie die Stelle endlich gefunden hatte. Das Wasser war recht sauber und kühl. Ein wenig entfernt von der Quelle errichtete sie ihr Lager bei einem Dornendickicht, das ihr und den Tieren vor dem Wind Schutz bot und ihr erlaubte, ein kleines Feuer zu entzünden.

Das Pferd nahm seinen Futtersack mit Korn an und rieb die Nase an Liatts Hand, als die Frau ihm einen Eimer Wasser gab. »Du bist eine ganz Liebe, nicht wahr?« murmelte Liatt. Kedru stupste winselnd die Nase an Liatts Bein. »Still, eifersüchtiger Hund. Wie hat er dich genannt – Graue? Was für ein Name soll das sein für einen solchen Schatz?« Sie fuhr mit einem Bündel rauher Zweige dem Tier über den verschwitzten Rücken.

Nach Sonnenuntergang wurde es rasch dunkel – und still. So still, daß sie nach dem Verlöschen des Feuers nur noch das Geröll hörte. Als irgendwo in der Nähe ein Insekt zu zirpen begann, sprang sie mit dem Dolch in der rechten Hand auf, noch bevor sie das Geräusch erkannte.

Das Schweigen des Hundes hätte sie ermutigen sollen; aber bei *diesem* Hund würde sie sich nicht einmal sicher fühlen, wenn man sie vor Eindringlingen gewarnt hätte. Sie schlief unruhig und erwachte beim ersten Morgengrauen mit einem Gefühl, als hätte sie überhaupt nicht geschlafen.

Noch vor Mittag verlief der ungewisse Weg im Sande, und sie mußte sich ihren Weg durch dichtes Gestrüpp und wehenden Sand selbst suchen. Ein mächtiger Felsen spendete ihnen am Nachmittag Schatten für eine Rast, aber für Graue gab es nur wenig Gras und kaum Wasser. Das Nachtlager wurde dann kaum eine Stunde von diesem Ort errichtet, denn hier befand sich eine der verzeichneten Quellen. Die nächste Quelle von hier war zu weit entfernt und wäre vor Einbruch der Dunkelheit nicht mehr zu erreichen gewesen.

Bislang hatte Kolos kein Zeichen gegeben, und das machte sie nervös. Wenn er nun beabsichtigte, sie hierher in die Wüste zu führen, weit entfernt von jeglicher Zivilisation, um sie dann jämmerlich hier stranden zu lassen? Irgendwie *glaubte* sie nicht daran, denn es ergab keinen Sinn. Aber immer hatte sie diese Vorstellung im Hinterkopf, die immer stärker wurde, als zwei weitere Tage vergingen ohne ein Anzeichen, daß er verzweifelt genug nach ihr suchte, um ihr einen Dämon zu schicken.

Zur Mittagsstunde am dritten Tag befanden sie sich mitten in Gestrüpp, Felsen und ständigem Wind und ohne Schutz vor der Sonne. Liatt spannte die zweite dünne Decke auf als einfaches Sonnendach; die vier Ecken band sie an vier der größten Dornenbüsche, die sie fand. Unter dem Sonnenschutz wurde es eng, aber zum Glück gewöhnten sich Graue und Kedru allmählich aneinander. Es gab für sie nicht viel zu fressen. Kedru verschwand zweimal im Gebüsch auf der Jagd nach einem kleinen Tier, aber schließlich ließ sogar er sich in den Schatten fallen. Liatt döste; für richtigen Schlaf war es zu warm, und sie machte sich größere Sorgen als je zuvor.

Gegen Sonnenuntergang legte sich die heiße Brise völlig. Liatt kroch unter dem Schutzdach hervor und sah sich nach allen Seiten um. Sie sah nichts außer Büsche über Büsche, die sich am Horizont verloren. »Bah.« Sie spuckte aus, kroch unter die Decke zurück und holte aus ihrem Gürtelbeutel das Räucherwerk, Feuerstein und Zunder, setzte sich mit gekreuzten Beinen in den Staub und erwog die Möglichkeiten. Sie war klug genug, um nicht hier in die Wüste zu formen. Durch den Wind wurde der Weg trügerisch, auch wenn er selbst das Formen der Treppe nicht sonderlich beeinträchtigte, und ihr war nicht danach, die Qualität ihrer Tugend gerade jetzt auszuprobieren. Dann wiederum …

»Verdammt noch mal. Also gut. Ich werde nicht versuchen, den Weg zu gehen, ich werde nur hinaufsteigen. Die Stufen sind geschützt. Wenn ich auf den Stufen bleibe, bin ich sicher. Aber ich habe nicht mehr viele Vorräte, um noch weiter hinauszureiten und wieder zurückzukehren. Verdammt und noch mal verdammt.« Sie setzte eine Ecke des Räucherziegels in Brand und beugte sich hinab, um die dünne Rauchfahne einzuatmen. Kedru ließ sich langsam nieder, als sie sich umsah, und sie lachte benommen. »Bleib liegen, Hund. Paß auf Graue auf.«

Aus irgendeinem Grund fiel es ihr schwer, sich auf die ersten Stufen zu konzentrieren, und die Sonne stand schon bedrohlich tief, als sie die Treppen hinaufstieg. Graue schnaubte nervös und wich zurück vor der befremdlichen Aussicht. Liatt grinste und stieg wieder hinunter, um eine weitere Stufe zu formen.

Nach der siebten Stufe ging der Rest wie von allein. Dann stand sie auf der zwanzigsten Stufe und sah sich um. Da die Sonne bereits recht tief stand, blieb ihr nicht viel Zeit. Leider gab es auch nicht viel zu sehen. Im Süden konnte sie mühsam den schwachen Silberstreifen des Binnenmeeres erkennen, und Urfu war ihren Blicken ganz entzogen.

Im Osten und im Norden ging die Wüste in undurchdringliches Dickicht über, und nicht einmal ein Felsen oder ein Hügel unterbrachen die Einöde. Im Westen war kaum etwas zu erkennen, da die Strahlen der untergehenden Sonne recht tief einfielen. Aber im Nordwesten erhoben sich Berge, wahrscheinlich etwa eine Tagesreise entfernt. Eher mehr, dachte Liatt finster. Hier in der Wüste täuschen die Entfernungen. Die ihr zugewandte Seite der Berge, die im Schatten lagen, konnten vielleicht auch etwas anderes sein: Türme möglicherweise. Ein rotes Licht blendete. Liatt bewegte sich auf der obersten Stufe hin und her, konnte aber nichts deutlich erkennen.

»Ich werde es wohl morgen früh noch einmal versuchen. Aber wenn wir heute abend noch Wasser haben wollen, machen wir uns besser auf den Weg. *Verdammt*, was ist denn das?« Sie hob die Hand und machte einen Schritt nach vorn.

Ein heftiger Windstoß erfaßte sie wie entwurzeltes Kraut und trug sie kopfüber über den Weg nach Norden auf das seltsame Gebilde zu, das sie bei den Bergen gesehen hatte.

Es tat nicht weh, so durch die Luft getrieben zu werden, sie machte sich mehr Sorgen um die Dolche als um sich selbst. Und mit jedem Augenblick entfernte sie sich weiter von ihrem Pferd, ihrem Hund, der Nahrung und den Decken.

Und jeder Augenblick brachte sie näher zu Kolos.

Der Flug endete abrupt; flüchtig erblickte sie Gebäude aus schwarzem Stein, bevor sie zu fallen begann. Unter ihr lag ein schwarzer, schimmernder Schatten. Sie versuchte, sich zusammenzurollen und nicht nachzudenken. Bevor sie in Kolos' Innenhof aufschlug, umfing sie eine gnädige Ohnmacht.

Sie konnte das Bewußtsein nicht länger als ein paar Augenblicke verloren haben. Ruhig lag sie da und ertastete mit den Fingern den Boden, auf dem sie sich befand. Die Dolchscheide im Nacken bohrte sich ihr in den Rücken, aber abgesehen davon tat ihr nichts weh. Sie öffnete die Augen, sah einen dunkelblauen Himmel, viele Gebäude — und um sie herum Gesichter.

Es waren sechs, zwei mit dem Bogen im Anschlag, ein dritter trug einen Speer und drei weitere Schwerter. Kolos' Leibwache, Kolos' Lustknaben. Sein Geschmack hatte sich also nicht geändert. Sie grinste. »Ich fühle mich geschmeichelt, sechs von euch für eine atemlose alte Frau! Wo ist er?« Schweigen. Sie versuchte, sich aufzusetzen, aber der Speer wurde ihr auf den Brustpanzer gedrückt. »Laß das!« fuhr sie den Burschen an und schlug den Speer zur Seite. »Du willst doch nicht etwa, daß ich zornig werde, oder? Ich will mich hinsetzen, und ich will mit Kolos reden, also geht einer von euch Süßen los und holt ihn!« Der Jüngling mit Speer errötete.

»Ich hatte recht; bezaubernd wie eh und je. Laßt sie aufstehen!« Eine volltönende Stimme erklang hinter ihr. Sie drehte sich herum und saß mit gekreuzten Beinen da. Die Wachen zogen sich zurück und verschwanden.

»Ich habe keine Veranlassung, Charme an dich zu verschwenden, Zauberer. Du wolltest mich, hier bin ich. Und nun?«

»Hexenmeister, nicht Zauberer. Nun ... vielleicht ein Becher Wein ...?«

»Wie, Wein und Gift? Dazu hast du immer besonders gern gegriffen, nicht wahr?«

Kolos seufzte gekünstelt und breitete die Arme aus. »Ihr benutzt sonst immer Euren Verstand, edle Frau. Wenn ich Euch hätte töten wollen, dann hätte ich einen Dämon mit dieser Aufgabe betraut, statt Euch zu warnen.«

»Na gut. Und? Vielleicht liegt dir die persönliche Note.«

»Mag sein.« Er seufzte wieder. »Nach all den Schwierigkeiten, die du mir bereitet hast. Und es war ganz sicherlich nicht nett von Euch, meinen Knaben zu töten — bei Adda, ich kann mich nicht einmal seines Namens entsinnen! —, aber ich versichere Euch, ich war damals sehr erzürnt.«

»Für den Jungen war's schlimmer«, erwiderte Liatt trocken. Dann fügte sie mit wachsendem Zorn hinzu: »Kleine grüne Götter, können wir nicht irgendwohin gehen, wo ich dich sehen kann?«

Als Antwort darauf trat der Hexenmeister zurück und winkte ihr, ihm zu folgen. Bis jetzt war er nichts weiter als ein blasses Gewand im dunklen Schatten des Hofes gewesen. Wenn die Wachen noch da waren, dann konnte sie sie jedenfalls nicht sehen. Sie folgte Kolos — jetzt eine Gestalt in einer langen, blauen Robe — hinab in einen schwach erleuchteten Gang, durch eine mit Netzen verhangene Tür und durch weiteres Netzwerk hindurch zu einem niedrigen Tisch und Kissen. Einer der spärlich bekleideten Knaben brachte ein Tablett mit Wein und Weißbrot. Auf einen Wink seines Meisters verschwand er wieder. Liatt sah ihm abschätzend nach. Kolos lachte, und sie wandte ihm wieder ihre Aufmerksamkeit zu.

»Ihr seid nicht mehr so hübsch wie früher, edle Frau«, bemerkte er ungalant. Liatt schnaubte, nahm dann die beiden Weinbecher und prüfte sie im Licht der Öllampe. Dann nahm sie einen, schenkte Wein ein und bedeutete ihm mit einer Geste zu trinken, während sie den zweiten Becher einschenkte. Lachend trank er. »Ich hätte ihn vergiften können und schon vorher ein Gegengift einnehmen können, das wißt Ihr.«

»Das hättest du machen können«, stimmte sie ihm zu und trank. »Ich habe nur die einfachsten Vorsichtsmaßnahmen ergriffen. Du siehst auch nicht mehr so gut aus wie früher, Zauberer – entschuldige, Hexenmeister. Obschon es mit deinem Aussehen schon damals nicht weit her war. Aber du hast immer noch einen guten Geschmack.« Lachend beugte er sich vor ins Licht, um sich ein Stück Weißbrot zu holen, das er in kleine Bröckchen brach. Und er lachte, als sie mit sichtbarer Geduld wartete, bis er als erster gegessen hatte.

Nein, er war nicht attraktiv, war es noch nie gewesen, aber die Jahre hatten bei ihm Spuren hinterlassen: seine Augen waren ausgezehrt, und tiefe Furchen hatten sich in sein Gesicht gegraben. Er war schwergewichtig geworden, hatte Hängebacken bekommen, und seine Hände – einst flink und geschickt – waren nun schwammig und weich.

»Ist denn Euer eigener Geschmack noch gut? Man muß sich offen gesagt wundern – ein Bauer wie er!«

»An Jahno ist nichts verkehrt«, fuhr sie ihn an.

»Das wißt Ihr sicherlich besser als ich. Aber für die Tochter eines Herzogs ...«

»Kolos«, unterbrach sie ihn müde. »Wenn du versuchst, mich zu reizen, dann stellst du das ganz bestimmt richtig an. Ich bin nicht die Tochter eines Herzogs! Mein Vater – möge er ewig modern – ist seit siebzehn Jahren tot, und er hat mich im gleichen Augenblick verstoßen, als ich mich von ihm lossagte. Und du hast nicht diese ganzen Schwierigkeiten auf dich genommen, um eine Herzogin ohne Herzogtum in die Hand zu bekommen, oder?« Mit boshaftem Grinsen schüttelte Kolos den Kopf. »Nun denn«, fuhr sie fort, »ich bin zufälligerweise eine vielbeschäftigte Frau, und ganz zufällig habe ich da draußen, wo dein Wind mich erfaßt hat, einen halbwegs anständigen Hund und ein wirklich anständiges Pferd zurückgelassen. Zu ihnen und zu meinem Leben will ich zurückkehren ...«

»... und bis an Euer seliges Ende vor Euch hinmodern«, unterbrach Kolos sie.

»Besten Dank, aber das sehe ich anders«, erwiderte sie steif. »Wenn du mich nicht wegen Pedry − so hieß übrigens dein hübscher Knabe − oder wegen des Juwels von Shio töten willst, was willst du dann?«

»Aha.« Kolos schenkte sich noch Wein ein und lehnte sich in seine Kissen zurück. »Wie bemerkenswert, daß Ihr das Juwel erwähnt. Weil nämlich ...«

»Es gehört dir nicht, verdammt, und ich habe mich einmal geweigert, es für dich zu holen. Ich habe meine Meinung nicht geändert.«

»Solltet Ihr aber. Nachdem Ihr Euch den Legionen des Fürsten angeschlossen hattet, genauer, nachdem Ihr begonnen hattet, das Leben einer Bäuerin zu spielen, ist den Priesterinnen das Juwel nämlich wieder abhanden gekommen.«

»O Götter.« Liatt seufzte tief auf und trank. Der Wein war leicht und mit kühlem Wasser gemischt, und das Brot schmeckte köstlich. *Wie lange ist es schon her, daß ich einen ordentlichen Wein getrunken oder Brot aus sauber ausgemahlenem, weißem Mehl gegessen habe?*

»Sie haben den Stein für irgendein öffentliches Ritual hinausgetragen − und natürlich war die Priesterschaft *darauf* vorbereitet. Seit damals haben es die Priester.«

»Und du hast die ganze Zeit abgewartet ...?«

Kolos zuckte die Achseln. »Nun, nein. Ich wollte den Stein natürlich. Aber um die Zeit brauchte ich mir keine Gedanken zu machen, nicht wahr? Und die Priester haben das Juwel tief in ihrem unterirdischen Hort vergraben. Solange sie keinen Versuch unternahmen, das Juwel zu benutzen, gab es keinen Grund, das Risiko einzugehen, den Stein wieder zurückzuholen. Denn schließlich, liebe Liatt, wart Ihr eine der Besten, und es wäre sinnlos, jemand Schlechteren anzuheuern. Und Ihr wart ...«

»Ich war wütend«, fiel Liatt tonlos ein. »Und ich bin es immer noch. Denk immer daran.«

»Ich werde es versuchen. Aber Ihr seid auch älter, und das ändert so manches. Wenn ich Euch vor zehn Jahren hierher gebracht hätte und Euch einen neuen Handel wegen des Juwels vorgeschlagen hätte, hättet Ihr Euch dann damit zufriedengegeben, weiter meinen Wein zu trinken, mein Brot zu essen und meinen Worten zu lauschen?« Er lachte, als sie ihn ansah. »Natürlich nicht! Aber jetzt — egal, wie zornig Ihr auch seid, Ihr *hört* zu.«

»Ich werde dir das Juwel von Shio nicht holen, Kolos. Egal, wie die Alternativen für mich aussehen mögen.«

»Eigentlich will ich es nicht.« Diese Bemerkung brachte sie zum Schweigen. Sie stellte den Becher ab, ließ das Brot achtlos auf den Tisch vor sich fallen und sah ihn verständnislos an. »Ich kann nicht damit fertigwerden — nun ja, seht mich an! Könnt Ihr es nicht sehen?«

»Etwas hat sich gegen dich gerichtet, nicht wahr?«

»Etwas, das ich vor einiger Zeit versucht habe«, gab er ziemlich widerwillig zu. »Der Stein hier entzieht mir meine letzte Kraft. Ich möchte, daß Ihr den Stein nehmt — den Priester stehlt — und ihn an einem sicheren Platz versteckt. Die Priesterinnen mögen vielleicht einen ursprünglichen Anspruch darauf haben, aber sie haben nicht den notwendigen Verstand dafür. Das letztemal wurde nur der Stein gestohlen, das nächstemal können Shio-Priesterinnen, Mauern und wieder alles zu Schaden kommen. Glaubt mir oder nicht, aber es wäre mir lieber, wenn das nicht passierte.«

»Ich glaube dir nicht, aber das zählt jetzt nicht. Sprich weiter.«

»Ich machte mir nichts aus den gewöhnlichen Göttern. Aber Shia achte ich. Ich habe ihr Juwel gestohlen und mir geholt, was ich gebraucht habe. Aber ich würde mich nie an der Zerstörung ihres Hauses beteiligen.« Er seufzte. »Ihr habt recht. Zwischen Euch und mir zählt es nicht. Macht mit dem Stein, was Ihr wollt, wenn Ihr ihn gestohlen habt, aber findet ein sicheres Versteck für ihn. Später werde ich

Euch vielleicht dazu überreden können, ihn mir zu verkaufen, hm?«

»Bis jetzt hast du mich noch nicht mal überzeugt, ihn zu stehlen. Und ich bezweifle, ob du das kannst.« In plötzlich aufsteigendem Zorn stellte sie den Becher auf den Tisch. »Kleine grüne Götter, Kolos, sieh mich an! Ich kann mich nicht einfach auf eine alberne Jagd machen, nicht in meinem Alter!«

»Warum nicht?« fragte er liebenswürdig. »Ihr schätzt doch immer noch Münzen, oder nicht? Und Edelsteine? Gold? Ihr könnt immer noch recht gut auf Euch aufpassen, das habe ich bemerkt. Was habt Ihr wohl geglaubt, warum ich Euch herkommen ließ?«

»Kolos ...« Sie schüttelte den Kopf. Er schenkte den letzten Rest Wein ein und reichte ihr Brot. Einer der Jungen brachte Datteln und frische Trauben. Eine Weile aß und trank sie schweigend. *O Götter*, was er da tat, war ja, als setzte man einem Süchtigen *Hjascha* vor! Und die Götter mochten ihr beistehen, er wußte es genau! Wieder auf Fahrt zu gehen, durch neue Länder zu reisen, jede Nacht an einem anderen Ort zu lagern — so lange hatte sie das verborgen, und jetzt erhob es sich wie eine erdrückende Woge und drohte, sie zu überwältigen.

Und Jahno? Jahno, der sein kleines Dorf so widerstrebend verlassen hatte, um für seinen Fürsten zu kämpfen, der sich elend fühlte so weit weg von seinen Wäldern und seinem Zuhause und der so glücklich dorthin zurückgekehrt war.

Sie sah auf, als der Jüngling, der sie mit dem Speer bedroht hatte, nun mit einem neuen Weinkrug und einem Wasserkrug hereinkam. Er wurde rot, als er ihrem Blick begegnete, und verschwand rasch, als Kolos ihm die Erlaubnis gab. Manche Menschen — wie dieser Junge, der gekauft worden war — hatten keine Wahl, höchstens die winzige Möglichkeit, sich zwischen einem bösen Schicksal und dem Tod zu entscheiden. Vielleicht hätte dieser Bursche, hätte er eine echte Wahl gehabt, jetzt Frau und Kinder.

Sie hatte selbst einst einmal die Wahl zwischen Schlechtem und Schlimmerem gehabt und sich damals geschworen, niemals wieder in eine solche Lage zu geraten. Und nun — Freiheit oder Jahno? *So einfach ist das nicht — so ist es nicht*! Sie fühlte sich schuldig, überhaupt so zu denken. Jahno würde sie gegen nichts und niemanden auf der Welt eintauschen; er bedeutete sehr viel für sie! Aber all das, was mit ihm zusammenhing: Madda, der Hof, das Dorf, das beschränkte Leben. Jahno mußte sich nicht anpassen; sie schon. Wahl …

»Ich kann's nicht machen«, erklärte sie schließlich mit hoher, erstickter Stimme.

»Könnt nicht!« Kolos hob die Brauen. »Es ist ja keine Aufgabe für die Ewigkeit, sondern nur eine einmalige Besorgung, und es gibt Geld, damit Ihr daheim in Eurer ländlichen Heimat etwas prunken könnt.«

»Darum geht es nicht, und das weißt du!« knurrte sie. »Eine einfache Besorgung! Ich bin zu alt für solche Dinge!«

»Ihr seid noch nicht einmal halb so alt wie ich«, erwiderte er sanft. Dann seufzte er. »Nun, wenn Ihr nicht wollt, dann wollt Ihr eben nicht. Ich bringe Euch zurück zu Euren Tieren, Ihr könnt in Eure Wälder heimkehren und mit Eurem Bauern alt werden.«

»Verdammt sollst du …!« Aber es war hoffnungslos, und sie wußte es. Es zog und zerrte an ihr; verdammt sollte er sein. Sie wollte es! Ihr ganzes vergangenes Leben lang hatte sie nicht bemerkt, wie stark dieses Verlangen im Verborgenen war, und nun würde sie hart arbeiten müssen, es wieder zu besänftigen.

»Nehmt das Obst mit«, sagte Kolos, als er sich aufmühte. »Und ich werde dafür sorgen, daß Ihr Wasser für den Rückweg habt.«

Liatt streckte die Hand aus. Kolos blickte Liatt überrascht an, ergriff sie aber. »Du hast etwas bei mir bewirkt — Hexenmeister. Der schlechte Nachgeschmack bei mir ist nun verschwunden. Ich freue mich, daß wir uns unter günstigeren Umständen wieder getroffen haben.«

»Günstiger für *Euch*«, erwiderte Kolos trocken. »Geht jetzt. Ich werde Euch nicht mehr belästigen.«

»Beschwörst du das?« wollte sie wissen, und er lachte.

»Würdet Ihr meinen Schwüren trauen? Natürlich nicht!«

»Wohl nicht.« Sie sah ihm nach, als er ging, nahm ihre Sachen von einem der Jungen: einen großen Krug Wasser, den sie sich über die Schulter hängen konnte, und eine fast ebenso schwere Gürteltasche, aus der der köstliche Duft frischer Trauben stieg. Auf einen Wink des Jungen wandte sie sich um und folgte ihm durch den Gang wieder in den Hof.

Inzwischen war es draußen stockdunkel, nur die Sterne waren zu sehen. Verblüfft sah sie sich um und überlegte, was sie nun tun sollte; Kolos' Zauber umfaßte sie und brachte sie in einem Atemzug zu dem Sonnenschutz, den sie am Nachmittag errichtet hatte.

Graue scheute nervös, und Kedru bellte wild, bis er ihren Geruch witterte. Liatt entzündete ein Feuer, fütterte und tränkte die Tiere und legte sich unter die Decke; es dauerte lange, bis sie einschlief.

Nach einem dreitägigen Ritt erreichte sie Urfu. Sie führte Graue auf eine niedrige Anhöhe, von der aus man die Kaserne und die Stadt überblicken konnte. Fast eine Stunde saß sie dort und betrachtete die roten Ziegeldächer und das Binnenmeer dahinter. Eine Fähre — vielleicht die *Fahrtwind* — legte im Hafen an.

»Das war's, Pferd«, murmelte sie. Graue schnupperte mitfühlend an ihrem Kopf. »Du kehrst in deinen Stall zurück, und ich gehe heim …« Sie holte die lederne Gürteltasche hervor, in der sich noch ein wenig Brot und Obst befand, und noch etwas anderes, auf das ihr Blick am Morgen zuvor gefallen war — etwas, womit sie fast gerechnet hatte, als Kolos in seinem Palast so schnell aufgegeben hatte, sie umzustimmen. Ein kleines Stück Ton: Kolos hatte sich das letzte Wort vorbehalten: »Solltet Ihr Eure Meinung noch ändern, ist das Eure Bezahlung. Wenn nicht, laßt die

Tasche im Wirtshaus zum Stein und Krug zurück, sie wird ihren Weg zurück zu mir schon finden. Ich hege keine Zweifel über Euch, edle Frau.« In der Tasche fanden sich zwei Goldmünzen, fünfundzwanzig Silberlinge und drei dunkelrote Rubine, gefaßt in einem Bronzeanhänger an einer schweren Silberkette. Rubine waren schon immer ihre Lieblingssteine gewesen, und irgendwie hatte er das gewußt. *Bestechung. Schmeichelei.* Seltsamerweise verspürte sie aber bei diesem Gedanken nicht den Zorn, den sie eigentlich hätte fühlen müssen.

Nun, sie mußte alles zurücklassen, wenn sie das Pferd zurückgab. Zu schade, denn der Anhänger stand ihr. Und die vielen Münzen − in all den Jahren, in denen sie Kälber und Welpen gezüchtet und verkauft hatte, hatte sie nicht soviel verdient. »Hast auch nie soviel gebraucht, Liatt; laß es sein«, murmelte sie vor sich hin. Sie stand auf und reckte sich. Der Hund lief an ihre Seite, setzte sich und wartete ruhig. »Brav«, sagte sie. Er wedelte einmal mit dem Schwanz, versuchte aber nicht mehr, an ihr hinaufzuspringen. »Komm.« Sie hielt Graues Zügel und machte sich auf den Weg hinunter nach Urfu.

Jemand ritt in scharfem Tempo über den Hügel auf sie zu. Taschen und Beutel hingen am Sattel. Als sie näherkam, blieb er stehen und rief: »Li!«

Sie blieb ebenfalls stehen. Ungläubig beobachtete sie, wie er auf die Straße sprang und zu ihr herauflief. »Jah... Jahno?« Es *war* Jahno, in staubigem Lederzeug, den häßlichen, uralten und breitkrempigen Hut auf dem Kopf, und sein gefährlich blankes Schwert schlug ihm gegen das Bein. Ein halbes Dutzend Speere lugten aus der Satteltasche. »Was treibst du denn hier?«

»Was glaubst du wohl?« fragte er zurück. »Ich will dir helfen. Schau mal«, fügte er hinzu. Er zog einen Beutel aus dem Harnisch und schüttete den Inhalt in die andere Hand. Silberlinge und Kupfermünzen purzelten heraus. Dann ließ er sie sorgfältig wieder zurückgleiten und kniete sich hin, um die herabgefallenen Münzen aufzuklauben. »Ein Teil davon gehört natürlich dir. Für Estias Kälber habe ich deinen Preis bekommen. Die Dame selbst ging für zwei Silberlinge weg.«

»Jahno, hast du …?«

»… alles verkauft.« Er sah zu ihr hinauf. »Bin dir nachgereist.«

»Jahno. O Götter.« Sie ließ sich auf ein Knie fallen und packte ihn an der Schulter. »Ich war nämlich bereits auf dem Heimweg.«

»Oh, das wußte ich.« Er sagte das sehr zuversichtlich, aber sie kannte ihn. »Aber du warst dabei nicht sehr glücklich, nicht wahr? Ja«, setzte er leise hinzu und legte ihr die Hand auf den Mund, als sie etwas dagegen einwenden wollte. »Ich weiß es, keine Ausflüchte. Wir brauchen nicht zurückgehen. Ohne dich war ich unglücklich. Hatte nie bemerkt, wie sehr mich die Welt da draußen verändert hat. Ich war so froh, dem Dienst des Fürsten entronnen und wieder zu Hause zu sein. Mit dir war es erträglich — das Dorf, mein Bruder, Madda, eben alles. Ohne dich aber — na ja, egal. Es ist nicht wichtig. Jetzt sind wir dem Dorf entkommen.«

»Jahno, du kannst doch nicht einfach so dein *ganzes Leben* umkrempeln!« hielt sie ihm schwach entgegen. »Du bist so alt wie ich! Was sollen wir denn jetzt anfangen?«

Er zuckte die Achseln und grinste wie ein Kind. »Was immer wir wollen, Li. Irgendwas. Wir haben die Wahl, nicht wahr?«

»Die Wahl …« Sie ließ den Kopf zurückfallen und setzte sich lachend mitten auf den staubigen Weg. »O Götter, Jahno! Ja, die haben wir, was?«

»Zu Anfang müssen wir ein bißchen vorsichtig sein«, meinte er, während er ihr auf die Beine half. »Soviel Geld habe ich seit langem nicht mehr gesehen, aber wir werden nicht weit damit kommen.«

»Braucht's auch nicht«, erwiderte sie und schwang sich auf Graues Rücken. Sie zog Kolos' Beutel hervor und warf ihn Jahno zu; das Gewicht des Beutels erstaunte ihn. »Ich wollte diese Aufgabe schon ablehnen; jetzt ist es unsere, wenn du willst.«

»Wenn ich will? Worum geht es?«

»Erzähl' ich dir später. Eine kleine Aufgabe und eine gute Bezahlung. Was hältst du von einer Reise ins sonnige Kalinosa?«

Jahno warf ihr den Beutel zurück. »War noch nie in Kalinosa. Nehmen wir den Hund mit?«

»Der Hund geht mit uns«, erwiderte Liatt bestimmt. »Jetzt brauche ich etwas zu Essen und ein richtiges Bad.«

Originaltitel: Two-edged Choice
Copyright © 1988 by Ru Emerson
Deutsch von Christiane Lotter

Band 28 174
Helmut W. Pesch (Hg.)

Das große Marion-Zimmer-Bradley-Buch

Deutsche Erstveröffentlichung

Wie in ihren großen Romanen ›Die Nebel von Avalon‹ und ›Das Licht von Atlantis‹ erweist sich Marion Zimmer Bradley auch in ihren Kurzgeschichten als große Erzählerin. In ihnen verfolgt sie die Grundthemen ihres Werkes: das Recht auf Liebe, gleich unter welchem Vorzeichen, und das Recht des Menschen, ob Mann oder Frau, sein Schicksal selbst in die Hand zu nehmen. Und ob diese Geschichten in ferner Zukunft oder in mythischer Vergangenheit spielen, ob Zauberstäbe und magische Schwerter in ihrem Mittelpunkt stehen oder die übersinnlichen Kräfte der Parapsychologie – eines haben sie alle gemeinsam: Ihr Ziel ist es, die verschütteten Kräfte der menschlichen Psyche ans Licht zu bringen.

Byron Preiss und J. Michael Reaves
DRACHENLAND
**Ein Fantasy-Roman
mit zahlreichen Illustrationen
von Joseph Zucker**

Band 20 133

**Byron Preiss und
J. Michael Reaves**

Drachenland

Amsel, der Winzling, Erfinder und Einsiedler, ist ein scheuer, friedfertiger Mann – bis eines Tages der Bauer Jondalrun seinen Sohn mit gebrochenen Gliedern am Strand von Fandora findet. Der kleine Junge war vom Kliff geflogen – mit der Schwinge, Amsels Erfindung!

Verjagt von seinen Landsleuten, segelt Amsel allein über die gefährliche Meerenge nach Simbala, dem Land der Luftschiffe und der gewaltigen Bäume. Doch das Mißtrauen eilt Amsel voraus. Als Spion verdächtigt, muß er wiederum fliehen. Sein Weg führt ihn weiter auf eine phantastische Reise über das Drachenmeer in den eisigen Norden, wo noch legendäre Geschöpfe hausen. Denn er will einen Krieg verhindern oder doch schnellstens beenden, und dazu braucht er die Hilfe des letzten Drachen . . .